读客三个圈经典文库

经典就读三个圈　导读解读样样全

图书在版编目（CIP）数据

都柏林人 /（爱尔兰）詹姆斯·乔伊斯（James Joyce）著；杨浩田译. —— 南京：江苏凤凰文艺出版社, 2024.3（2024.10 重印）
（读客三个圈经典文库）
ISBN 978-7-5594-8133-7

Ⅰ. ①都… Ⅱ. ①詹… ②杨… Ⅲ. ①短篇小说 - 小说集 - 爱尔兰 - 现代 Ⅳ. ① I562.45

中国国家版本馆 CIP 数据核字 (2023) 第 243181 号

都柏林人

［爱尔兰］詹姆斯·乔伊斯　著　　杨浩田　译

责任编辑	丁小卉
特约编辑	洪子茹　李晨茜
封面设计	胡　艺
责任印制	杨　丹
出版发行	江苏凤凰文艺出版社
	南京市中央路 165 号，邮编：210009
网　　址	http://www.jswenyi.com
印　　刷	河北中科印刷科技发展有限公司
开　　本	880 毫米 ×1230 毫米　1/32
印　　张	10
字　　数	225 千字
版　　次	2024 年 3 月第 1 版
印　　次	2024 年 10 月第 3 次印刷
标准书号	ISBN 978-7-5594-8133-7
定　　价	45.00 元

江苏凤凰文艺版图书凡印刷、装订错误，可向出版社调换，联系电话：010-87681002。

DUBLINERS

大雪将至，一种怎么活都没有意义的无力感，

长久笼罩在都柏林的城市上空，

男女老少几乎无人幸免……

我胆怯地走到集市中央。还有一些人聚集在那些仍在营业的货摊周围。

——本书第32页

他以一种极为庄重的姿态把手伸向灯光,一枚小小的金币在他掌中闪闪发光。

——本书第66页

他深切地感受到自己和朋友过着两种截然不同的生活,可他觉得不公平。

——本书第90页

他一声不响地站在昏暗的前厅里,试图捕捉那声音的旋律,并仰头凝望着自己的妻子。

——本书第246页

窗玻璃上传来轻轻的拍打声,

他转头看去。又开始下雪了。

……

对,报纸上说得没错:整个爱尔兰都在下雪。

——本书第260页

目 录

姐　妹	001
一次偶遇	013
阿拉比	025
伊芙琳	035
赛车之后	043
两位绅士	053
寄宿公寓	067
一小朵云	077
如出一辙	097

泥　土	113
一桩惨案	123
委员会办公室里的常春藤节	137
母　亲	161
圣　恩	177
死　者	207
三个圈独家文学手册	261
导　读　《都柏林人》：去国者的文学返乡	263

姐 妹

只有当一切结束了，
你才会开始想念他。

都柏林人

这一回他没什么希望了：这已是第三次中风。夜复一夜，我经过这座房子（当时正值假期），仔细观察那亮着的方窗：夜复一夜，我发现它总是那样亮着，灯光微弱而平稳。他要是死了，我想，我会在昏暗的百叶窗上看见烛光的影子，因为我知道，尸体的头边要摆上两根蜡烛。他之前总对我说："我在这世上的日子不多了。"我没把他的话当回事儿。现在我才明白，他说的是真的。每天晚上，当我仰头凝视那扇窗户时，总会轻声对自己说出"瘫痪"一词。我听着这个词总觉得古怪，就像欧几里得[1]《几何原本》中的"磬折形"[2]，或者《教义问答》[3]中的"买卖圣职罪"[4]。但现在，它听起来却像某个十恶不赦的罪人的名字。它使我恐惧，但我却渴望靠近它，想看看它会如何置人于死地。

我下楼吃饭时，老柯特正坐在炉火旁抽烟，姨妈正给我盛上一

---

1 欧几里得（Euclid，公元前325年—公元前265年），古希腊数学家，被称为"几何之父"。他最著名的著作《几何原本》（*Elements*）是欧洲数学的基础。——译者注（若无特别说明，本书注释均为译者注）
2 磬折形（Gnomon），是指将一个平行四边形从一角切去一个相似但较小的平行四边形后形成的几何图形。
3 《教义问答》（*Catechism*），以问答的形式简要说明基督教义的手册。
4 买卖圣职罪（Simony），又称贩卖圣事罪，是指用金钱买卖教会职位的罪行。

大勺麦片粥。他开口了,像是接上了刚才没说完的话:

"不,我也没说他就是……但很奇怪……他身上有些耐人寻味的地方。我是这么想的……"

他抽起烟斗,无疑是在整理脑中的想法。真是个老糊涂蛋!我们刚认识他的时候,他还是挺有意思的,常聊些酒尾和蛇管[1]什么的。但很快,我就对他和他那没完没了的酒厂故事感到厌烦了。

"对此,我有自己的看法,"他说,"我认为它属于那种……疑难杂症……不过很难讲……"

他又抽起了烟斗,到底是没有发表他的高见。姨父见我一直瞪着他,就对我说:

"哦,你的老朋友走了,你听到这个消息很难过吧。"

"谁?"我问道。

"弗林神父。"

"他死了?"

"柯特先生刚才告诉我们的。他来时路过了那座房子。"

我知道,他们在观察我的反应,所以我只是喝粥,假装对这个消息不感兴趣。姨父向老柯特解释道:

"这小家伙和他关系挺好的。要知道,老先生教了他不少东西,人家都说他对这孩子抱有很大的期望。"

"愿上帝保佑他的灵魂。"姨妈虔诚地说。

老柯特看了我一会儿。我能感觉到,他那双又小又亮的黑眼珠子在打量着我,但我不想从盘子里抬眼看他,否则就遂了他的愿。他又吸起烟斗,还往壁炉里狠狠啐了一口唾沫。

---

[1] 代指威士忌的蒸馏过程。酒尾(faints / feints)是最末从甑锅流出的酒,度数很低,酒花细碎层叠。蛇管(worm)是蒸馏器上的螺旋形冷凝管。

"我可不会让我的小孩,"他说,"跟那种人有太多来往。"

"这是什么意思,柯特先生?"姨妈问。

"我的意思是,"老柯特说,"对孩子不好。要我说,年轻人就该多去外面走走,跟同龄人一起玩,而不是……对吧,杰克?"

"我也是这么想的,"姨父说,"年轻人还得自己去拼去闯,所以我总对这位蔷薇十字会[1]的小信徒说:多锻炼身体。唉,我在小时候,每天早上都要洗个冷水澡,管它是冬天还是夏天,所以才有了今天这般强健的体魄。教育,是非常精微且宏大的……柯特先生可以再来一点儿羊腿肉。"他转而对姨妈说。

"不,不,不用了。"老柯特说。

姨妈从食橱里取了一盘羊腿放在桌上。

"但你为什么觉得对孩子不好呢,柯特先生?"她问。

"是对孩子有害,"柯特先生说,"他们的思想太容易受外界影响了。要是让他们看见那样的事儿,你知道的,会产生某种效果……"

我往嘴里塞了一大口麦片粥,生怕自己因为愤怒而喊出声来。真是个讨厌的红鼻子老顽固!

我睡着的时候已经很晚了。我的确很生气老柯特把我当孩子看,但还是忍不住去琢磨他没说完的话是什么意思。在漆黑的房间里,我仿佛又看到了瘫痪的神父那张沉郁、灰白的脸。我忙用毯子蒙住脑袋,逼着自己去想圣诞节。但那张灰白的脸一直跟着我。它在低语,我明白它是想忏悔些什么。我感觉自己的灵魂正滑向某个充满乐趣却让人堕落的场域,我发现它又在那里等着我。它开始喃

---

[1] 蔷薇十字会(Rosicrucian),一个以魔法、炼金术和占星术为代表的神秘主义教团。

喃地向我忏悔，我不明白它为什么一直在微笑，它沾了唾液的嘴唇为什么那么湿润。但突然，我又想起他已经死于瘫痪，所以我也勉强笑了笑，仿佛在赦免他买卖圣职的罪行。

第二天吃过早餐，我就到大不列颠街上去看那座小房子了。那是一家很不起眼的商店，名字也起得含糊，叫"布料店"。店里卖的主要是儿童毛线袜和雨伞；平时橱窗里总是挂着一块告示牌，上面写着"补伞"。现在百叶窗都拉上了，告示牌也看不见了。门环上用丝带系着一束绉纱花。两个穷女人和一个送报的男孩正在读绉纱上的卡片。我也凑上前去，读道：

1895年7月1日

詹姆斯·弗林神父

（曾奉职于米斯街的圣凯瑟琳教堂）

享年六十五岁

愿逝者安息

读完这张卡片，我才确信他已经死了。我不安地发现自己愣在原地。要是他没有死，此刻我便会走进商店后面那间昏暗的小屋，看他坐在火炉旁的扶手椅上，被厚重的大衣裹得几乎喘不过气来。或许，姨妈会让我给他捎一包"高图斯特"牌鼻烟，这个礼物准会将他从昏昏欲睡中唤醒。每次都是我把烟末倒进他黑色的鼻烟壶里，因为他的手抖得厉害，要是让他自己来，准会把一半烟末都撒在地板上。甚至在他抬起颤抖的大手把烟往鼻子前面送时，也会有一小团云雾般的细末从他的指缝间漏出，落在大衣的前襟上。或许，正是这不断散落的烟末，让他那件古老的祭司服呈现出一种褪了颜色的绿。至于那块红手帕，往往不到一周就成了黑手帕；他想用手帕拂去鼻烟的颗粒，但这自然是不管用的。

我想进去看看他，但没有敲门的勇气。我沿着街道向阳的一侧慢慢走远了，一边走一边看商店橱窗上张贴的剧院海报。我感到有些不可思议，因为无论是我，还是这天气，都没有被哀伤的氛围侵染。我甚至有些恼火，因为我竟然体会到一丝自由，仿佛他的死让我从某种束缚中解脱了出来。我之所以思考这个问题，是因为姨父那天晚上说，他教了我不少东西。他曾在罗马的爱尔兰学院求学，因此教我学会了标准的拉丁语发音。他给我讲过地下墓穴[1]和拿破仑·波拿巴的故事，还向我解释了各种弥撒仪式的含义，以及神父为什么要穿不同的法袍。有时他为了取乐，会故意抛一些难题给我。比如在某些情况下一个人该怎么做；某种罪行是滔天之罪，是可恕之罪，抑或只是一处瑕疵。他的提问揭示了一些复杂而玄妙的教会制度，而我之前只把它们当作再简单不过的条文规定。在我看来，神父负责主持圣餐，负责保守告解的秘密是如此严肃，以至于我无法理解为什么有人敢于担当这样的重任。他还告诉我，教会的前辈们撰写了若干本书阐释这些玄而又玄的问题，那些书比《邮政目录》还厚，字体却小得像报纸上的法律公告，但我听了并不感到惊讶。每次被问到这些，我都答不上话来，要不然就只能支支吾吾地搪塞过去。对此他总是报以微笑，还冲我点两三下头。他让我背诵应答弥撒仪式的祷文，偶尔还会来考我；当我像背顺口溜似的背个没完时，他会露出意味深长的微笑，点点头，然后轮番往两个鼻孔里塞入一撮又一撮的鼻烟。他微笑的时候，会露出那一口大而发

---

[1] 在公元1~2世纪的罗马，早期基督徒为了逃避宗教迫害，被迫躲在城市的地下墓穴中。

黄的牙齿，还会用舌头舔舔下嘴唇——在我们刚认识、还不熟的时候，这个习惯一度让我感到很不自在。

我晒着太阳，边走边想老柯特昨晚说的话，并试图回忆后来的梦里发生了什么。我记得我看见了长长的天鹅绒窗帘和一盏摇曳着的古董吊灯。我感觉自己到了很遥远的地方，一个风俗奇特的地方——或许是在波斯，我想……但我不记得梦的结局了。

傍晚，姨妈带我去拜访那个正在服丧的人家。那时已是日落之后，但那间屋子朝西的窗玻璃上，仍然映照着一大片金褐色的云霞。南妮在前厅接待我们。高声和她打招呼显然不合时宜，所以姨妈只是跟她握了握手。老太太探询地往楼上指了指，在姨妈点头之后，她才走在我们前面，吃力地爬上狭窄的楼梯，低垂的头几乎碰到了楼梯的扶手。在楼梯的第一个转角处，她停下来，朝我们招了招手，让我们从那扇敞开的门进入死者的房间。姨妈进去了。老太太见我犹豫不前，又开始向我连连招手示意。

我踮着脚尖走了进去。百叶窗的花边留有空隙，房间由此弥漫着暗淡的金色光芒。烛光在这金光之中，就像一簇苍白、细弱的火焰。他已经躺在棺材里了。南妮首先跪下，姑妈和我也跟着跪在棺尾。我佯装祈祷，却无法集中思绪，因为老太太的喃喃低语使我分心。我注意到她的围裙笨拙地系在身后，布靴的鞋跟也被踩得塌到一边。我突发奇想，或许老神父正躺在棺材里微笑呢。

但事实并非如此。我们起身走到棺头的时候，发现他脸上并没有笑容。他躺在那里——庄严而臃肿——穿着齐整，好像要登上祭坛似的，一双大手松散地托着圣杯。他那灰暗而硕大的脸庞显出凶相，鼻孔有如深黑的洞穴，脸颊周围还长着一圈稀疏的白色毛发。房间里的气味——鲜花的香气浓郁。

我们在胸前画完十字，便离开了房间。在楼下的小屋里，我们看见伊丽莎端坐在神父的扶手椅上。我摸索着找到角落里我常坐的那把椅子，南妮则走到橱柜旁，从里面取出一瓶雕花玻璃装的雪莉酒和几只酒杯。她把这些东西放在桌上，请我们小酌一杯。接着，按照她姐姐的吩咐，她把酒倒进杯子里，分别递到我们手上。她还坚持让我吃些奶油脆饼，但我拒绝了，因为我觉得吃这种饼干会发出很大的声响。由于我不肯吃，她似乎有些失望，便默默走向沙发，坐在她姐姐的后面。没有人说话：大家都盯着空荡荡的壁炉。

一直等到伊丽莎叹了口气，姨妈才说：

"唉，也好，他到一个更好的世界去了。"

伊丽莎又叹了口气，低了低头表示赞同。姨妈用手指捏住杯柄，抿了一小口酒。

"他走得……还算安详吧？"她问。

"嗯，没遭什么罪，夫人，"伊丽莎说，"都不知道什么时候断的气。他的死还算体面，感谢上帝。"

"那么一切都……"

"奥鲁克神父在星期二的时候来了，给他敷了油，把一切都处理好了。"

"他那时就知道了？"

"他那时就认命了。"

"他看着就是一副乐天知命的样子。"姨妈说。

"替他擦身子的女工也这么说。她说他看起来像睡着了一样，那么安详，那么从容。谁也没想到，他的遗体竟会如此完美。"

"是，确实。"姨妈说。

她又从杯里呷了一口酒，接着说："唉，弗林小姐，无论如何,你们能为他做的事儿,都已经做到了。这对你们来说,也是一个极大的安慰。要我说,你们姐妹俩待他可不薄。"

伊丽莎抚平了裙子上的褶皱。

"哦,可怜的詹姆斯!"她说,"我们为他做的一切,上帝都看在眼里,我们虽然穷,但绝不会让他'在那边'缺什么少什么。"

南妮头靠在沙发垫上,好像要睡着了似的。

"还有可怜的南妮,"伊丽莎望着她说,"你看看她都累成什么样了。有那么多事情要去处理,但就我们两个人——找人给他擦身子,把他抬进棺材,再去教堂安排弥撒。要不是奥鲁克神父帮忙,我们可真不知该怎么办才好。是他买来了鲜花,带来了两个烛台,在《自由民日报》上刊登了讣告,还负责处理了与殡葬相关的文件,以及可怜的詹姆斯的保险单据。"

"他人怎么这么好?"姨妈说。

伊丽莎闭上眼,轻轻摇了摇头。

"唉,没有比老朋友更可靠的人了,"她说,"但话说回来,人死了以后又靠得了谁呢?"

"确实,这话不假,"姨妈说,"不过我相信他已经永远安息了。他一定不会忘记你们,更不会忘记你们对他的一片好心。"

"哦,可怜的詹姆斯!"伊丽莎说,"他几乎没给我们添过什么麻烦。他还在的时候,动静也没比现在大多少。不过,我知道他已经走了,再也不会……"

"只有当一切结束了,你才会开始想念他。"姨妈说。

"我知道,"伊丽莎说,"我以后再也不能给他端牛肉茶了,还有您,夫人,再也不用给他送鼻烟了。哦,可怜的詹姆斯!"

她突然打住话头，仿佛在回忆往事，接着又像开了窍似的说道：

"对了，我还注意到，他走之前有些奇怪的表现。每次我把茶汤端给他的时候，都见他仰靠在椅子上，嘴巴张着，祈祷书也掉在地上。"

她用一根手指挡住鼻子，皱起眉头，接着说："都这样了他还总说，要在夏天过完之前找个晴朗的日子，乘车去爱尔兰镇[1]，回到我们出生的那座老房子，还要带上我和南妮。要是能租到那种没什么噪声的新式马车就好了，就是那种安装了'风湿轮'[2]的马车——还是奥鲁克神父告诉他的呢。等哪天马车减价了，在强尼·拉什[3]那儿就能租到。然后，我们三个人可以找个礼拜天的傍晚一起乘车过去。这是他一直以来的心愿……可怜的詹姆斯！"

"愿上帝保佑他的灵魂。"姨妈说。

伊丽莎拿出手帕，用它擦了擦眼睛。然后，她把手帕放回口袋，盯着空荡荡的壁炉，好一会儿都没说话。

"他总是那么一丝不苟，"她接着说，"神父的职责，对他而言，实在太过沉重了。可以说，他的人生已经被打乱了。"

"是，"姨妈说，"他是灰了心的，可以看得出来。"

房间里一片寂静。在它的掩护下，我走到桌边，尝了一口我的那杯雪莉酒，随后悄悄坐回角落的椅子上。伊丽莎似乎又放空了自己。我们恭敬地等着她来打破沉默。过了好一会儿，她才缓

---

1 爱尔兰镇（Irishtown），都柏林的贫民区，位于利菲河南岸。
2 因为两个词的发音相近，伊丽莎错将"充气轮"（pneumatic wheel）说成了"风湿轮"（rheumatic wheel）。
3 弗拉西斯·强尼·拉什（Francis Johnny Rush），出租车和汽车店老板。

011

缓说道：

"都是因为他打碎了那只圣杯……一切都是从那时候开始的。当然，他们都说没事儿，要我说，里面也没装什么东西，但是没办法……大家都说是那个男孩闯的祸。可怜的詹姆斯也为此感到不安，愿上帝怜悯他！"

"真是这样吗？"姨妈说，"但我听说……"

伊丽莎点点头。

"这件事儿对他影响太大了，"她说，"从那以后，他就一直闷闷不乐，也不跟人说话，一个人到处乱逛。一天晚上，人们有事儿找他，可是哪儿都找不到他。他们里里外外都找遍了，却连他的影子都没见着。后来，教会的职员建议去教堂看一眼。于是他们拿上钥匙，打开了小教堂的门，那个职员和奥鲁克神父，还有另一位在场的神父提着一盏油灯进去找他……你们猜怎么着，他还真在那儿，独自一人坐在漆黑的忏悔室里。他清醒得很，还轻声笑着——像是对自己发笑。"

她突然停下来，似乎在倾听着什么。我也在听，可屋子里什么声音也没有。我知道，这位庄严肃穆的老神父，仍像我们刚才看到的那样，一动不动地躺在棺材里，胸前放着一只空的圣杯。

伊丽莎接着说：

"清醒得很，像是对自己发笑……他们看见那样的情形，自然会觉得是他出了什么问题……"

一次偶遇

真正的冒险不会发生在
整天待在家里的人身上——
我得去外面的世界。

* 爱尔兰在英国政府的监管下于1831年建立了国立学校（小学）教育体系。国立学校为爱尔兰学童提供以实用为主的基础教育。爱尔兰民族主义者将爱尔兰语几尽绝迹归咎于国立学校，因为国立学校是教授英语课程的教学机构。

多亏乔·狄龙,我们才对西部荒野[1]有所了解。他有一个小小的藏书室,里面收集了一些早期的旧杂志,如《国旗》《勇气》和《半便士历险记》。每天下午放学后,我们都会在他家的后院碰头,玩印第安人打仗的游戏。他那又胖又懒的弟弟利奥和他组队,一同把守马厩的草料棚,而我们则要把马厩攻打下来;有时候,我们也会在草地上干一场硬仗。但是,无论我们战得多勇,都从未赢过任何一场围攻或对垒;每一场战斗,都在乔·狄龙庆祝胜利的战舞中结束。他的父母每天上午八点到加迪纳街去参加弥撒,狄龙夫人身上散发的无比祥和的气息在大厅里弥漫。乔就不一样了。即使面对我们这些年龄和胆量都比他小的孩子,他打起架来也绝不会手软。乔简直就是一个小印第安人——他在花园里蹦来跳去,头上还戴着一只旧茶壶套,一边用拳头敲打锡铁罐,一边大声喊道:

"呀!呀咔,呀咔,呀咔!"

在得知他要当牧师这一消息后,所有人都觉得难以置信,但事实就是如此。

一种"无法无天"的风气在孩子中间蔓延开来,在它的作用

---

[1] 西部荒野(the Wild West),指拓荒时期未开发的美国西部,常与浪漫、危险、机遇和豪迈的个人主义联系在一起。

下，素质和体质的差异都不复存在了。我们被牢牢地绑在一起：有横行无忌的，有嬉笑打闹的，也有担惊受怕的。最后一种大多是心不甘情不愿的——他们担心被人说成没有男子气概的书呆子，于是硬着头皮扮成印第安人；我就是其中之一。西部荒野所推崇的冒险精神，与我的天性相去甚远，但至少，它为我打开了一扇逃离现实的大门。与之相比，我更爱读美国的侦探小说，就是那种不时会有衣冠不整、性格泼辣，却又风情万种的女人出现的侦探小说。虽然这些故事本身无伤大雅，作者的创作意图甚至还有一定的文学价值，但这些书籍在学校只能私下传阅。一天，巴特勒神父在听学生朗读指定的四页《罗马史》课文时，发现笨手笨脚的利奥·狄龙正在偷看一本《半便士历险记》。

"这一页还是这一页？这一页吗？喂，狄龙，站起来！'天刚刚'……接着读！天怎么了？'天刚刚亮'……你到底学没学过？你口袋里装的什么？"

狄龙交出杂志的时候，每个人的心都提到了嗓子眼，但脸上却是一副委屈、无辜的样子。巴特勒神父翻着看了几页，接着皱起了眉头。

"这什么破烂玩意儿？"他说，"《阿帕奇酋长》！你放着《罗马史》不读，非要读这么一本破书？别让我在学校见到这种上不得台面的东西。写这种书的想必也不是什么正经人，多半就是为了赚几杯酒钱。你们这些受过教育的孩子，竟会读这种东西，真是出乎我的意料。倘若你们是……国立学校的学生，倒是还可以理解。喂，狄龙，我郑重地警告你，要好好学习，否则……"

在课堂上——我头脑还算清醒的时候——这番训斥极大地磨灭了西部荒野在我心中的光辉，利奥·狄龙那张茫然的胖脸则唤醒了我心中的某一种良知。然而，当学校的约束力渐远时，我便又开始渴望那些豪放不羁的感受了，渴望那种似乎只有杂乱的记事才能为我提供的抽离感。终于，每天傍晚的模拟战争游戏，已经变得像早晨上课一样令人厌倦，因为我想体验一场真正的冒险。但真正的冒险，我又想了想，不会发生在整天待在家里的人身上——我得去外面的世界。

暑假将近，我打定主意，至少要抽出一天时间逃离这枯燥乏味的校园生活。我与利奥·狄龙，还有一个叫马奥尼的男孩，计划到外面去疯狂一次。我们每人都攒了六便士，并约好第二天上午十点在运河的桥上碰面。马奥尼的姐姐会替他写张假条，利奥·狄龙叫他哥哥去说他生病了。我们计划沿着码头路一直走到停船的港口，然后搭船过河，再步行去鸽舍[1]。利奥·狄龙担心碰见巴特勒神父，或者碰见学校里的什么人，但马奥尼倒是问得很有见地：巴特勒神父到鸽舍来干什么？我们便放下心来。接着，我落实了计划的第一步，向他们每人收了六便士，也给他们看了我自己攒的六便士。当天晚上敲定了最后的方案，我们三人都感到隐隐的激动。我们握手，大笑，马奥尼说：

"明天见，伙计们！"

那晚我没怎么睡好。第二天早上，我第一个来到桥上，因为我家离得最近。我把书藏在花园尽头的炉灰坑附近的长草里（从没有人去过那里），然后沿着河岸匆匆向前。那是六月第一个星期的一个阳光和煦的早晨。我坐在桥顶上，欣赏那双我用白粉擦了一整夜的单薄的帆布鞋，看着温驯的马儿拉着一车人走上斜坡。林荫道两

---

[1] 鸽舍（Pigeon House），坐落在城市南侧指向都柏林湾的一小片土地上，是利菲河南岸的延续。

旁是高大的树木，树枝上生着嫩绿的小叶子，阳光透过树叶斜照在水面上。桥面的花岗岩渐渐转暖，我和着脑中的曲子，用手在上面打起了节拍。我感到快活极了。

我在那里坐了五到十分钟的样子，就看见马奥尼的灰衣服正朝这边靠近。他笑着走上小坡，爬上桥顶，在我身旁坐下。在等待的过程中，他从鼓鼓的口袋里掏出一把弹弓，还跟我介绍他对弹弓做的一些改良。我问他为什么要带弹弓，他说想拿它射鸟寻开心。马奥尼说话喜欢使用俚语，比如巴特勒神父在他口中就成了"本生灯"[1]。我们又等了一刻钟，却仍不见利奥·狄龙的影子。马奥尼终于坐不住了，跳下来说：

"走吧，我就知道那小胖子不敢来。"

"那他的六便士怎么办……"我说。

"充公了，"马奥尼说，"这样对我们更好——一鲍勃[2]，再加一坦纳[3]，得比一鲍勃好用。"

我们沿着北岸路一直走到硫酸厂，然后向右拐进了码头路。一离开公众的视野，马奥尼立刻就扮起了印第安人。他挥舞着手里那把没有放弹珠的弹弓，追逐着一群衣衫褴褛的女孩子。这时，两个衣衫褴褛的男孩子出来打抱不平，朝我们扔起了石头，马奥尼提议向他们发起冲锋。我表示反对，说那两个孩子太小了。这几个穿着破烂衣服的孩子追着我们喊道："襁褓者[4]！襁褓者！"他们以为我们是新教徒，因为马奥尼肤色偏黑，帽子上还别着板球俱乐部的

---

1 本生灯（Bunsen Burner），一种能产生高温蓝色火焰的燃烧器。这是对巴特勒神父名字的戏称，同时也表示他脾气不好，喜怒无常。
2 鲍勃（Bob），俚语，即一先令，价值十二便士的小银币。
3 坦纳（Tanner），俚语，即价值六便士的小银币。
4 襁褓者（Swaddler），俚语，即新教徒。暗含贬义。

银质徽章。我们走到"滑铁"浴池时,准备玩一场围攻游戏,但因为凑不到三个人只得作罢。于是,我们拿利奥·狄龙出气,骂他是个孬种,还说他下午三点指定又能从瑞恩先生那里"学"到不少东西。

然后我们来到河边。喧闹的大街两旁立着高耸的石墙,我们在街上逛了好一会儿,顺便"监督"起了吊车和发动机的工作,好几次因为站着不动,还被推车推得吱扭作响的车夫骂了一顿。我们抵达码头时已是正午,因为工人们都已经在吃午餐了。我们买了两个葡萄干面包,坐在河边的金属管道上吃了起来。我们沉浸在都柏林壮观的商业景象中——远方的驳船上腾起层层烟雾,褐色的捕鱼船队停靠在林森德[1]附近,巨大的白色帆船正在对岸的码头卸货。马奥尼说,要是能混上这样一艘大船逃到海上去,肯定很好玩。望着那些高大的桅杆,就连我自己也觉得:在学校里学的那一星半点地理知识,似乎都在我眼皮底下渐渐变成了现实。家和学校退出了我们的视野,它们对我们的影响也变得微乎其微。

我们付完钱,搭船过了利菲河,同船的有两个劳工,还有一个拎着包的小个子犹太人。我们佯装严肃,甚至有几分正襟危坐的味道。在这短短的旅途中,我和马奥尼的目光偶遇了一次,我们两人都忍不住笑了起来。船靠岸后,我们驻足欣赏那艘优雅的三桅帆船,观察它卸货的全过程。我们刚才在对岸码头就看见它了。旁边有人说,那艘船是从挪威来的。我走到船尾,试图解读上面的铭文,但我看不明白。于是,我决定往回走,去观察那些外国水手,看他们是否长着绿色的眼睛,只为印证我脑中那些奇怪的想法……

---

[1] 林森德(Ringsend),都柏林的工人阶级区,位于利菲河口以南。

那些水手的眼睛有蓝色的，有灰色的，甚至有黑色的。唯一一个眼睛还算得上绿的水手是个大高个，他为了逗码头上的人开心，每次放下货板的时候，都会兴高采烈地喊道：

"别怕！别怕！"

看够了这番景象，我们便悠闲地逛到了林森德。天气开始变得闷热，杂货铺的橱窗里放着发了霉的饼干，颜色都有些泛白了。我们买了一些饼干和巧克力，一边起劲地吃着，一边在肮脏的街上闲逛。这条街上住了许多打渔的人。我们没找到乳品店，就随便进了一家小卖部，每人买了一瓶覆盆子柠檬水。喝完之后，马奥尼又来了精神。他跑到巷子里捉猫，可那只猫却逃到野地里去了。我们太累了，所以一到那片野地，就躺在了一处山坡上，从那里越过山脊就可以望见多德尔河。

时间已经很晚了，我们也玩累了，无法继续执行参观鸽舍的计划。我们必须赶在四点前回家，以免我们的冒险之旅被人发现。马奥尼满是遗憾地看着他的弹弓，于是我只得提议坐火车返程，免得他又来了兴致。太阳钻进了云里，留给我们的只有疲乏的思绪和食物的残渣。

田野里除了我们俩没有别人。我们躺在山坡上，彼此无言。过了好一会儿，我看见田野尽头有个人朝我们走来。我懒洋洋地望着他，嘴里叼着一根女孩们用来算命的绿草茎。他沿着田埂缓步走来，一只手放在屁股上，另一只手拿着木棍，轻轻敲打着草皮。他衣着简陋，身上穿着一件墨绿色的旧外套，头上还戴着一顶我们称之为"尿壶"的高顶毡帽。他应该是上了年纪，因为他唇上的胡须已经发灰发白。他从我们脚下经过时，迅速抬头瞥了我们一眼，然后继续走他的路。我们的目光追随着他的身影，只见他走了大约五十步，又转过身来，开始沿原路折返。他朝我们慢慢走来，手里仍然用木棍敲打着草皮。他走得太慢了，我还以为他在草里找什么东西。

他走到我们跟前时停了下来，问了声好。我们回应了他的问候，然后他慢慢地、小心翼翼地坐在我们身旁的斜坡上。他聊起了天气，说什么今年夏天会十分炎热，还说现在的季节和他小时候相比，已经发生了巨大的变化——他的小时候已经是很久以前的事儿了。他说，人这一生中最幸福的时光无疑是学生时代，他愿意付出一切来换取青春。他喋喋不休地倾诉着自己的思绪，我们觉着有些无聊，便没有说话。接着，他聊到了书和学校。他问我们是否读过托马斯·穆尔[1]的诗，或者沃尔特·司各特[2]爵士和利顿[3]勋爵的作品。他每提到一本书，我都假装读过，所以他最后说：

"啊，看得出来你是个书虫，跟我一样。但是，"他指了指瞪大双眼盯着我们的马奥尼说，"他就不同了，这孩子指定贪玩。"

他说他收藏了沃尔特·司各特爵士和利顿勋爵的所有作品，而且百读不厌。"当然了，"他补充道，"利顿勋爵有些作品不是给男孩子读的。"马奥尼问为什么男孩不能读这些书——他这么一问倒让我有些难堪了，生怕他把我当成马奥尼那样的傻瓜。然而，那人只是笑了笑。我看见他发黄的牙齿之间露出了巨大的缝隙。接着他问我们两个谁的情人更多。马奥尼轻浮地说他有三个情人。那人

---

[1] 托马斯·穆尔（Thomas Moore，1779—1852），爱尔兰著名的爱国主义诗人。
[2] 沃尔特·司各特（Walter Scott，1771—1832），苏格兰著名的诗人和历史小说家，代表作有《威弗利》《艾凡赫》《十字军英雄记》等。
[3] 爱德华·布尔沃-利顿（Edward Bulwer-Lytton，1803—1873），英国著名政治家和小说家，新门派小说的奠基人，代表作有《绅士佩勒姆历险记》《保罗·克利福德》《未来种族》等。

又问我有几个。我说我一个也没有。他不相信，说我怎么着也得有一个。我没有接话。

"告诉我们，"马奥尼有些失礼地对那人说，"你自己有多少个情人？"

他像之前那样笑了笑，说在我们这个年纪的时候，他有很多个情人。

"每个男孩，"他说，"都有一个小情人。"

他对这件事儿的态度让我有些惊讶，我没有想到，像他这个年纪的人竟会如此开明。我觉得他对男孩和情人的论述不无道理，但我不喜欢从他嘴里说出来的话。我不明白他为什么颤抖了一两次，好像在害怕什么，或是突然感到了一阵寒意。他接着往下说，我注意到他的口音还算纯正。然后，他跟我们聊起了女孩子，说她们的秀发是多么顺滑，手是多么柔软，可又说但凡多了解一些，就会知道所有的女孩其实并不像她们表面上那样美好。他说，没有什么比望着一个年轻女孩——欣赏着她白嫩的双手和她柔顺的秀发——更让人欢喜的了。他给我的感觉是，他在背诵一段早已熟记的台词，或是被自己说过的某些字句吸引；他的思想似乎只在同一个轨道上慢慢地回转盘旋。有时，他会提及一些尽人皆知的事实；但有时，他又会压低声音，说得很神秘，仿佛在告诉我们什么秘密，不希望别人听到。他一遍又一遍地重复着自己的话，并用他那单调的声音将它们包裹起来，试图让自己的表达产生些许变化。我一边听他说，一边注视着脚下的斜坡。

过了很久，他的独白才接近尾声。他徐徐起身，说要离开一分钟，顶多几分钟。我没有移开视线，只是用余光瞥见他缓步朝田野的近端走去。他走之后，我们俩也没说话。又沉默了几分钟后，我

突然听马奥尼喊道:

"喂!你看他在干什么!"

我既没搭腔,也没抬眼去看,于是马奥尼又喊道:

"喂……他真是个古怪的老家伙!"

"要是他问起我俩的名字,"我说,"就说你叫墨菲,我叫史密斯。"

我们没有再多说什么。我还在考虑是否该离开的时候,那人就回来了,再次坐在我们身旁。他还没坐下,马奥尼就看见刚才跑掉的那只猫,于是他一跃而起,跑到田野那边追猫去了。那人和我一起观看了这场追逐战。猫又一次逃脱了,马奥尼开始朝猫跳过的墙头扔石头。扔完石头,他就在田野的远端漫无目的地游荡。

隔了一会儿,那人又跟我说话了。他说,我的朋友是个顽皮的孩子,还问他是不是经常在学校里挨鞭子。我本打算义愤填膺地告诉他,我们可不是国立学校里那种要挨鞭子的男孩,但我保持了沉默。他又聊到了体罚这个话题。他的思想再一次被他的言语牵引,仿佛绕着一个新的中心转了一圈又一圈。他说,像那样的男孩就应该挨鞭子,狠狠地挨顿鞭子。要想让一个顽皮任性、不守规矩的野孩子学好,除了狠狠抽他一顿之外,没有别的办法。打手板、扇耳光都不起作用:他就得挨一顿结实、热乎的鞭子。他的话使我大为震惊,我不由得抬头看了他一眼。只见他那轻微抽搐的额头下方,一双墨绿色的眼睛正幽幽地窥视着我。我再一次挪开了视线。

那人又开始了他的独白。他似乎忘记了自己刚才自由、开明的言论。他说,要是他发现一个男孩和女孩搭讪,或者找了个女孩做情人的话,他准会拿鞭子一遍遍地抽他,好让他长记性,从此不再跟女孩勾搭在一起。如果一个男孩找了小情人还不承认的话,他定会狠狠抽那个男孩一顿，叫他老老实实记一辈子。他说，在这个世界上，没有什么比鞭子更值得他去钻研了。他向我描述，他会如何鞭打这样的男孩，就好像在解开什么精心设计的谜团。他说，他爱干这件事儿，没有什么能比狠狠地抽打别人更称他的心意了。他兀自说着，诱导着我走向那片神秘之地，他的声音也从单调变得亲热，仿佛在恳求我去理解他的一片苦心。

等到他的独白再次停下，我才猛地站起身来。为了不在他面前露怯，我假装系鞋带，故意拖延了一会儿，然后向他道别，说我必须得走了。我冷静地走上斜坡，可心却跳得厉害，唯恐他会抓住我的脚脖子。我走到坡顶时，转身不去看他，朝着田野另一头大声喊道：

"墨菲！"

我的声音能听出一丝勉强装出来的勇气，连我自己都对这种微不足道的把戏感到惭愧。我不得不再喊一遍这个名字，马奥尼这才看见我，回了一声"哈喽"。他从田野那头向我跑来时，我的心怦怦直跳！他奔跑着，好像要来救我似的。我有些后悔了，因为我心里一直有些瞧不起他。

阿拉比

我从未同她讲过话,
但她的名字却像一道咒语,
召唤着我身体里所有愚蠢的血液。

北里奇蒙街是一条死胡同。除非碰上基督教兄弟会学校放学，否则，这是一条相当僻静的街道。在街道的尽头，有一幢无人居住的二层楼房，它坐落在一片方形空地上，与邻舍的房屋分隔开来。其他房屋的主人都自觉体面，便纷纷摆出那副肃穆的褐色面孔，时刻打量着对方。

我们这栋房子的前租客是个牧师，他死在后屋的起居室里。因为门窗久闭，空气中弥漫着发霉的味道，厨房后面的杂物间堆满了无用的旧报纸。我在里面找到了几本包着纸皮的书，有沃尔特·司各特的《修道院院长》，还有《虔诚的领受圣餐者》和《维多克回忆录》。它们页边卷起，还有些受潮了。我最喜欢最后一本，因为它的纸页是黄色的。房子后面荒废的花园正中有一棵苹果树，还有几丛零星的灌木。在其中一丛灌木下，我发现了已故房客用过的生了锈的自行车打气筒。他是一位仁慈宽厚的牧师。在遗嘱中，他把所有的钱都捐给了教会，还把房子里的家具留给了他的妹妹。

冬天的白昼时间很短，我们还没吃完晚饭，天就已经黑了。我们在街上碰头时，房屋已经罩上一层暮色。我们头顶的天空是变幻莫测的紫罗兰色，路边的街灯向上擎着昏暗的光笼。虽然寒气袭人，但我们一直玩到身上发烫才罢休。我们的呼喊声在寂静的街道上回响。我们一边打闹,一边穿过了屋后漆黑的泥泞巷道。在那里,我们遭到了从破房子里蹿出来的野孩子的偷袭;接着,我们冲到阴暗潮湿的花园后门,那里的灰坑散发出刺鼻的气味;最后,我们来到又黑又臭的马厩,一个马夫在那里给马梳毛,他扣紧马具时会发出悦耳的声响。当我们回到大街上时,从厨房窗户里透出的光亮已经铺满了街面。要是有人在拐角处看见我叔叔,我们就躲在阴影里,直到他稳稳当当地进了屋,我们再出来;要是曼根的姐姐来到门口的阶梯上喊她弟弟回屋吃茶点,我们就躲在阴影里,观察她四下张望的样子。我们会多等一等,看她是否会进屋,如果她仍留在屋外,我们便不得不从阴影里钻出来,乖乖走到曼根家的台阶前。她确实在等我们。灯光从半掩的门里透出来,将她的身形照得十分清楚。她弟弟在进屋前总要先捉弄她一番,我就站在扶栏边盯着她看。她的衣裙随着身体的摆动而摇曳,柔软的发辫也来回晃动着。

每天早晨,我都趴在前厅的地板上,注视着她家的大门。我拉下百叶窗,只留不到一英寸的空隙,这样别人就看不见我了。她一出门走到台阶上,我的心就怦怦直跳。我向走廊冲刺,抓起书本,紧紧跟在她身后。我始终注视着她褐色的背影,当我们快到分岔路口时,我便加快脚步赶过她。每天早晨都是如此。除了偶尔打声招呼,我从未同她讲过话,但她的名字却像一道咒语,召唤着我身体里所有愚蠢的血液。

即使在最不浪漫的场合,她的身影也挥之不去。每到周六晚上,姨妈就会到集市上采购,我也会跟着她,帮她提东西。我们穿梭在灯火通明的街道,被喝得烂醉的酒鬼和讨价还价的婆娘们推来搡去。劳工的叫骂声,站在装满猪头肉的木桶旁边的伙计的吆喝声,街头艺人带着浓重的鼻音唱起了奥多诺万·罗萨的《大家一起来》,接着又唱了一首关于国内动乱的民谣。这些声音汇聚到一起,使我产生了一种独特的生命体验:我想象自己手捧圣杯,安然穿行于仇敌之间。在进行自己并不理解的祈祷和吟唱赞美诗时,她的名字会从我嘴里脱口而出。我的眼中常常噙着泪水(我也说不出为什么),心底的洪流亦如潮水一般涌进我的胸膛。我很少考虑将来的事情。我不知道自己是否会和她说话,如果说了,我又该如何表达我对她迷惘的爱慕之情呢?然而,我的身体好似一架竖琴,她的一言一行则如拨弄琴弦的手指。

一天晚上,我来到牧师去世的房间,就是后屋的那间起居室。那是一个漆黑的雨夜,屋子里一片寂静。透过一方破碎的窗玻璃,我听见雨水击打地面的声音,听见细密如针的雨在被浸润的土地上嬉闹的声音。不知是远处的街灯,还是亮着光的窗户在我下方闪烁。看不清楚也好;我全身上下的感官似乎都渴望隐藏起来,而我快要从它们中间滑落了。我双手合十,直至它们开始颤抖,然后喃喃道:"哦,爱!哦,爱!"这句话,我重复了许多遍。

她终于和我说话了。她说第一句话的时候,我有些恍惚,竟不知该如何回应。她问我去不去阿拉比。我不记得自己说了去还是不去。那个集市十分壮观,她说她想去看一眼。

"那你为什么不去呢?"我问。

她一边说,一边转动手腕上的银手镯。她说她去不了,因为那周她要在修道院静修。她的弟弟在和另外两个男孩抢帽子,我一个人站在扶栏边上。她搭着一根栏杆的尖头,把头歪向我这边。门对面那盏灯的光照在她雪白的脖颈上,照亮了她垂落的长发,照亮了她轻放在扶栏上的手。她只是随意站着,灯光落在她衣裙的一角,正好映出她衬裙的雪白滚边。

"你真该去看看。"她说。

"我要是去,"我说,"一定给你捎点儿什么东西回来。"

那晚之后,无论睡着还是醒着,我的脑子里尽是这种乱七八糟的念头!我恨不得一下抹掉中间那些百无聊赖的日子。我对学校的功课感到厌烦。白天在学校,她的形象总是浮现在我读不进的书页之间;到了晚上,她又出现在我的卧房里。"阿拉比"这个词的音节在沉寂中召唤着我,而我的灵魂也被这沉寂所淹没;我感受到一种来自东方的神秘魅力。我打算周六晚上请假到集市去。姨妈听了很吃惊,还说但愿我不是去参加什么共济会[1]的活动。我在课堂上也不怎么回答问题。我瞧着老师和蔼的面孔变得严肃起来,他希望我不要游手好闲。我无法将散漫的思绪集中起来。对于人生那些正经、严肃的问题,我实在是没什么耐心,既然它横亘在我和我的欲望之间,那么它在我眼中就是儿童游戏,丑陋而单调的儿童游戏。

周六早上,我提醒姨父说我晚上要去集市。他正在衣帽架那边翻找帽子刷,于是随口说道:

"好的,孩子,我知道了。"

由于他在走廊里,所以我没法趴到前厅的窗边。我只得悻悻地离开家门,缓步朝学校走去。天气冷得无情,我心里也有些忐忑。

我回家吃晚饭时,姨父还没有回来。时间倒也还早。我坐下盯着钟看了一会儿,直到它的嘀嗒声闹得我心烦,我才离开房间。我

---

[1] 近代的共济会(Freemason)成立于18世纪的英国,是18世纪欧洲的一种带有乌托邦性质及宗教色彩的兄弟会性质组织。

爬上楼梯，来到楼上。楼上那些空旷、阴冷的房间拯救了我，我唱着歌从一个房间跑到另一个房间。透过正面的窗玻璃，我看见我的伙伴们在街道上玩耍。他们的叫闹声传到我耳朵时已经十分微弱，我用额头抵住冰冷的玻璃窗，眺望着她居住的那幢昏暗的房子。我可能在那里站了有一个小时，除了想象中那个褐色的身影，什么都没有看见，没有看见她被微光照亮的脖颈曲线，没有看见她搁在栏杆上的手和她裙角的滚边。

我回到楼下时，发现默瑟尔太太正坐在炉火旁。她是一个爱说闲话的老妇人，一个当铺老板的遗孀；她收集用过的邮票是出于某种虔诚的目的。我不得不忍受茶桌上的闲言碎语。这顿饭往后推了一个多小时，可姨父还是没回来。默瑟尔太太起身要走，她说很抱歉，不能再待下去了。毕竟已经过了八点，她受不了夜里的风，不宜在外面久留。她一走，我就攥着拳头在屋里来回踱步。姨妈说：

"恐怕你今晚是去不了集市了。"

九点的时候，我听见姨父用钥匙打开了走廊的门。我听见他自言自语，还有他挂外套时衣帽架晃动的声音。我知道这些声音意味着什么。晚饭吃到一半，我才开口跟他要去集市的钱。他已经把这件事儿忘得一干二净了。

"这会儿人们都上床睡过一觉了。"他说。

我笑不出来。姨妈极力劝他说：

"你就不能给他钱让他去吗？你都已经让他等到这么晚了！"

姨父这才说忘记了这件事儿他很抱歉。他说他欣赏一句老话："只学习不玩耍，聪明孩子也变傻。"他问我要去什么地方，我又告诉了他一遍，他问我知不知道《阿拉伯人告别骏马》这首诗。我离开厨房的时候，他正准备把那首诗开头的几句背给姨妈听。

我沿着白金汉街大步往车站走去，手里攥着一枚两先令银币。街上熙攘的人群，还有那一盏盏耀眼的车灯，都在提醒着我此行的目的。我在一辆空荡荡的列车的三等车厢里找了个座位。在经历了一段令人难以忍受的延误之后，列车缓缓驶出了站台。它向前爬行，穿过破败不堪的房屋，越过荡漾闪光的河流。在韦斯特兰罗车站，一群人争先恐后地挤到车厢门前，列车员叫他们退后，说这是开往集市的专列。我仍是一人坐在空荡荡的车厢里。几分钟后，列车停靠在一个临时用木头搭成的站台旁。我走到马路上，看见一个被灯光照亮的表盘：已经九点五十分了。我的面前矗立着一座巨大的建筑物，上面闪烁着那个充满魔力的名字。

　　我怎么也找不到那种花费六便士就能进去的入口，但又怕集市关门，于是我匆匆穿过一扇旋转门，将一先令递给一位满面倦容的看门人。我发现自己进入了一间大厅，周围环绕着只有大厅一半高的货廊。几乎所有的摊位都打烊了，大厅里有一大片都是黑的。我觉察到一种寂静，就是做完礼拜之后弥漫在教堂的那种寂静。我胆怯地走到集市中央。还有一些人聚集在那些仍在营业的货摊周围。帘子上用彩灯拼成了"音乐咖啡馆"的字样，两个人正往盘子里数钱。我听着硬币落下的声音。

　　我好不容易才想起为什么要到这里来，于是走到一个摊位前，仔细看了看上面摆放的陶瓷花瓶和印花茶具。在这个摊位门口，一位年轻女士正跟两位年轻先生说笑。我注意到他们的英式口音，还隐约听到了他们的谈话。

　　"啊，我从来没说过这样的话！"

　　"啊，你肯定说过！"

　　"啊，我肯定没有！"

"她刚才是不是说过?"

"是,我听见她说了。"

"啊,你……胡说八道啦!"

那位年轻女士注意到我,便过来问我要买什么。她的声音听不出半点儿鼓励的意思,跟我搭话似乎只是出于一种责任感。我谦恭地望着摊位幽暗的入口两侧如东方侍卫一般挺立的广口瓷瓶,喃喃地说道:

"不用了,谢谢你。"

年轻女士挪了挪其中一只花瓶,然后回到了两位年轻先生身旁。他们又说起了之前的话题。那女人还回头瞥了我一两眼。

我在她的摊位前逗留了片刻,仿佛真的对她的货品感兴趣,尽管我心里明白,这样待着没有任何意义。然后,我慢慢转身离开,往集市的中央走去。我把两个便士扔进口袋,任由它们和里面的一枚六便士硬币撞击作响。我听见货廊尽头有人喊了一声关灯。顿时,大厅上方一片漆黑。

抬头望向黑暗,我发现自己是一个被虚荣心驱使,又被虚荣心嘲弄的可怜虫,眼里不禁燃起痛苦和愤怒的火焰。

伊芙琳

他会给她以生机，
或许还有爱情。
但她想要的是生活。

她坐在窗前,看着夕阳的余晖漫过街道。她的头靠在窗帘上,鼻腔里满是落着灰尘的印花布帘的气息。她累了。

几乎没什么人经过。有个男人从街尾那栋房子里走出来,路过这里回家去。她听见男人的脚步先是在混凝土路面上嗒嗒作响,接着又嘎吱嘎吱地走在红色新房前的煤渣路上。从前那里是一片空地,每天晚上,他们都跟别人家的孩子在那里一起玩耍。后来,一位从贝尔法斯特来的先生买了那块地,在上面盖了好多房子——不像他们住的那种褐色的小房子,而是屋顶亮闪闪的红色砖房。这条街上的孩子过去常在那片空地上玩耍:有迪瓦恩家的、沃特家的、邓恩家的、小瘸子基奥、她,还有她的兄弟姐妹们。欧内斯特却从不跟他们一起玩:那时他已经挺大了。她的父亲经常拿着一根黑荆棘手杖,把他们从空地上往外撵;小基奥总会替他们通风报信,一见她父亲来了便高声呼喊。不管怎样,他们那时还是很快活的。她父亲那时脾气还不差,而且,她母亲也还活着。那是很久以前的事儿了。如今,她和兄弟姐妹们都已经长大成人,她母亲也过世了。蒂茜·邓恩死了,沃特一家搬回了英格兰。一切都变了。现在,她要像其他人一样离开家了。

家!她环顾房间四周,又看了看这里每一样熟悉的物件——这些年来,她每周都要除一次尘,却不知道这些灰尘是从哪儿来的。

或许，她以后再也见不到这些熟悉的物件了，她做梦也没想过会跟它们分别。然而，这么多年了，她却一直不知道这位神父的名字。他那张泛黄的照片就挂在一架破风琴上方的墙上，旁边是一幅向圣女玛格丽特·玛丽·阿拉考克祈愿的彩印画。神父是她父亲读书时的朋友。每当她父亲向来访者展示照片时，都会随口说一句：

"他现在人在墨尔本。"

她已经决意出走了，离开她的家。这样做明智吗？她尝试着从各个角度去考虑这个问题。但无论如何，她在家里便不愁吃住，身边也都是从小就熟悉的人们。当然，不管在家里，还是在店里，她都要努力干活儿。店里的人要是知道她跟一个男人私奔了，会在背地里怎么说她呢？可能会说她是个傻瓜，然后迅速登出招聘广告，找人顶替她的位置。加文小姐应该会很高兴。她总是喜欢挑她的刺，尤其是当旁边有人的时候。

"希尔小姐，你没看见这些女士都在等着吗？"

"打起精神来，希尔小姐，拜托了。"

她不会因为离开这样一家百货商店而伤心落泪。

可是在她的新家，一个遥远而陌生的国度，情况就有所不同了。到时候，她会成为一名新娘——她，伊芙琳。到时候，她会获得人们的尊重。她不会再重蹈母亲的覆辙。哪怕是现在，十九岁的她，仍会担心父亲对自己施暴。她知道，正是这种恐惧才使她患上了心悸。他们还小的时候，他从没像打哈利和欧内斯特那样打过她，因为她是个女孩。可是后来，他开始威胁她，说要不是看在她死去的母亲的分儿上，他就会对她如何如何。现在，她得不到任何人的保护。欧内斯特已经去世了，而从事教堂装修工作的哈利，则常年在乡下奔波。此外，每周六晚上，那些为了钱而没完没了的争吵，也开始让她感到一种无法言说的倦乏。她总是将自己的全部工资——七先令——如数上交，哈利也是能寄多少就寄多少，但麻烦的是从父亲手里拿钱。他说她只会乱花钱，说她没脑子，还说他不会把自己辛苦挣来的钱给她撒到大街上。他唠唠叨叨讲个没完，因为每到周六晚上，他的心情就会变得很糟糕。最后，他会把钱给她，还要挖苦她，问她是不是连周日的饭菜都不打算买了。那时，她只得尽快奔出家门，手里紧紧攥着她的黑色皮包，挤过熙攘的人群。等她拎着菜篮回到家里时，往往已是深夜。她必须努力工作，才能维持家庭的正常运转，并确保留给她照看的两个弟弟能按时吃饭、准时上学。工作很辛苦——生活也不容易——然而，在她即将离开这里的时候，她却不觉得这是一种完全无法忍受的生活。

她将和弗兰克一同探索新的人生。弗兰克心地善良，性格开朗，而且很有男子气概。她要和他一起乘夜船离开，做他的妻子，和他一起生活在布宜诺斯艾利斯。他在那里为她布置了一个家。她仍记得两人第一次见面时的场景：他那会儿借宿在主干道旁边的一户人家里，她经常往那边跑。好像一切就发生在几个星期前。他站在门口，尖顶帽戴在脑后，鬈曲的头发披散在前，衬出一张古铜色的脸。后来他们就认识了。他每天晚上都在店外面等她，然后送她回家。他带她去看《波希米亚女郎》[1]，两人同坐在雅座区，她虽然有些拘谨，但心里却高兴得很。他对音乐异常着迷，也能唱一两句歌。人们知道他们在谈恋爱；每当他唱起《爱上水手的姑娘》[2]

---

1 《波希米亚女郎》（The Bohemian Girl），爱尔兰作曲家迈克尔·威廉·巴尔夫所创作的歌剧作品。
2 《爱上水手的姑娘》（The Lass that Loves a Sailor），英国作曲家查尔斯·迪伯丁所创作的歌曲。

时，她总会感到一种莫名的愉悦。为了好玩，他常会唤她为"波本斯"[1]。起初，她只是对身边有个人陪伴感到惬意，后来就渐渐喜欢上他了。他有许多异国的故事可以讲给她听。他原先在艾伦航运公司一艘开往加拿大的船上当甲板水手，每月挣一英镑。他告诉她他在哪几条船上待过，干过哪些活儿。他说他曾经穿过麦哲伦海峡，于是跟她讲起那可怕的巴塔哥尼亚人的故事。他说他在布宜诺斯艾利斯撞了大运发了财，这次回老家只是为了度假。当然，她的父亲已经发现了这件事儿，不准她再跟他有任何往来。

"我还不了解这些当水手的吗？"他说。

一天，她父亲和弗兰克发生了争吵，从那以后，她只好偷偷去见她的爱人。

街上的夜色越发深沉。她膝上那两只信封的洁白也暗淡下来。一封是给哈利的，另一封是给她父亲的。她最疼的人是欧内斯特，但她也喜欢哈利。她发现父亲最近苍老了许多；他会想念她的。他也有脾气好的时候。不久前，她因为生病在床上躺了一天，父亲给她读了鬼故事，还在火炉旁烤了面包给她吃。还有一次，那是母亲还在世的时候，他们一家人去霍斯山野餐。她记得爸爸戴上了妈妈的帽子，逗得孩子们哈哈大笑。

她的时间已经不多了，但她仍然坐在窗边，头靠着窗帘，鼻子嗅到了落满灰尘的印花布帘的气息。她听见远处的大街上有人在演奏风琴。她知道这首曲子。说来也怪，偏偏就在今晚听到了它。她忽然想起了曾经答应母亲的事情——不要让这个家被拆散，能坚持多久就坚持多久。她还记得母亲病逝的前一天晚上；她仿佛又回到

---

[1] 德国俚语，意为"唾手可得的女人"。

了大厅尽头那间漆黑、狭窄的房间，听到外面传来那首忧伤的意大利乐曲。父亲给了弹风琴的人六便士，把他打发走了。他记得父亲趾高气扬地迈进病房说：

"该死的意大利人！都闹到这儿来了！"

她陷入沉思，母亲一生悲惨的景象如同魔咒一般摄住了她的灵魂——在琐碎的生活中，她一次又一次做出妥协，最后在疯狂中结束了自己的一生。她浑身颤抖，仿佛听见母亲临终前如失了心智一般的反复低语：

"享乐的归宿是痛苦！享乐的归宿是痛苦！"

她惊得一下子站起来。逃！非逃不可！弗兰克会救她的。他会给她以生机，或许还有爱情。但她想要的是生活。难道她不应该快乐吗？凭什么她就应该受苦？她有权利获得幸福。弗兰克会抱住她，把她搂在怀里。他会拯救她的。

她站在北墙码头熙来攘往的人群中。他握着她的手，她知道他在跟自己讲话，他一遍又一遍地讲着漂洋过海的事儿。码头上到处都是拎着褐色包裹的士兵。透过棚内宽敞的大门，她瞥见了海上那艘黑沉沉的庞然大物。它停靠在码头的墙边，舷窗里亮着灯。她一声不吭，只觉得自己脸上冰冷发白。这种痛苦使她迷惘，她祈求上帝为她指点迷津，最好直接告诉她该如何是好。船在迷雾中响起呜咽似的汽笛声。如果她上了船，明天这个时候，她已经跟弗兰克漂泊在海上，驶往布宜诺斯艾利斯了。他们的船票已经订好了。他为她付出了这么多，她还能反悔吗？这种困扰使她感到一阵恶心，她不停地翕动嘴唇，同时在心里默默而又虔诚地祈祷着。

一道钟声在她心里敲响。她感觉他握紧了自己的手：

"来呀!"

全世界的海水都在她心中翻腾。他要把她拖下水;他会把她淹死的。她用双手攥紧了铁栏杆。

"来呀!"

不!不!不!她无法动弹。她的两只手牢牢地抓着铁栏杆不放。在一片汪洋里,她发出一声痛苦的呼喊!

"伊芙琳!伊薇[1]!"

他翻过栏杆,叫她赶紧跟上。有人催他快往前走,可他仍在呼唤她。她抬起那张苍白的脸,茫茫然地,像一只走投无路的动物。她的眼中既没有爱意,也没有流露出惜别之情,她仿佛在望着一个陌生人。

---

[1] 伊薇(Evvy),伊芙琳的昵称。

赛车之后

这才叫人生啊，
今天他总算见识到了。

* 文中提到的车赛即1903年7月2日在爱尔兰举行的第四届戈登·班纳特汽车大赛（Gordon-Bennett Automobile Race）。比赛的目的是测试、检验和推广汽车的性能和配备。当时有来自四国的汽车参加竞赛，分别是法国（蓝色车）、德国（白色车）、英国（绿色车）和美国（红色车）。最后德国夺冠，法国获得亚军、季军，英国为殿军。

汽车疾驰而来，向都柏林驶去。它们行驶在纳斯路上，平稳得犹如凹槽里的弹珠。在因齐科尔的小山顶上，观众们围聚在一起，望着车队竞赛归来，望着欧洲大陆的财富与工艺在这条贫瘠而怠惰的通道上飞驰。这群观众不时地为落败却心怀感恩的同胞们喝彩。然而，他们真正同情的却是蓝色汽车——他们的朋友法国人的汽车。

其实，法国人才是真正的胜利者。他们的车队发挥稳健，一举拿下第二名和第三名的好成绩。至于赢得第一名的德国赛车手，则有报道说他是比利时人。因此，每当一辆蓝色汽车驶上山顶时，欢呼声都格外响亮，车里的人也对此回以点头和微笑。在其中一辆造型别致的汽车里，坐着四个年轻人，他们的情绪似乎比赢得大奖赛的法国车手还要激昂。这四个家伙，早就在车里开起了狂欢派对。他们分别是车主查尔斯·塞古恩、出生在加拿大的年轻电工安德烈·里维埃、身材魁梧的匈牙利人维罗纳，以及穿着考究的年轻人道尔。塞古恩心情很好，因为他提前接到了几笔意想不到的订购单（他正筹划在巴黎开一家车行）；里维埃心情也不错，因为他即将出任这家车行的经理。这两个年轻人（他们是表兄弟）心情舒畅还因为法国车队获得了胜利。维罗纳心情很好，因为他吃了一顿令人满意的午餐，还因为他天生就是个乐观的人。至于这伙人里的第四位，早已得意忘形，恐怕是感受不到真正的喜悦了。

这个年轻人二十六岁左右，留着柔软的浅褐色胡须，还长了一双透着无辜的灰色眼睛。他的父亲曾是个激进的民族主义者，但是早早地修正了自己的立场。他先是在金斯敦当屠夫赚了一些钱，后来在都柏林的郊区开了几家店铺，赚的钱又翻了好几番。他运气也不错；在与当地警局签订了一份供货协议后，算是彻底发家致富了，甚至被都柏林当地的报纸冠以"商界王子"的称号。他把儿子送到英格兰，在一所大型的天主教学院接受教育，后来又把他送到都柏林大学攻读法律。吉米学习不怎么用功，甚至一度误入歧途。他有钱，所以人缘好，可他却出乎意料地把时间花到了音乐和赛车上。后来，他又被送去剑桥读了一个学期，说是为了让他开开眼界。吉米的父亲见他花钱太多，虽然嘴上教训他，可心里却着实得意。他替儿子还清了所有的债务，还把他领回家去。他正是在剑桥结识了塞古恩。虽然他们交情不深，但吉米觉得跟这样一位见过大世面，而且据传在法国拥有好几家大酒店的朋友厮混在一起，也是一种莫大的荣幸。这样一个人（他父亲也赞同）即使没什么人格魅力，也十分值得交往。维罗纳是个有趣的人——钢琴也弹得好——只可惜太穷了。

汽车载着这一伙欢闹的年轻人，快活地向前奔驰。两个表兄弟坐在前排，吉米和他的匈牙利朋友坐在后排。显然，维罗纳兴致不错，这一路他都在用深沉的嗓音哼着曲子。法国兄弟越过肩头抛来一连串的调侃和戏语，吉米不得不俯身向前，去捕捉那些转瞬即逝的词句。他并没有很享受这个过程，因为他总要先猜出意思，然后顶着大风喊出一个较为机灵的答复。此外，维罗纳的哼唱也在给大家添乱，更何况还有汽车轰隆的噪声。

穿过空间的高速运动使人亢奋，抛头露面是如此，兜里有钱也是如此。这便是让吉米热血沸腾的三大要素。那天，许多朋友都看见他和这些大陆来的哥们儿一块兜风。中途停车的时候，塞古恩把他介绍给一位法国车手，他胡乱咕哝着恭维了几句。作为回应，那位车手黝黑的脸上露出了一排洁白闪亮的牙齿。吉米受过这样的礼遇后，再回到俗世的看客身边——被人们用肘臂轻轻推搡着，被人们以艳羡的目光注视着——倒也算快事一桩。至于钱——他名下确实有一大笔钱供他支配。或许，在塞古恩眼里，这笔钱微不足道，但吉米却很清楚这笔钱来之不易。尽管他偶尔会犯错误，但说到底还是继承了父亲踏实的本性。正是由于这种心态，他以前就算挥霍，也懂得适可而止。他很清楚财富的背后是多少人辛苦的付出。如果他在一时兴起、头脑发热的时候还记得赚钱不易，那么现在，当他拿出自己的大半身家作为赌注的时候，自然会格外谨慎一些！毕竟，对他来说，这可不是一件小事儿。

当然，这是一个很不错的投资项目。塞古恩让他觉得，他完全是看在朋友的面子上，才同意让这么一笔微不足道的爱尔兰资金入股。吉米一向崇拜父亲在生意场上的敏锐嗅觉，这个投资也是他父亲先提出来的，做汽车生意肯定能赚钱，而且能赚大钱。况且，塞古恩还有一副如假包换的富人气派。吉米开始换算，他得辛苦多少天才能赚到这样一辆豪华汽车。它跑得多么稳当啊！它奔驰在乡间小道上多么潇洒啊！这趟旅行如同充满魔力的手指一般，触动了生命真正的脉搏，而人类的神经系统则如献殷勤一般，积极地响应着这头敏捷的蓝色野兽所闯入的跃动曲线。

他们开到了戴姆街。街上的交通比平时繁忙一些，汽车司机不停地按着喇叭，不耐烦的电车司机把轨道撞得哐哐作响。塞古恩在银行附近刹住车，吉米和他的朋友下了车。一小群人聚集在人行道旁，向那辆仍在喷着鼻息的汽车致敬。那天晚上，他们计划去塞古恩住的酒店用餐，所以吉米和（在他家借宿的）朋友要先回去换身衣服。汽车缓缓地朝格拉夫顿大街驶去，两个年轻人在围观者中挤出一条路来。城市那惨白的街灯悬挂在夏夜的薄雾之中，他们向北走去，心中竟然感到一种莫名的失落。

在吉米家，这顿晚餐被看作头等大事。他的父母有些惶恐，可他却感到一丝骄傲。同时，他还迫切地想跟伙伴们出去痛快一番，毕竟国外大城市的声名，总免不了与花天酒地联系在一起。吉米换装之后看上去仪表堂堂。当他站在大厅里，对领带进行最后的调整时，他的父亲甚至产生了一种商业上的成就感，因为他把儿子培养得颇有风度，这往往是花了钱也未必能买到的。因此，他对维罗纳也十分友善。这是对具有硬实力的外来者所表达的一种尊重。然而，这位匈牙利人似乎并没有察觉到主人微妙的情感变化，他肚子饿了，已经等不及要吃饭了。

晚餐丰盛而精美。吉米由此断定，塞古恩是个颇有品位的人。席间还来了一位年轻的英国人，名叫劳斯；吉米曾在剑桥时见过他和塞古恩走在一起。这些小伙子在一间舒适的、点着电烛灯的房间里用餐。他们欢聚于此，畅所欲言，彼此之间毫无保留。吉米的想象力活跃起来，他认为，法国人蓬勃向上的朝气应与英国人稳扎稳打的架势优雅地融合在一起。他认为，这才是一个高雅的形象，一个他应该有的形象。他对主人在引导大家谈话时所运用的巧妙手法佩服不已。五个年轻人志趣各异，但他们的话匣子都被打开了。维罗纳怀着万分崇敬的心情，向在座略感惊讶的英国人介绍了英国诗歌的优美之处,并对那些已经失传的古老乐器表示深深惋惜。里维埃则拐弯抹角地向吉米提到了法国工程师所取得的光辉成就。正当匈牙利人要以洪亮的嗓门,尽情讥讽浪漫主义画家的造作之势时,塞古恩则恰到好处地把话题引到了政治上。这是所有人都关心的话题。酒过三巡,吉米觉得父亲身上那股早已熄灭的热情,此刻又在自己心中活了过来。最后,他竟然让冷漠迟钝的劳斯也激动起来。屋里越来越热,塞古恩这个主人也越来越难当,毕竟,这种讨论极有可能成为个人恩怨的泄口。机灵的主人终于逮到个机会,提议大家为博爱干杯。祝酒饮毕,他赶忙推开一扇窗,这才松了一口气。

那天晚上,这座城市戴上了首都的面具。五个年轻人沿着斯蒂芬绿地公园漫步,空气中弥漫着淡淡的芳香。他们大声说笑着,斗篷从肩膀上滑落,不断摇晃着。行人见状,纷纷让路。在格拉夫顿大街的拐角处,有一个矮胖的男人正在送两位俊俏的女士上车,还让另一个矮胖的男人好生照顾她们。车开走后,矮胖的男人抬眼看见了这群年轻人。

"安德烈。"

"是法利呀!"

紧接着是一场热烈的交谈。法利是美国人。谁也不知道他们究竟谈了些什么。维罗纳和里维埃的嗓门最高,但所有人都很激动。他们跳上一辆车,在欢声笑语中挤作一团。随着轻快的钟声,他们驶过人群,融入一片柔和的色彩中。他们在韦斯特兰罗乘上火车,吉米觉得,仿佛仅过了数秒,他们就走出了金斯敦车站。检票员是个老头儿,他向吉米问候:

"晚上好呀,先生!"

那是一个宁静的夏夜，脚下的港湾犹如一面黑镜。他们挽着胳膊向港口走去，齐声唱着《军校学员卢赛尔》[1]，每唱到这句时便一起跺脚：

"吼！吼！吼嘿，真是好样的！"

他们在码头旁登上一条小船，朝那个美国人的游艇划去。游艇上有晚餐、音乐和牌局。维罗纳坚信不疑地说：

"肯定美极了！"

船舱里有一架钢琴。维罗纳为法利和里维埃弹奏了一曲华尔兹，法利扮演绅士，里维埃扮演淑女。接着是即兴的方块舞，都是大家自创的舞步。好不快活！吉米跳得很起劲；这才叫人生啊，今天他总算见识到了。后来，法利跳得上气不接下气，就嚷了一声："停！"有人送了简餐进来，出于礼貌，年轻人们便坐下来，随便吃了点儿东西。不过，他们喝起酒来，倒是颇有波希米亚风情。他们为爱尔兰干杯，为英国干杯，为法国干杯，为匈牙利干杯，为美利坚合众国干杯。吉米向在座的人致辞，他的发言很长，每当他停顿的时候，维罗纳便会喊："好！说得好！"当他讲完回到座位时，场下响起了一阵热烈的掌声。那一定是篇精彩的演讲。法利拍拍他的背，大声笑了起来。多么快活的一群人！多么好的兄弟啊！

打牌！打牌！桌子已经收拾好了。维罗纳默默回到钢琴边，为他们弹奏助兴。其他人玩了一局又一局，大胆地投身到这场冒险中去。赌客们为"红桃王后"和"方块王后"的健康干杯。吉米隐隐觉得可惜，因为捧场的人不够多，白白浪费了自己的高光时刻。牌局的赌注在升高，票据在传递。吉米已弄不清楚谁在赢钱，只知道

---

[1] 《军校学员卢赛尔》（*Cadet Roussel*），脍炙人口的法国进行曲。

自己在输钱。不过这是他自己的问题，因为他经常出错牌，还得麻烦别人替他打欠条。这帮兄弟人都挺好的，就是太能玩儿了。他不想再玩儿了，夜也已经深了。这时，有人提议为"纽波特美人号"游艇干杯，还有人提议再玩一把大的作为终局。

琴声早已停止，维罗纳准是跑到甲板上去了。这最后一战扣人心弦。他们在牌局结束之前停下来，举杯互祝好运。吉米知道，这是劳斯和塞古恩之间的较量。太震撼了！吉米也很激动。他当然是要输的。他已经打了多少张欠条了？牌桌上的男人站起身来，一边嚷嚷一边比画着最后一招。劳斯赢了。年轻人的欢呼声震动了整个船舱，纸牌被重新捆扎在一起。他们开始算账。法利和吉米是最大的输家。

吉米知道，天亮以后，他是一定会后悔的，但此时此刻，他却庆幸自己终于有了喘息的机会，庆幸在这昏沉的麻木中，暂时忘记了自己的愚蠢。他把臂肘撑在桌上，双手扶着脑袋，数着太阳穴跳动的次数。舱门打开了，他看见匈牙利人站在一束灰白的晨曦中说：

"天亮了，先生们！"

两位绅士

生活的磨砺早已让他
对这个世界感到愤恨，
但他仍然怀抱着一线希望。

八月，灰色的暖夜已在这座城市降临，街上流动着一种柔和的暖风，一种夏日的记忆。星期天，商店歇业，穿戴艳丽服饰的人们走在熙攘的街道上。街灯像是发光的珍珠，高耸在电线杆顶上，照耀着衣物上鲜活的纹理。纹理的样式和色彩不断变化，将一种恒稳、连绵的呢喃声送入温煦的灰色夜空。

两个年轻人沿着鲁特兰广场的斜坡往下走。其中一个正要结束自己说了很久的独白。另一个走在路沿上听得津津有味，但由于同伴的鲁莽，他有好几次被撞到了马路上。他身材矮壮，面色红润。一顶游艇帽被远远地推到了脑勺上，露出了他的前额。听着同伴的故事，他脸上起伏变化的表情不断从鼻翼、唇边和眼角浮现出来。一阵阵喘着粗气的笑声从他颤动的身体里迸发出来。他的目光始终落在同伴的脸上，眼神中能读出一种左右逢源的笑意。他像斗牛士那样把一件单薄的雨衣斜披在肩上，偶尔调整一下雨衣的位置。他的马裤、那双雪白的胶鞋，还有他潇洒地披在肩上的雨衣，无不洋溢着青春的气息。但他的腰身已然发粗，头发稀疏灰白，脸上的表情褪去后，也显出一副沧桑的面容。

当他确信故事终于讲完后，不出声地笑了足足有半分钟。然后他说：

"哇!……能有这种好事儿？"

他声音里的活力似乎被风吹散了。为了加强语气，他又幽默地补充了一句：

"非同凡响，举世无双，要我说，这可是百年难得一见的奇遇！"

他话音刚落，便脸色一沉，不再说话了。他的舌头有些倦了，因为他已经在多塞特街的一家酒馆里磨了一下午的嘴皮子。大家都说，莱尼汉是条专门吸人脂膏的水蛭。他虽身负如此"盛名"，却总能凭着机智和口才，使自己免遭朋友们的排挤。他经常会壮着胆子闯进他们聚会的酒馆，机敏地守在边上，直到朋友们让他加入酒局，喝够一轮才罢休。他是个游手好闲的流浪汉，却装着一肚子的趣闻、谜语和打油诗。他的脸皮够厚，因此不把这些嘲讽和侮辱放在心上。没人知道他何以忍受如此困顿的生活，但人们也议论说，兴许他在搞马票之类的东西。

"你在哪儿搞到她的，考利？"他问。

考利伸出舌头，飞快地舔了舔上嘴唇。

"一天晚上，哥们儿，"他说，"我走在戴姆街上，看到沃特豪斯[1]屋外的大钟下站着个漂亮的小妞儿，就过去跟她说了声晚安，你懂的。然后我们沿着河岸散步，她告诉我，她在巴格特街一户人家当女佣，什么活儿都干。那天晚上我就抱了她，还使劲捏了她一把。到了下个周日，哥们儿，我又约她见了一面。我们去了唐尼布鲁克，我把她带到一片野地。她告诉我，她跟一个奶牛场的工人来过这里……但无所谓，哥们儿。她每天晚上都给我带烟，还付往返

---

[1] 沃特豪斯（Waterhouse），一家位于戴姆街，专门售卖金银、珠宝和钟表的店铺。

的电车钱。一天晚上,她带了两支绝好的雪茄给我——啊,可不是冒牌货,就是老家伙常抽的那种……哥们儿,我还担心把她肚子搞大呢,可她倒是挺有办法。"

"说不定她还以为你要娶她呢。"莱尼汉说。

"我跟她说我刚辞了职,"考利说,"还说我之前在皮姆[1]工作。她连我叫什么都不知道。我这么机灵,才不告诉她。她还觉得我挺有身份呢,你懂的。"

莱尼汉再次无声地笑了起来。

"我听你讲了那么多妞儿,"他说,"还没有谁比得过这个。"

考利豪迈的步伐意味着他接受了这份恭维。他魁梧的身体左摇右摆,使他的同伴不得不在小道和马路之间反复跳跃。考利是警长的儿子,他完美地继承了父亲的体格和步态。他走起路来双臂下垂,腰板挺直,一颗脑袋左右摇晃。他的头很大,呈球状,而且油光锃亮,无论什么天气都满头是汗。那顶大圆帽歪戴在他头上,就像一个灯泡上又长出另一个灯泡。他总是注目向前,仿佛在参加游行;他要是想盯着街上的人多看几眼,就得先扭屁股,才能转动身子。他现在是无业游民,没事儿就在街上溜达。只要有招工的消息,他的朋友们都会极力怂恿他去报名。人们常会见到他跟街上的便衣警察聊得风生水起。他了解许多内幕消息,还热衷于给每件事情下定论。他平时只顾自己讲话,不听别人说些什么,谈论的也多半是自己:他对谁说了什么,谁对他说了什么,他又对谁说了什么才把事情搞定。他向别人转述这些话的时候,会像佛罗伦萨人那样

---

[1] 皮姆兄弟有限公司(Pim Brothers Limited),都柏林一家著名的贸易公司,主要经营家具、地毯和布料等家居用品。皮姆一家是贵格会教徒,是正义与道德的代名词,像考利这样的浪荡之徒,不太可能在他们的岗位上干得长久。

带着气声,把自己的名字"考利"念成"霍利"。

莱尼汉给他的同伴递了一支烟。两个年轻人继续向前,穿过熙来攘往的人群。考利不时回过头,冲他身边走过的姑娘们挤眉弄眼,但莱尼汉的目光却始终停留在那硕大、昏黄的月亮,以及环绕着它的两轮光晕上。他热切地注视着迟暮的灰网掠过月面。终于他说:

"喂……告诉我,考利,你能搞定这件事儿的,对吧?"

考利颇有深意地闭起一只眼睛作为回应。

"她吃那一套吗?"莱尼汉半信半疑地问,"你永远猜不透女人的心思。"

"她也没有多难猜,"考利说,"我知道怎么讨她欢心,哥们儿。她已经迷上我了。"

"要我说,你就是浪荡的罗萨里奥[1],"莱尼汉说,"一个不折不扣的花花公子!"

这一句略带嘲讽的戏言,使他从刚才的谄媚中解脱出来。为了保全面子,他有个习惯,就是给自己的奉承话留个尾巴,好让别人开玩笑,但考利却理解不了其中的奥妙。

"女佣也没啥好的,"他断言道,"听我的没错。"

"玩够了女人的家伙才说得出这种话。"莱尼汉说。

"一开始,我还带她们出去约会呢,你懂的,"考利直言道,"就是住在南区的那些姑娘。我们出门都是坐电车的,哥们儿,车钱还是我付的。我带她们去看乐队表演,去剧院看戏,还给她们买

---

[1] 罗萨里奥(Lothario),英国剧作家尼古拉斯·罗的剧作《由衷的忏悔者》中的一个角色,他引诱了一位不忠的妻子卡利斯塔。剧名中提到的"忏悔者",是一个肆无忌惮的浪荡子。

巧克力、糖果什么的。我在她们身上可没少花钱。"说到这里,他还特意强调了一下,生怕对方不相信。

莱尼汉倒是什么都信了。他一本正经地点了点头。

"我懂,我懂,"他说,"傻瓜才玩这种游戏。"

"该死,我可什么都没玩到!"考利说。

"可不是嘛。"莱尼汉说。

"就一个尝到了甜头。"考利说。

他用舌头舔了舔上嘴唇。回忆使他眼前一亮。考利抬起头,望向那轮几乎被云遮住的灰白的圆月,看上去若有所思。

"她……还算个好姑娘。"他的语气中能听出几分惋惜。

他再次陷入沉默。然后又说:

"她已经开始接客了。一天晚上,我看到她跟两个男的坐在一辆车里,在伯爵街上兜风。"

"还不都是你干的好事儿?"莱尼汉说。

"在我之前,她还有过好几个男人。"考利不动声色地说。

这一回,莱尼汉不愿意相信他了。他连连摇头,苦笑起来。

"考利,你骗谁都骗不了我。"他说。

"对天发誓!"考利说,"这可是她亲口告诉我的!"

莱尼汉比了个无可奈何的手势。

"无耻之徒!"他说。

他们刚走到三一学院的围栏边上,莱尼汉就跳上马路,抬头望向时钟。

"已经过了二十分钟了。"他说。

"还有时间,"考利说,"她肯定会来的。我每次都叫她等我一会儿。"

莱尼汉窃笑了几声。

"哎哟！还是你有办法对付她们，考利。"他说。

"我对女人的小把戏了如指掌。"考利坦言道。

"不过，你老实跟我讲，"莱尼汉接着说，"你真的有把握搞定她吗？要知道这件事儿可不好办。差一点儿就到节骨眼上了。嗯？……你说呢？"

他那双明亮的小眼睛想在同伴的脸上找到肯定的答案。考利来回摆动着脑袋，像是要甩掉一只黏人的小虫；他皱起了眉头。

"当然有把握，"他说，"你就别啰唆了，行不行？"

莱尼汉不再吭声。他不想惹他的朋友生气，也不想挨骂，被说他的意见根本没人要听。这个时候多少需要圆滑一点儿。考利的眉头很快就舒展开了。他开始想别的事情了。

"这小姐挺漂亮的，"他称赞道，"也很规矩。她确实是这样一个姑娘。"

他们先是沿着拿骚街漫步，然后拐进了基尔代尔街。离俱乐部门廊不远的地方，有一个弹竖琴的人，正对着一小圈听众表演。他漫不经心地拨弄着琴弦，时不时瞥一眼新来的听众，还时不时慵懒地望一望天空。琴罩已经快要落到地上，可竖琴却毫不在乎，她[1]似乎对陌生听众的目光和主人没劲的手感到厌倦。琴师的一只手在低音弦上奏出《安静，哦，莫伊尔》[2]，另一只手则在每一组音完成后，继续在高音弦上纵情驰骋。空气中振荡的音符深沉而饱满。

两个年轻人默默走在街上，哀伤的琴声幽幽飘荡在身后。走

---

1 在诗歌和民谣中，爱尔兰通常被描述为一位遭受不公和屈辱的女性。
2 《安静，哦，莫伊尔》（Silent, O Moyle），又名《菲奥努阿拉之歌》，是爱尔兰诗人托马斯·摩尔收录在《爱尔兰民谣》中的歌曲。

到斯蒂芬绿地公园的时候,他们过了马路。在这里,有轨电车的噪声、灯光和人群,使他们从沉默中解脱出来。

"她在那儿!"考利说。

一位年轻女子站在休姆街街角。她身着一袭蓝裙,头戴一顶白色水手帽。她站在石头路沿上,手里晃着一柄阳伞。莱尼汉来了兴致。

"让我们仔细瞧她一瞧,考利。"他说。

考利扭头瞥了一眼他的朋友,面露不悦。

"你是不是想插一腿?"他问。

"去你的!"莱尼汉硬气起来,"又不要你把她介绍给我,我只是想看她一眼,又不会吃了她。"

"哦……看她一眼是吧?"考利放缓了语气,"嗯……就这么办吧。我过去跟她说话,然后你假装从旁边经过。"

"行!"莱尼汉说。

考利刚把一条腿跨过铁链,莱尼汉就喊了起来:

"然后呢?我们在哪儿碰头?"

"十点半。"考利说着,另一条腿也迈过了铁链。

"在哪儿?"

"梅里恩街街角。我们会回来的。"

"你加油啊。"莱尼汉在告别时说道。

考利没有回话。他摇晃着脑袋,悠闲地穿过马路。他魁梧的身材、潇洒的步伐,以及皮靴踏地发出的铿锵声,无不散发出某种征服者的气质。他向这位年轻女士走去,连招呼都不打,就直接攀谈起来。她手中的阳伞晃得更快了,鞋跟也半踩着旋转起来。有一两次,当他凑近跟她说话时,她笑着低下了头。

莱尼汉观察了他们几分钟。然后,他沿着铁链飞快地走了一段距离,从斜对角穿过了马路。他刚一拐进休姆街,就在空气里闻到一股浓烈的香气。他当即对这位年轻女士的容貌做了一番审视。她穿着礼拜日的盛装。蓝色的哔叽布裙,在腰间还系了一条黑皮带。皮带上的大银扣子压得她身体中部凹陷,像夹具一样捏住了她轻薄的白衬衣。她还穿着一件镶着珍珠母扣的黑夹克,脖子上围着一条边饰参差的黑围巾。她有意将围巾的两端松开,还在胸前别了一大簇茎秆向上的红花。莱尼汉满眼赞许地望着她那粗短而强健的身躯。她那饱满红润的脸颊,以及毫不害臊的蓝色眼睛里,闪耀着一种坦率而鲁莽的生命力。她的五官极为粗犷,鼻孔宽大,嘴角歪斜。在卖弄风情的时候,她会张开嘴巴,露出两颗前凸的门牙。莱尼汉经过时脱帽致意,大约十秒后,考利也对着空气回了个礼。其实,他只是稍微抬了抬手,若有所思地调整了一下帽子的角度。

莱尼汉继续往前走,一直走到谢尔本酒店才停下来等候他们。过了一会儿,他便看见两人朝他走来。他们向右转,他跟在后面,穿着白鞋的脚轻轻踏在梅里恩广场的另一边。他照着两人的速度放慢了自己的脚步。他看到考利的头不时转向年轻女人的脸,就像一颗绕着圆轴转动的大球。他一直盯着这对年轻人,直到他们登上开往唐尼布鲁克的电车。莱尼汉转过身去,沿着原路返回。

现在他孤独一人,脸也显得苍老了一些。快乐弃他而去了。来到公爵家的草坪时,他把手搭在了栏杆上。琴师演奏的乐曲开始支配他的行为。他肉乎乎的脚掌轻轻踩着节拍,手指则在每组音符结束后,漫无目的地在栏杆上扫过变奏的音阶。

他无精打采地绕着斯蒂芬绿地公园逛了几圈,然后走上了格拉夫顿大街。他注意到身边形形色色的人,但他的眼神却空洞而麻木。那些本该使他着迷的东西，都变得索然无味；那些肆意抛来的媚眼，他也懒得去搭理。莱尼汉知道，他要说一大堆废话，要编故事逗她们开心，但此时的他思绪枯竭，口舌干燥，实在完不成这样的任务。在与考利碰面之前，该如何打发时间，这是一个让他头疼的问题。除了继续往前走，他想不出别的消磨时间的办法。他来到鲁特兰广场的拐角处，向左折进一条幽暗的巷道。莱尼汉顿时觉得轻松多了，这种昏暗的环境更符合他此时的心情。最后，他在一家简陋的店铺前停下脚步，店铺的橱窗上印着"酒水餐吧"的白字招牌。窗玻璃上还有几个潦草的大字："姜汁啤酒"和"姜汁汽水"。透过窗户，可以看到一个蓝色的大盘子里装着切好的火腿，旁边的盘子里还盛着一块薄薄的梅子布丁。他盯着这些食物看了许久，然后畏畏缩缩地扫了一眼街道，一个箭步窜进店里。

他已经很饿了。除了那两个抠门的助理牧师给他带的几块饼干之外，他从早上到现在什么东西都没吃。他在一张没有铺台布的木桌边坐下，面对着两个女工和一个技工师傅。一个邋里邋遢的女招待过来帮他点餐。

"一碟豌豆多少钱？"他问。

"一个半便士，先生。"那女孩说。

"给我来一碟豌豆，"他说，"再来一瓶姜汁啤酒。"

他说话显得粗野，是为了掩饰他的斯文形象，因为在他进屋之后，整个店突然安静了下来。他的脸上发烫。为了显得自然一些，他把头上的帽子推到后面，胳膊也撑在桌子上。技工师傅和那两个女工将他上上下下仔细打量了一番，然后才压低声音继续之前的谈话。女招待端上一盘加了胡椒和醋汁的热豌豆，还拿来一把叉子和一瓶姜汁啤酒。他狼吞虎咽地吃起来，觉得美味极了，不由得在心里暗暗记下了这家店铺。吃完豌豆后，他呷了一口姜汁啤酒，一边坐着，一边幻想着考利的风流之事。在他的脑海中，这对恋人正沿着一条昏暗的路散步。他听见考利用浑厚有力的嗓音对女人大献殷勤，还看见了女人嘴角的笑意。眼前的幻象使他深切地感受到自己在物质和精神上的匮乏。他厌倦了四处奔波，厌倦了穷困潦倒，厌倦了尔虞我诈和阴谋诡计。到十一月他就三十一岁了。难道他永远找不到一个好工作吗？难道他永远不会有个属于自己的家吗？他想，要是能坐在温暖的火炉旁，吃上美味的晚餐，那该有多好呀。他在这条路上走得够远了——认识的哥们儿和女人也够多了。他了解这帮哥们儿的为人，也清楚那些女人究竟是什么样的货色。生活的磨砺早已让他对这个世界感到愤恨，但他仍然怀抱着一线希望。吃了点儿东西后，他感觉好多了，不再像之前那么疲惫，也没有那么沮丧了。要是遇见一位单纯善良，还有些积蓄的好姑娘，他兴许还能在某个舒适的角落安顿下来，过上幸福的日子呢。

他付给那个邋遢的女孩两个半便士，然后走出店门，再次开启了他的流浪之旅。他走到凯普尔大街，向市政厅走去。然后他拐进了戴姆大街。在乔治街的拐角处，他碰到了两个朋友，于是停下脚步，与他们攀谈起来。走了这么久，他很高兴可以休息一会儿。朋友问他见到考利没有，近来有什么新闻。他说自己一整天都和考利待在一起。他的朋友没怎么说话。他们只是茫然地望着人群中的身影，有时还挑剔地评论一番。其中一个朋友说，他一个小时之前在韦斯特摩兰街见到了麦克。莱尼汉说，他昨晚还跟麦克一起待在伊根酒吧。那个说在韦斯特摩兰街见到麦克的年轻人问："麦克是不是真的打台球赢了钱？"莱尼汉不知道，但他说霍洛汉请他俩在伊根喝了酒。

差一刻十点,他与朋友们告别,动身前往乔治街。他在"城中集市"左转,来到格拉夫顿大街。这时,街上的青年男女正渐渐散去,他听见一对又一对恋人互道晚安。他一直走到外科学院的钟楼下面:它正好敲响十点的钟声。他立刻沿着绿地的北街匆匆赶去,生怕考利回来得太早。他拐过梅里恩街,站在街灯的阴影下方,掏出一支事先备好的香烟,点燃了它。他倚靠在灯柱上,凝视着那条他觉得考利会和年轻女子一同归来的路。

他的思维再次活跃起来。他想知道考利成功了没有;他想知道他是否已经问过她,还是要留到最后再说。他可以感受到朋友的痛楚和悸动,仿佛这一切都发生在自己身上。不过,一想到考利对着姑娘摇头晃脑的样子,他又平静了许多:他知道考利今晚一定能成功。突然一个念头闪过他的脑海,说不定考利走了另一条路送她回家,故意把他给撇下了。他朝街上扫了一眼:没有发现他们的踪影。但他可以肯定,从看见外科学院的钟楼到现在,已经过去了半个小时。考利会做出这样的事儿吗?他点上最后一支烟,不安地抽了起来。每当有电车停在广场远处的角落时,他都会瞪大眼睛张望。他们肯定是从另一条路回家了。烟卷断了,他骂了一句,把烟蒂扔在马路上。

忽然,他看见他们朝自己这边走来。他兴奋起来,紧紧贴着灯柱,并试图从两人的步态中瞧出些端倪。两人匆匆走着,年轻女人踏着迅急的小碎步,考利则迈着大步跟在她身旁。他们没有跟对方讲话。一种不祥之兆如利器一般刺痛了他的心。他知道考利要失败了;他知道这回准没戏。

他们拐进了巴格特街,他立刻跟了上去,但走的是另一条道。他们停下的时候,他也停了下来。两人交谈了一会儿,年轻女人随即踏上台阶，走进一栋房子的大门。考利仍站在马路沿上，离台阶还有一段距离。几分钟过去了，前厅的门被人小心翼翼地打开。一个女人跑下台阶，还咳嗽了两声。考利转身朝她走去。他宽阔的背影遮住了她的身影，几秒钟后，她再次现身，跑上了台阶。她一进屋就顺手带上了房门，而考利则快步朝斯蒂芬绿地公园走去。

莱尼汉也赶紧跟了上去。天上落下几滴小雨。他觉得这是老天爷给他的提醒。他回头看了一眼那年轻女人走进的房子，确定没人看到他后，才快步跑过马路。焦虑的心情和急促的脚步让他喘起了粗气。他喊道：

"喂，考利！"

考利转过头看是谁在叫他，然后接着往前走。莱尼汉追着他跑，还腾出一只手把雨衣披在肩膀上。

"喂，考利！"他又喊了一声。

他终于追上了他的朋友，仔细观察他脸上的表情。但他什么也看不出来。

"怎么样？"他问。"搞定了吗？"

此时，他们走到了伊莱广场的转角处。考利仍默不作声，径自向左拐弯，折上了一条小路。他看上去严肃而镇定。莱尼汉紧跟着他的朋友，不安地喘着粗气。他迷惑不解，甚至有些强硬地追问起来。

"怎么不说话？"他说，"你到底搞到她没有？"

考利在第一盏街灯前停住脚步，冷冷地盯着前方。然后，他以一种极为庄重的姿态把手伸向灯光，微笑着，对他的信徒缓缓摊开手掌。一枚小小的金币在他掌中闪闪发光。

寄宿公寓

他的本能敦促着他保全自由,
而非奔向婚姻。
一旦结婚,你就被套牢了,它说。

穆尼太太是一个屠夫的女儿。她是一个擅于保守秘密的女人：一个意志坚定的女人。她嫁给父亲手下的工头后，在"春园"附近开了一家肉铺。可岳父一死，穆尼先生就学坏了。他酗酒，从收款机里偷钱，还欠了一屁股债。叫他发誓也不管用，因为过不了几天，他就会违背自己的誓言。他当着顾客的面打老婆，还卖已经发臭的肉，店里的生意也被他搞砸了。一天晚上，他提着剁肉刀去找穆尼太太，害她不得不在邻居家借宿了一晚。

　　那之后他们就分开了。穆尼太太去找神父，争取到了分居令和孩子的监护权。她不给他钱花，不给他饭吃，更不给他房子住；于是他只好去警局干一份杂差。穆尼先生是个穿着破烂衣服、佝偻着身子的小个头酒鬼，白脸、白须、白眉毛，眉毛下方是一双混浊的、布满血丝的小眼睛。他整天都待在法警的办公室里，等人给他派活儿干。穆尼太太是个强势的大块头女人，她用之前做肉铺生意赚的钱，在哈德威克街开了一家寄宿公寓。她的房客流动性较高，多是从利物浦和马恩岛来的游客，偶尔也有音乐厅的"杂耍艺术家"。长期房客则是在城里工作的职员。她对公寓的管理张弛有度，收放自如，知道何时可以赊账，何时应当照章办事，何时可以睁一只眼闭一只眼。年轻的房客们都尊敬地称她一声"夫人"。

穆尼太太的年轻房客们每星期付十五先令住宿费，包含餐食，但啤酒和烈性黑啤需另外付钱。他们有着相近的职业和兴趣爱好，因此相处得十分融洽。他们经常讨论赌马和博彩公司的赔率。穆尼太太的儿子杰克·穆尼是弗利特街一家博彩公司的经纪人，大家都说他是个难对付的人。他爱讲兵痞们说的那些下流话，而且经常混到三更半夜才回家。遇见熟人时，杰克总有好段子分享，也总有新鲜事儿要宣布——譬如，一匹赛马有望获奖，或者某位艺人有望走红。他拳头使得不错，还喜欢唱滑稽歌曲。每周日晚上，穆尼太太会在前厅举办联欢会。音乐厅的杂耍艺术家们总是前来义演，谢尔丹负责弹奏华尔兹和波尔卡舞曲，并为大家即兴伴奏。穆尼太太的女儿波莉·穆尼也会唱歌。她唱道：

我是个……淘气的姑娘。
你不必装模作样，
你早已见过我的真实面貌。

波莉身材修长，是个十九岁的妙龄少女。她长着一头柔顺的浅色秀发，嘴唇精巧而饱满。她灰色的眼睛里泛着一抹淡淡的青色，在与人交谈时，她总是习惯性地向上瞥一眼，显得既纯洁又有些任性。起初，穆尼太太把女儿送到一个玉米厂当打字员，但由于一个名声不好的警员隔三岔五就去办公室骚扰她的女儿，非要和她女儿说话不可，穆尼太太便又把女儿领回家，只让她干点儿家务活儿。波莉性格活泼，母亲觉得让她跟同龄人接触一下也好，再说，这些小伙子也乐得身边有个漂亮姑娘。波莉自然是要跟这些小伙子打情骂俏的，但穆尼太太精明得很，她知道，这些年轻人不过是为了消遣，没有谁是当真的。就这样过了好些日子。后来，穆尼太太又说要送女儿回去打字，因为她发现，波莉似乎和一个年轻房客发生了点儿什么关系。她冷静地观察着这对青年，不动声色。

波莉知道自己受着监视，也知道母亲长久以来的沉默有何深意。母女之间既没有公开合谋，也没有袒露心迹。尽管房客们对这桩韵事议论纷纷，但穆尼太太始终没有插手。波莉的举止变得有些怪异，那个年轻人也多少有些忐忑了。最后，当穆尼太太认为时机成熟时，她便出手了。她处理道德问题就像挥刀剁肉，在这件事儿上，她早已胸有成竹。

那是初夏一个阳光明媚的星期天早晨，天气渐热，却有一阵凉爽的风徐徐吹来。公寓的窗户全都被打开了，在架起的窗框下，带花边的窗帘被风吹动，向街面微微隆起。乔治教堂的钟塔不时传出钟声，信徒们有的独自一人，有的三五成群，穿过教堂前的圆形广场。无论是他们戴着手套的手里捧的小册子，还是他们庄重自持的举止，都表明了他们此行的意图。公寓的早餐时间已过，桌上的餐盘中残留着一条条黄色的碎蛋皮，还有小块的培根肥肉边角。穆尼太太端坐在由麦秆制成的扶手椅上，盯着女佣玛丽收拾餐桌。她叫玛丽把吃剩的面包碎块捡起来，留到星期二做面包布丁。桌子被收拾干净了，面包碎块捡好了，糖和黄油也被锁到了柜子里，穆尼太太这才找到波莉，继续昨天晚上展开的谈话。她问得坦率，波莉也答得明白，情况果然不出她所料。当然，母女俩都有些尴尬。母亲之所以觉得尴尬，是因为不想在接受这个消息时显得太过爽快，也不想让女儿觉得她在默许和纵容这一切；波莉之所以觉得尴尬，是因为这种话题本就让她觉得别扭，还因为她不希望别人发现"天真烂漫"的她其实早已看穿了母亲宽容背后的真正意图。

乔治教堂的钟声已经停止，穆尼太太从沉思中清醒过来，她下意识地瞥了一眼壁炉台上的镀金小闹钟。现在是十一点十七分，她有的是时间把这件事儿跟多兰先生讲清楚，然后在十二点前赶到马尔波罗街。她确信自己能在这场谈话中占上风。首先，社会舆论都站在她这边：她是一位受到伤害的母亲。她同意让他住在自己的屋檐下，是以为他是个正人君子，可他竟然辜负了她的一片好心。他已经三十四五岁了，再怎么说也见过些世面了，所以不能拿年轻气盛来作借口，懵懂无知也不能成为他的托词。他利用了波莉的纯真和善良，占了她的便宜：这是显而易见的。问题是：他该拿什么来补偿？

他犯了这样的错误，必须付出代价。对于男人而言，这并不是什么大事儿，甜头尝到了，便可以一走了之，就当什么都没发生过，但女人就要开始遭罪了。有些做母亲的，只要讨到一笔钱，便不会再追究。这种事儿，她听说过，但她绝不会这样做。在她看来，女儿的清白名声已经毁于一旦，唯一的补救办法就是：结婚。

她又将自己手上的底牌数了一遍，然后吩咐玛丽上楼，让她去告诉多兰先生，说她有话要跟他讲。她胜券在握。他是个老实规矩的年轻人，不像其他小伙子那样放荡，也没有那么高调。假如对方是谢尔丹先生、米德先生，或者是班塔姆·莱昂斯，那她的任务就要艰巨多了。她知道，他绝对不敢在众目睽睽之下撕破脸皮。公寓的房客们都对这件事儿有所耳闻，有些人甚至还在细节上添油加醋。再说了，他在一家信奉天主教的酒商那里干了十三年，这件事儿要是让外面的人知道了，他可能连工作都保不住。不过，只要他同意迎娶波莉，那么一切都好说。她知道他的薪水不低，而且应该是有些积蓄的。

已经快半个小时了！她站起身，对着穿衣镜将自己上下打量了一番。她那张大脸盘儿气色红润，一副势在必得的样子，可以看出来，她对自己的状态很是满意。她想到了那些母亲——那些尝试过各种办法，却依旧没能把自己的女儿嫁出去的母亲。

对多兰先生来说，这个礼拜天上午也出乎意料地难熬。他曾两次试图刮胡子，但双手总是哆嗦，最后只得作罢。三天未经修剪的红胡子像流苏一样挂在下巴上。每隔两三分钟，他的镜片就会积上一层薄薄的水汽，逼着他不得不摘下眼镜，用口袋里的手帕擦拭干净。他回想起前一晚的忏悔，只觉得心如刀绞；神父引导着他，从他的口中套出了这桩丑闻里的每一个荒谬的细节。他的罪过被无限放大，以至于神父为他提供可赎罪的机会时，他几乎是涕泗横流，千恩万谢也不为过。然而，罪过已经犯下。现在要么结婚，要么逃跑，还有别的办法吗？这件事儿肯定会被人议论，他的雇主也肯定会听到流言蜚语，他不可能厚着脸皮留在这里。都柏林就是这么一个小地方：每一个人都了解对方的底细。在他狂热而不安的想象中，他仿佛听见了老莱昂纳德用他粗哑的声音喊道："多兰先生，请到这里来。"他感觉心已经跳到了嗓子眼。

这么多年的工作都白干了！一切辛劳都将化为乌有！当然，他年轻时也潇洒过，他曾鼓吹自己的自由思想，还在酒馆当着朋友的面否认上帝的存在。但这些都过去了……差不多快要过去了。尽管他每周还买一份《雷纳德新闻报》[1]，但他时刻牢记着自己作为教徒的责任和义务。一年中有十分之九的时间，他都过着那种按部就班的生活。他有足够的钱成家；这倒不是问题。问题是家里人会瞧不

---

1 《雷纳德新闻报》由乔治·威廉·麦克阿瑟·雷纳德在1850年创办，是一份激进派报纸，诞生于19世纪中期英国报业摆脱政府监管的浪潮中。

起她。首先，波莉有个名誉扫地的父亲；其次，她母亲的寄宿公寓也开始有了不好的名声。他有一种被诓了的感觉。他可以想象朋友们在谈论这件事儿的时候会如何嘲笑他。她没什么文化，有时甚至会说出"我会见到过了"和"我早就先知道就好了"这样的话。但如果他真的爱她，这点儿语法错误又算得了什么呢？对于她做的那种事儿，他究竟是喜欢还是鄙夷，他自己也拿不定主意。毕竟那种事儿，他自己也参与了。他的本能敦促着他保全自由，而非奔向婚姻。一旦结婚，你就被套牢了，它说。

当他穿着衬衣和长裤可怜巴巴地坐在床边时，波莉轻轻地敲开了他的房门。她和盘托出，说她对母亲坦白了一切，还说母亲今天上午就会找他谈话。她哭着搂住他的脖子，说：

"哦，鲍勃！鲍勃！我该怎么办？我该怎么办才好？"

她不想活了，她说。

他有气无力地安慰她，叫她别哭，还告诉她一切都会好的，不用害怕。他隔着衬衣感受到她胸脯一起一伏的颤动。

其实发生这件事儿，也并非全是他的过错。长期独身的男人拥有一种细致而持久的记忆力，他仍清楚地记得，她的衣裙、她的气息，以及她手指第一次不经意的触碰。有一天深夜，正当他脱衣服打算上床睡觉时，她怯生生地叩响了他的房门。她说自己屋里的蜡烛被风吹熄了，所以想从他这儿借点儿火，重新点燃那根蜡烛。那天晚上，她刚好沐浴过，身上穿着一件宽松的开襟法兰绒浴袍。她细嫩的脚背在毛绒拖鞋的敞口里白得耀眼，血液在她涂了香水的皮肤下流淌，溢出一种柔和温暖的光。当她将烛火点亮并扶正蜡烛时，双手和手腕间也散发出阵阵幽香。

每逢迟归的夜晚，她都会为他热好饭菜。夜色已深，屋里的人早已熟睡,可只要有她陪在身边,他根本就不在意自己吃了什么。她多么体贴呀!要是晚上天冷了、下雨了、起风了,她准会为他调好一小杯潘趣[1]酒。或许他们在一起会很幸福……

他们经常各自擎着蜡烛,踮着脚尖,一同上楼去,还在第三层的楼梯口依依不舍地互道晚安。他们也经常接吻。他清楚地记得她的眼神,她的手的触感,还有自己的意乱情迷……

但迷惘总是要醒的。他重复着她的话,问自己:"我该怎么办?"独身者的本能警告他回头是岸。然而,错已铸成,就连他的尊严也告诉他,必须为这样一种罪孽付出代价。

当他挨着她坐在床边时,玛丽来到门口,传话说夫人要在客厅里见他。于是,他起身去穿背心和马甲,显得比之前还要可怜了。穿好衣服后,他走上前去安慰她。一切都会好的,不用担心。他离开了,留她在床边哭泣,只听她轻声呻吟着:"哦,我的上帝。"

下楼的时候,他的镜片因水汽而变得模糊,他不得不摘下眼镜,将它擦拭干净。他渴望冲破屋顶的束缚,飞往另一个国度,如此便不必再处理当下的麻烦,然而一股无形的力量却将他一步步推下了楼。他的雇主和夫人都板着脸,冷眼盯着他的窘态。在最后一级台阶上,他与杰克·穆尼擦肩而过;杰克正揣着两瓶巴斯啤酒从储藏间走出来。两人冷冷地打了声招呼。这位"大情种"的目光,在那张宽厚的牛头脸和粗壮的短胳膊上,停留了一两秒钟。到了楼底下,他抬头看了一眼,发现杰克正站在入墙式的小房间门前回头张望。

他突然想起有一天晚上,一个从音乐厅来的"杂耍艺术家",

---

[1] 潘趣(punches),一种由威士忌与水、糖和柠檬汁混合而成的烈性饮品,通常还会加入薄荷或丁香。

一个黄发碧眼、身材矮小的伦敦人，曾相当放肆地谈到过波莉。杰克大发雷霆，差点儿把整场联欢会都给搅黄了。大伙儿都劝他不要动气。那位艺术家的脸色霎时苍白了许多，他一直赔着笑脸，说自己并无恶意。但杰克仍不断冲他咆哮，说谁要是敢跟他妹妹玩这种把戏，他就会打碎那人的牙齿，再逼他咽下去；他会这么做的。

波莉坐在床边哭了一会儿，然后她抹掉眼泪，走到镜子跟前。她把毛巾的一角浸在水罐里，用凉水擦了擦眼睛。她侧过身照照自己，还重新别好了耳朵上的发卡。接着，她又回到床边，在床尾坐下。她盯着枕头看了许久，眼前浮现出那些隐秘而美好的回忆。她把颈背靠在冰冷的铁床架上，沉醉在幻梦之中。她的脸上再也看不出一丝烦恼的神色。

耐心等待的她不再忧虑，甚至还有几分欣喜，她的回忆逐渐变成了对未来的希望和憧憬。这些幻象变得越发真实，以至于她已经看不见眼前的白色枕头，也忘记了自己在期待些什么。

她终于听见母亲呼唤她的声音。她一跃而起，朝楼梯的扶手栏杆奔去。

"波莉！波莉！"

"怎么了，妈妈？"

"下来，亲爱的。多兰先生有话要跟你说。"

那一刻，她才想起自己期待的是什么。

一小朵云

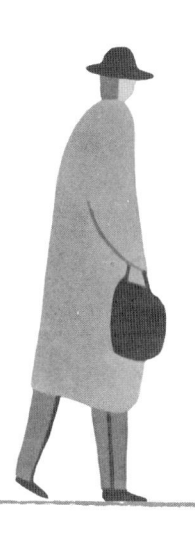

他感觉诗句就在他的身体里。
他试图掂量自己的灵魂,
看它是不是诗人的灵魂。

八年前，他在北墙码头为一位朋友送行，祝他一切顺利。此后，加拉赫便踏上了人生的坦途。从他见多识广的风度、剪裁考究的花呢西装，还有他那天不怕地不怕的腔调都可以看出，他如今已是个有头有脸的人物。没几个人拥有他那样的才华，而成功之后仍能保持本色的人更是少之又少。加拉赫心无杂念，本就应该获得成功。能结交上这样一位朋友，是一件很了不起的事情。

吃过午饭后，小钱德勒就一直想着他与加拉赫久别重逢的情景、加拉赫的请柬，以及加拉赫所处的大都市伦敦。人们叫他"小钱德勒"，是因为尽管他只比中等身材稍矮一些，却给人一种小个子的感觉。他的手白皙而小巧，体格单薄，说话轻声细语，待人也十分温柔。他对自己唇上的胡须，以及如丝般顺滑的头发呵护有加，还会细心地在手帕上洒一些香水。他那半月形的指甲修得恰到好处；每当他微笑时，你会瞥见一排如孩童般洁白的牙齿。

他坐在国王学院的办公桌前，想着这八年来发生了多少变化。当初刚结识这位朋友时，他穷困潦倒、衣衫褴褛，如今却摇身一变，成了伦敦报界一颗耀眼的明星。小钱德勒不时从那令人厌倦的文书工作中抬起头，向办公室窗外眺望。深秋夕阳的余晖落在草坪和人行道上——在蓬头垢面的护士和昏昏欲睡的老翁身上洒下柔和的金粉；它在所有移动的身影上闪烁——那些在砾石路上尖叫奔跑的孩子，以及每一个经过花园的人。他望着眼前这一幕，思索着人生。他不禁有些伤感。每当他思索人生时都是如此，一种难以排遣的、淡淡的忧愁笼罩着他。在命运面前，任何反抗都无济于事；这是岁月给予他的一份沉重而又充满智慧的赠礼。

他想起家里书架上的那些诗集，都是结婚之前买的。不知道有多少个夜晚，当他坐在大厅旁的窄屋里时，心里有多么想从书架上取下一本诗集，为自己的妻子念上几首诗。但内心的羞怯使他犹豫不前，那些书也就一直搁置在架子上。他偶尔会背几句诗给自己听，这样心里能好受一些。

下班时间一到，他便站起身，如履薄冰一般地告别了他的同事和办公桌。他从国王学院那座古色古香的拱门下走出，看起来整洁而谦逊，正沿着亨利埃塔街快步走去。金色的夕阳逐渐下沉，天气也开始转凉。一群脏兮兮的孩子占领了街道。他们在马路上，或站立，或奔跑，或趴在敞开的门前台阶上，或像耗子一样蹲在门槛上。小钱德勒毫不理睬他们。他躲开了这一群害虫般的小东西，继而在那阴森的、幽灵般的宅邸投下的暗影中，灵敏地找寻着出路，而那些宅邸正是都柏林贵族们旧时的居所。他不为往事所动，因为他的脑海里充斥着一种即时的喜悦。

他从未去过考利斯酒店，但他知道这个招牌的含金量。他知道，人们在剧院看完戏后会去那里喝酒、吃生蚝，还听说那里的服务员会讲法语和德语。往常，他在夜间匆匆经过那里时，曾看见许多出租汽车停在门口。花枝招展的小姐们从车上下来，在几位先生的陪同下，快步走进了酒店。她们穿着绚丽夺目的衣裙，还搭配了各式各样的头巾和披肩。她们的脸上搽着粉，脚一沾地便撩起长裙,像是受到惊吓的阿塔兰忒[1]。以前他从这里经过时,是连头也不回一下的。他习惯了在街上快步行走,即使白天也是如此。若是到了深夜,他仍在城里逗留,就更是会疾步而行,心里忐忑而又兴奋。不过有时,他会刻意追求那种毛骨悚然的感觉。他会故意挑那些最黑暗、最狭窄的小巷子,壮着胆子往前走——脚边沉默的回响使他疑虑,周遭游荡的黑影使他惊惶;偶尔听见窃窃的笑声,他也会被吓得直哆嗦,就像一片瑟瑟颤动的叶子。

他向右拐进了凯普尔大街。伊格内修斯·加拉赫在伦敦报界一炮而红!八年前谁又能想到呢?不过,现在回过头来看,小钱德勒却在这位朋友身上,发现了诸多他日后定会飞黄腾达的迹象。人们之前都说,伊格内修斯·加拉赫是个疯狂的人。没错,他当时确实跟一群不着调的家伙混在一起,整日酗酒,还到处借钱。最后,他卷进了一桩见不得人的勾当,或许是某种肮脏的金钱交易;这也是他跑路的原因之一。但谁都不否认他的才华。伊格内修斯·加拉赫身上,总是散发着一种……让人过目难忘的气质。即使他为钱愁得焦头烂额,也决不面露难色。至今,小钱德勒仍记得(这记忆使他脸上微微泛起骄傲的红晕)加拉赫在走投无路时说过的一句话:

"中场休息啦,伙计们,"他的语气很是轻松,"能让谁帮我开个窍呢?"

这就是伊格内修斯·加拉赫的真面目,但你真的不得不佩服他。

小钱德勒加快了脚步。这是他有生以来,第一次觉得自己比街边来往的行人优越,也是第一次从心底里对凯普尔大街的沉闷和庸

---

[1] 阿塔兰忒(Atalanta),是古希腊神话中一位善于疾走的女猎手。

俗感到厌烦。毋庸置疑：要想成功就得远走高飞，留在都柏林将一事无成。经过格拉坦桥时，他往下游的码头看了一眼，望着那一间间矮小破败的棚屋，不禁心生怜悯。在他眼里，它们就像一群流浪汉，蜷缩在河岸上，身上的旧衣服落满了灰尘和煤烟。面对这万花筒般的夕阳，他们无动于衷，只是等待着夜晚的第一缕寒意袭来，命令他们起身，然后才会哆嗦着身子，陆续离开。小钱德勒在想，自己是否可以写一首诗来表达这一感想。或许加拉赫有办法替他把诗刊登在伦敦的某个报刊上。他可以写出有新意的东西吗？他并不确定自己想表达什么，但一想到此刻所触及的诗意，他的内心深处又萌生出一线希望。他大步向前走去。

他每走一步，就离伦敦更近了一些，当然，也就离他那寡淡无味的生活更远了一些。一束光开始在他心灵的地平线上颤动。他其实没有很老——才三十二岁。他的气质可以说刚好成熟起来。他希望用诗句来表达不同的情绪和感受。他感觉诗句就在他的身体里。他试图掂量自己的灵魂，看它是不是诗人的灵魂。他认为，忧郁是他气质的主调，然而，这种忧郁却由往复的信念、无奈的顺从和简单的幸福所调和。如果他能在一本诗集里把它表达出来，或许人们就能理解他了。他不会成为一位著名诗人：这一点他很清楚。他没有煽动群众的能力，但可以吸引一小撮志趣相投的人。或许，英国评论家会因为他忧郁的笔触，将他归类为凯尔特派诗人；除此之外，他的作品会被纳入经典文库。他开始想象，这本诗集会收到什么样的评论："钱德勒先生擅于创作简约优雅的诗句，这是他与生俱来的本领……诗篇中弥漫着淡淡的忧伤……这是凯尔特派诗人所独有的腔调。"可惜他的名字听起来不太像爱尔兰人。或许，应该把母亲的姓氏加在自己的姓氏前：托马斯·梅隆·钱德勒，直接叫

T. 梅隆·钱德勒或许更妙一些。他会问问加拉赫的意见。

他沉浸在热烈的幻想之中,以至于走过了他要去的街道,不得不折返回来。当他走到考利斯酒店时,那种不安的感觉再次袭来。他在酒店门前停了下来,犹豫着要不要迈出最后一步。终于,他推开门,走了进去。

酒吧的灯光和喧闹让他在门厅停留了片刻。他环顾四周,只见许多红红绿绿的酒杯,煞是耀眼,看得他眼花缭乱。他觉得酒吧里挤满了人,还觉得这些人正好奇地打量着自己。他迅速往两边扫了一眼,微微皱眉,显出一副庄重的样子,但当他稍微看清一些时,才发现根本没人转头看他。不过,他发现了伊格内修斯·加拉赫,一点儿没错,他正靠在柜台上,岔开两条腿站着。

"嗨,汤米,老朋友,你终于来了!怎么样?你要来点儿什么?我喝威士忌,这比我们在对岸[1]买的好多了。兑点儿苏打水?锂盐矿泉水?不要矿泉水吗?我也不要,掺了水就没味儿了……嘿,伙计,给我们来两杯半份的麦芽威士忌,好样的……哦,好久不见啦,你过得怎么样?天哪,我们都一把年纪了!我是不是看起来也老了……呃,什么?头发白了,脑袋顶上也快秃了——是吧?"

伊格内修斯·加拉赫摘掉帽子,露出一头剪得短短的头发。那张脸苍白臃肿,但刮得很干净。他蓝灰色的眼睛,稍微提亮了他近乎病态的面色,并在他鲜艳的橘红色领带上面放出光芒。在这些不和谐的特征之间,他的嘴唇显得很长,不成形状,也没有一丝血色。他垂下脑袋,用两根手指怜惜地摸了摸头顶稀疏的头发。小钱德勒摇摇头,表示朋友并不老。伊格内修斯·加拉赫又

---

[1] 指英国。

戴上了他的帽子。

"干这行会把人搞垮的，"他说，"我是说新闻这行。总是疲于奔波，到处找素材，有时还找不到，找到了还得变着花样写些新东西出来。哦，还有该死的校对和印刷，又是好几天。跟你说，这次回到老家，我实在是太开心了，能放几天假也是极好的。自从在这邋遢又可爱的都柏林上岸后，我就觉得精神好多了——这杯是你的，汤米。要加水吗？要什么就说。"

小钱德勒用水稀释了这杯威士忌。

"你不会喝啊，哥们儿，"伊格内修斯·加拉赫说，"酒我只喝纯的。"

"我平时不怎么喝酒，"小钱德勒谦虚地说，"只是见到老朋友，偶尔喝个半杯，仅此而已。"

"哦，也好也好，"伊格内修斯·加拉赫高兴地说，"这一杯敬你我，敬旧识，敬故知！"

两人举杯共饮。

"我今天还碰到了那几个老家伙，"伊格内修斯·加拉赫说，"奥哈拉似乎过得不太好。他在干些什么？"

"什么也不干，"小钱德勒说，"他堕落了。"

"霍根的工作还不错，对吧？"

"对，他在土地委员会工作。"

"有天晚上，我在伦敦碰到了他，出手还挺阔绰的样子……可怜的奥哈拉！酒喝太多了，对吧？"

"还有些别的原因。"小钱德勒没有多讲。

伊格内修斯·加拉赫笑了。

"汤米，"他说，"你真是一点儿也没变，还是那么一板一眼的。以前，星期天上午的时候，即使我喝到头昏脑涨、舌头发腻，你也总要板起脸训斥我一番。你说过，你想出去闯荡世界。敢情你哪儿也没去过，一次旅行也没有吧？"

"我去过马恩岛。"小钱德勒说。

伊格内修斯·加拉赫笑了。

"马恩岛？"他说，"得去伦敦或者巴黎。还是去巴黎吧，对你有好处的。"

"你去过巴黎吗？"

"可以这么说！我在那边逛过几个地方。"

"巴黎真有人家说得那么美吗？"小钱德勒问。

他抿了一口酒，伊格内修斯·加拉赫则豪爽地将杯中的酒一饮而尽。

"美？"伊格内修斯·加拉赫停下来琢磨这个词，同时回味着威士忌的香气，"倒是没那么美，你知道的。当然，它肯定是美的……不过，最重要的是巴黎的生活，那才是关键。啊，没有哪座城市能比巴黎更热闹、更有活力，还让人心跳加速的了……"

小钱德勒喝完了他的威士忌，但费了一番功夫才让服务员注意到他。他又照之前那样点了一份。

"我去过红磨坊，"伊格内修斯·加拉赫在服务员拿走杯子时说，"我还去过巴黎所有的波希米亚咖啡馆。里面都是些性感尤物！但不适合你这样的正人君子，汤米。"

小钱德勒没有说话，直到服务员又送来两杯酒，他才轻轻碰了朋友的酒杯，回敬他之前的祝酒。他感觉自己的幻想在破灭。加拉赫说话时的腔调和表现自我的方式让他觉得很不舒服。这位朋友变得有些俗气了，他以前不是这样的。不过，兴许是因为他生活在伦敦，而报界的竞争压力又很大，人自然是要变的。在浮华的表象之下，这位故人的魅力依旧存在。毕竟，加拉赫体验过生活，也见过世面。小钱德勒羡慕地看了看他的朋友。

"在巴黎，一切都是快乐的，"伊格内修斯·加拉赫说，"他们认为享受生活才是正经事——你不觉得他们说得很有道理吗？要是你想让自己好好放松一下，那就一定得去巴黎。哦，对了，他们对爱尔兰人可热情啦。他们知道我是从爱尔兰来的以后，恨不得把我一口给吞了，哥们儿。"

小钱德勒连着呷了四五口酒。

"对了，"他说，"巴黎真有他们说的那么……伤风败俗吗？"

伊格内修斯·加拉赫用右臂画了一圈，做了个泛泛的手势。

"每个地方都伤风败俗，"他说，"当然，你在巴黎也能找到这些供你风流的场所。比方说，你去参加一个学生舞会。你要是好这口的话，等那些爱玩的女人玩开了，那才叫一个热闹。你也知道那种女人是什么货色，对吧？"

"有所耳闻。"小钱德勒说。

伊格内修斯·加拉赫一口干了他的威士忌，随后摇了摇头。

"唉，"他说，"随便你怎么想都行。但没有哪里的女人能像巴黎女人那样——既讲究风格，又讲究行动。"

"这么说，巴黎是一座堕落之城？"小钱德勒怯生生地坚持着自己的观点，"我的意思是，和伦敦或都柏林比的话。"

"伦敦！"伊格内修斯·加拉赫说，"它俩不相上下吧。你去问霍根，哥们儿。他在伦敦的时候，我还带他稍微逛了逛。他会叫你大开眼界的……我说，汤米，别把威士忌调成潘趣酒了，喝点儿地道的。"

"不，真的……"

"哦，得了吧，再来一杯又要不了你的命。喝什么？还是跟刚才一样？"

"嗯……好吧。"

"弗朗索瓦，再来一杯……你抽烟吗，汤米？"

伊格内修斯·加拉赫掏出了他的雪茄盒。这对朋友各自点上雪茄，默默地抽起来，直到酒水上桌。

过了好一会儿，伊格内修斯·加拉赫才从遮挡他的烟雾中探出头来。"听我跟你讲讲，"他说，"大千世界，无奇不有。要说伤风败俗，我多少是有些见闻的——我说什么来着？——我听到过，也见到过，一些……伤风败俗的……事儿……"

伊格内修斯·加拉赫若有所思地抽了一口雪茄，然后以一种冷静的历史学家的口吻，为他的朋友勾勒出了一幅国外荒淫无度、腐败成风的图景。他概括地讲了许多国家首都的恶习，并声称柏林的风气最为败坏。有些流言他无法证实（是从朋友那里听来的），但其他的丑事，他都亲身经历过。他所述的奇闻轶事无关阶级，也不分贵贱。他揭露了欧洲大陆修道院里的秘密，分享了上层社会普遍存在的卑劣行径，还详尽地描述了一位英国女公爵的风流韵事——一个他信以为真的故事。小钱德勒听了大为震撼。

"啊，不过，"伊格内修斯·加拉赫说，"我们古老而落后的都柏林，却对这些事情一无所知。"

"你去过那么多地方，"小钱德勒说，"肯定觉得这里无聊透了！"

"怎么说呢，"伊格内修斯·加拉赫说，"回来也是一种放松，你知道的。毕竟，正如他们所说，这里是故乡，对吧？你会情不自禁地对它产生某种依恋。这是人之常情嘛……不过，跟我聊聊你自己吧。霍根告诉我，你已经……得到了婚姻之神的眷顾。两年前结的婚，对吧？"

小钱德勒红着脸微微一笑。

"是，"他说，"去年五月结的婚，都一年了。"

"但愿现在送上祝福还来得及，"伊格内修斯·加拉赫说，"我不知道你住哪儿，不然早就跟你道喜了。"

他说完伸出手，小钱德勒握了一下。

"好，汤米，"他说，"祝愿你和你的另一半幸福美满，赚得盆满钵满。祝你长命百岁，老伙计，除非我一枪崩了你。这是一个真诚的祝福，来自老朋友的祝福，你懂的吧？"

"我懂。"小钱德勒说。

"有小家伙了吗？"伊格内修斯·加拉赫问。

小钱德勒再次红了脸。

"我们有一个孩子。"他说。

"儿子还是女儿？"

"一个小男孩。"

伊格内修斯·加拉赫使劲拍了一把朋友的后背，声音响亮。

"好样的，"他说，"我就知道你有这本事，汤米。"

小钱德勒笑了笑，迷茫地望着酒杯，用他那孩童般洁白的牙齿咬住下嘴唇。

"希望哪天晚上你可以来我家聚聚，"他说，"在你回去之前。我太太见到你，肯定很高兴。我们可以听听音乐，还可以……"

"太感谢了，老伙计，"伊格内修斯·加拉赫说，"真遗憾，咱俩没能早点儿见面。明天晚上我就得走了。"

"或许今晚……"

"非常抱歉,老伙计。你看,我还约了一个朋友,也是个聪明的小伙子。我们说好了要去参加一个牌局。要不是……"

"哦,那样的话……"

"但谁知道呢?"伊格内修斯·加拉赫体贴地说,"既然已经开了个好头,兴许我明年还会回来一趟。好饭不怕晚,叙旧不嫌迟。"

"好吧,"小钱德勒说,"等你下次回来,我们一定找个晚上好好聚聚。现在就算约好了,怎么样?"

"好,就这么定了,"伊格内修斯·加拉赫说,"只要我明年回来,咱们就聚聚,我以名誉担保[1]。"

"为了做成这笔买卖,"小钱德勒说,"让我们再干一杯吧。"

伊格内修斯·加拉赫掏出一块硕大的金表瞧了一眼。

"这是最后一杯了吧?"他说,"因为,你知道的,我还要赶下一个约呢。"

"哦,当然了,到此为止。"小钱德勒说。

"好吧,"伊格内修斯·加拉赫说,"那让我们再来一杯'临行酒'[2]——我想,用这句当地谚语指一小杯威士忌也合适。"

小钱德勒点了酒。他脸上泛起的红晕已经变得通红。平日里,随便一件小事儿都能让他脸红,更何况他现在身体发热,情绪高涨。三小杯威士忌冲昏了他的头脑,加拉赫的烈性雪茄也让他难以招架,毕竟他体质较弱,平时也不怎么喝酒。然而,八年后

---

[1] 原文为法语,parole d'honneur。本书中楷体字体(除引用外)是根据原文进行的相应变体。——编者注

[2] 原文为爱尔兰语,deoc an doruis。

与加拉赫的重逢——在考利斯酒店的灯光和喧闹中与加拉赫对饮,聆听加拉赫的故事,短暂地分享加拉赫漂泊而成功的非凡经历——却打破了他敏感天性的平衡。他深切地感受到自己和朋友过着两种截然不同的生活,可他觉得不公平。加拉赫的出身和教育背景都不如他。他确信自己能比朋友做得更好,能取得更大的成就,或者,只要有机会的话,他决不会甘愿只当一个庸俗的报社记者。到底是什么阻碍了他?是他那可悲的怯懦!他希望以某种方式为自己辩护,从而证明自己的男子气概。他忽然明白了加拉赫为什么谢绝他的邀请。加拉赫之所以赏脸来见他,不过是出于往日的情分,正如他赏脸回到爱尔兰一样。

服务员给他们端来了最后两杯酒。小钱德勒把一杯推给他的朋友,然后猛地拿起另一杯。

"谁知道呢?"小钱德勒举起酒杯说,"说不定你明年回来的时候,我就有荣幸祝伊格内修斯·加拉赫先生和夫人百年好合啦。"

伊格内修斯·加拉赫一边喝酒,一边凑近酒杯的边沿眯上一只眼睛。喝完酒后,他果断地咂咂嘴巴,放下酒杯说:

"别担心,哥们儿。在我把麻袋套在头上之前,我得先好好放纵一下,看看这个世界,享受享受生活——当然,没准永远套不上啦。"

"总有一天你会套上的。"小钱德勒平静地说。

伊格内修斯·加拉赫转了转他的橘红色领带,那双蓝灰色的眼睛直勾勾地盯着他的朋友。

"你真的这样想吗?"他问。

"你会把麻袋套在头上的,"小钱德勒坚定地重复道,"和其他所有人一样,只要你能找到那个心仪的姑娘。"

他稍微加重了语气;他意识到他已经出卖了自己。他的脸已然涨得通红,可他在朋友的逼视下却毫不躲闪。伊格内修斯·加拉赫盯了他一会儿,然后说:

"假如真有这么一天,我敢赌上自己的全部身家,因为我的婚姻绝不可能跟爱情扯上半点儿关系。我结婚就是为了钱。她在银行必须有一笔丰厚的存款,否则她跟我就有缘无分。"

小钱德勒摇了摇头。

"喂,我的老兄啊,"伊格内修斯·加拉赫狠狠地说,"你懂什么啊?只要我说句话,明天要女人有女人,要钱有钱。你不相信?嗜,反正我心里有数。捞一把就有几百个——瞧我说什么呢?——几千个有钱的德国小妞,还有犹太女郎,那钱都多得发烂发臭了,她们巴不得赶紧……你就等着瞧吧,哥们儿。看我怎么打好手里这一副牌。告诉你,只要我想干,就没有我干不成的事儿。你就等着瞧吧。"

他举起杯子,一饮而尽,放声笑了起来。接着,他若有所思地望向前方,心平气和地说:

"但我不着急。让她们等吧。我可不想拴在一个女人身上,你知道的。"

他用嘴巴模仿品尝的动作,又扮了个鬼脸。

"一个人被拴久了,就该发霉了,我想。"他说。

小钱德勒坐在大厅旁的房间里,怀里抱着一个孩子。为了省钱,他们没有请用人。不过每天早上和晚上,安妮的妹妹莫妮卡都会各待一个小时左右,帮着料理家务。但莫妮卡早就回家去了。现在差一刻九点。小钱德勒回家迟了,错过了喝茶的时间,而且他还忘了从比尤利[1]给安妮带一包咖啡回来。难怪她心情不好,也不乐意讲话。她说,今天不喝茶也行。可当街角商店快要打烊的时候,她又决定出一趟门,去店里买四分之一磅茶叶和两磅白糖。她麻利地将熟睡的孩子塞到他怀里说:

"抱好。别弄醒他。"

桌上放着一盏罩着白瓷的小台灯,灯光照亮了一张嵌在牛角框里的相片。那是安妮的照片。小钱德勒看着它,目光停留在那双抿紧的薄嘴唇上。她穿着一件淡蓝色的夏季罩衫,那是在一个星期六他买回家送给她的礼物。这件衣服花了他十先令十一便士,但真正让他痛苦的是心灵上的煎熬!那一天他遭了多少罪呀:在商店门口,他一直等到店里空了才进去;在柜台边上,他看着店员将一件又一件女士衬衫在他面前铺开,还得假装轻松自在;在付款的时候,他忘了拿找回的零钱,又被收银员叫了回去;最后,在跨出店门的时候,为了不让人看到自己羞红的脸,他只得低头假装检查包裹是否系牢了。他把礼物带回家时,安妮高兴地吻了他,说这件衣服既漂亮又时髦。可是,她一听价钱,就立刻把衣服扔到桌上,还说这种衣服敢卖十先令十一便士,根本就是把人当猴耍。起初,她想把衣服退回去,但试穿之后又觉得很满意,尤其是袖子的样式。于是,她又吻了他,说他真是太好了,心里这样念着她。

哼!……

他冷冷地盯着照片里的那双眼睛,那双眼睛也冷冷地回看他。当然,它们很漂亮,那张脸本身也耐看。但是现在,他怎么看都觉

---

[1] 比尤利(Bewley),都柏林一家著名的连锁咖啡茶馆。

得不舒服。她凭什么表现得如此漠然却又像个贵妇？她眼神中的从容使他感到愤怒。那双眼睛在抗拒他、排斥他：没有激情，也无法泛起波澜。他想起了加拉赫提到过的有钱的犹太女郎。那乌黑的东方眼眸，他想，该多么富有激情，该多么能够挑起情欲的渴望！……他怎么就娶了照片里的这双眼睛呢？

这个问题把他自己给问住了，他不安地扫了一眼房间。这些由他分期付款所购置的家具也让他觉得很不舒服。安妮亲自挑选的款式，也让他想起了她。这些家具古板但耐看。一种对于生活的怨恨在他心中隐隐升起。难道他不能逃离这座小房子吗？像加拉赫那样大胆地生活已经太迟了吗？他能去伦敦吗？家具的钱还没付完。只要他能写完一本书，并成功出版，或许就能开辟一条新的道路。

他面前的桌上放着一本拜伦的诗集。他小心翼翼地用左手翻开，生怕把孩子吵醒。接着，他念起了书里的第一首诗：

> 晚风沉寂，夜色无声，
> 林间不曾有微风拂过。
> 我祭扫玛格丽特的坟墓，
> 将花撒向我挚爱的尘土。

他停了下来。他发觉诗的韵律在房间里回荡。多么忧伤的诗句呀！他也能用这种笔调抒发内心的哀愁吗？他想描写的东西太多了：譬如几个小时前，他站在格拉坦桥上的感受。倘若他能找回当时的心境……

孩子醒了，哇的一声哭出来。他赶紧放下诗集，想要哄孩子安静下来，但孩子仍然哭个不停。他把孩子抱在怀里，前摇后晃，可

孩子的哭声却越发响亮了。他的手臂摇得更快了,眼睛却看向了诗的第二节:

> 在这狭小的墓穴里卧着埋葬她的一抔土,
> 曾几何时,这抔土……

没用的。他读不下去了。他什么都做不了。孩子的哭声刺穿了他的耳膜。没用的,一切都是徒劳!他已经成了生活的囚徒。他的手臂因愤怒而颤抖。他猛然俯下身子,冲着孩子的脸,大喝一声:
"别哭了!"

孩子瞬间止住眼泪,还吓得抽了一下,然后敞开了喉咙尖叫。他从椅子上跳起来,抱着孩子在房间里匆匆踱步。孩子可怜巴巴地抽噎着,过了四五秒才重新哭出声来。孩子的哭声在单薄的墙壁间回响。他试着安抚孩子,可小家伙却一边哭,一边抽搐起来。他望着孩子抽紧颤动的小脸,心里开始感到恐惧。他仔细数着,孩子一连抽了七次都没有换气,吓得他赶紧把孩子搂进怀里。要是他死了!……

门被撞开了,一个年轻女子气喘吁吁地冲了进来。

"怎么了?怎么了?"她嚷道。

孩子听见妈妈的声音,突然爆发出一阵响亮的哭声。

"没事儿的,安妮……没事儿的……他没哭多久……"

她把大包小包扔到地上,一把从他怀里夺过孩子。

"你把他怎么了?"她瞪着眼睛质问道。

小钱德勒面对这逼人的目光,愣了一会儿,随即看到那目光里的恨意,他的心一下子勒紧了。他开始结结巴巴地说:

"没事儿的……他……没哭多久……我没办法……我什么都做不了……怎么了？"

她没有理会他，只是在房间里踱来踱去。她把孩子紧紧搂在怀里，嘴里喃喃地念着：

"我的小男子汉！我的小心肝！是不是吓着了，宝贝？……不哭啦，宝贝！不哭啦！……小羊小羊咩咩叫！你是妈妈在这个世界上最爱的小羊崽！……不哭啦！"

小钱德勒只觉得脸颊发烫，羞愧难当；他躲进了灯光照不到的地方。他听着听着，发现孩子的啜泣声渐渐平息；悔恨的泪水盈满了他的眼眶。

如出一辙

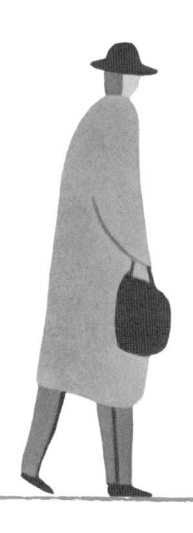

他丢了办公室的工作,
当了手表,花光了钱,
可现在竟然醉意全无!

铃声震耳欲聋。帕克小姐向传声筒走去,只听一个愤怒的大嗓门用爱尔兰北部的口音厉声喊道:

"把法林顿叫过来!"

帕克小姐回到她的打字机旁,对一个正在伏案抄写的男人说:

"阿莱恩先生叫你上楼去。"

那男人咕哝了一句"让他见鬼去吧",然后推开椅子站了起来。他挺直了腰板,这才看出原来他是个高大魁梧的人。他的长脸耷拉着,呈深沉的酒红色,眉毛和胡须倒是显得白皙;他的眼球微微前凸,眼白有些浑浊。他掀起柜台上的盖板,从顾客身边擦过,拖着沉重的脚步走出办公室。

他慢吞吞地来到二楼,那里有一扇门,门上挂着一块铜牌,上面刻着"阿莱恩先生"。他停下来,吃力地喘着粗气,然后敲响了房门。一个刺耳的声音喊道:

"进来!"

他走进阿莱恩先生的办公室。与此同时,阿莱恩先生也从一沓文件中抬起头来。阿莱恩先生个头不高,脸被刮得干干净净,还戴着一副金框眼镜。他的秃脑袋是那么光滑、那么圆润,看上去活像一只被搁在文件堆上的大鸡蛋。阿莱恩先生一刻也没有耽搁:

"法林顿？你怎么回事儿？就非得让人说你几句？我问你，为什么鲍得利和柯万的合同还没抄好？我告诉过你，四点之前一定要送到我这儿来。"

"但雪莱先生说，先生——"

"'雪莱先生说，先生……'请你把我的话听清楚了，而不是去听什么'雪莱先生说，先生'。反正你偷懒总是有借口。我告诉你，今晚要是抄不好这份合同，我就把这件事儿上报给克罗斯比先生……听到没有？"

"听到了，先生。"

"听到没有？……唉，还有一件事儿！跟你说话可真费劲。你给我记清楚了，你吃饭的时间只有半个小时，不是一个半小时。我很想知道，你一顿要吃几道菜……听到没有？"

"听到了，先生。"

阿莱恩先生又把头埋进了那堆文件。法林顿死死地盯着那颗统治"克罗斯比与阿莱恩事务所"的秃脑袋，估摸着它能挨几拳。一阵狂怒攥住了他的喉头，但很快又过去了，现在他只觉得口渴难耐。这样的感觉，他再熟悉不过了，看来今晚又得大醉一场了。这个月已经过了大半，如果他能及时抄好合同，或许阿莱恩先生会让出纳预支他这个月的工资。他站在原地不动，目不转睛地望着那堆文件上的脑袋。忽然，阿莱恩先生翻乱了所有的文件，好像在寻找什么东西。他猛地抬起头，好像那一刻才意识到法林顿的存在，说：

"怎么？你打算在那儿站一整天吗？我说，法林顿，你可真不着急啊！"

"我是在等……"

"好了,你不用等了。下楼,把你的活儿干完。"

男人拖着沉重的脚步往门口走去,刚要出屋,就听到阿莱恩先生在身后大声喊着,要是今晚还抄不好合同,克罗斯比先生就会亲自过问此事。

他回到楼下的写字桌旁,数了数还没抄完的合同纸。他拿起笔,蘸了蘸墨水,他的目光却呆滞地停留在刚才写的最后几个字上:"在任何情况下,上述人员伯纳德·鲍得利都不得……"天快黑了,再过几分钟,他们就会点上煤气灯,那时他就可以动笔了。当务之急还是得给自己润润嗓子。他站起身,像刚才那样掀起柜台的盖板,走出了办公室。他往外走的时候,书记主任对他投来了质询的目光。

"没什么,雪莱先生。"说着,他用手指了指要去的地方。

主任朝帽架上瞥了一眼,发现帽子都在,便没说什么。法林顿一到楼梯口,就从口袋里掏出一顶牧羊人的格纹帽,戴在头上,匆匆跑下摇晃的扶梯。他走出临街的大门,沿着人行道内侧,偷偷摸摸地向街角走去,然后转身钻进一扇门洞。现在,他已经来到奥尼尔酒吧的暗室,他安全了。他用脸塞满了那个对着酒吧台的小窗口,臃肿的面庞显出陈酒或烂肉的颜色。他喊道:

"喂,帕特,给我来一杯黑啤,好哥们儿。"

地下酒保给他端来一杯纯的波特啤酒。他一饮而尽,还要了一粒葛缕子籽[1]。他把一个便士放在柜台上,任酒保在黑暗中摸索,自己则像方才进来时那样,偷偷摸摸地溜出了酒吧的暗室。

浓雾的黑暗,渐渐将二月的暮色吞没,尤斯塔斯街上的灯亮了

---

[1] 用以去除酒味。

起来。法林顿经过一幢幢房子,来到办公室门口,心里琢磨着,他是否能按时抄完那份合同。刚踏上楼梯,一股湿润、浓烈的香水味扑鼻而来:显然,德拉库尔小姐在他去奥尼尔酒吧的时候来了。他把帽子塞进口袋,装出一副若无其事的样子,重新走进办公室。

"阿莱恩先生一直在找你,"主任严厉地说,"你到哪儿去了?"

法林顿瞥了一眼站在柜台旁边的两位顾客,似乎在暗示:有他们在场,不方便回答。由于两位顾客都是男性,主任便忍不住笑了出来。

"我知道你在玩什么把戏,"他说,"一天五次是有点儿……你最好打起精神来。算了,你赶紧把德拉库尔案的信件整理好,给阿莱恩先生送过去。"

这番当众的斥责、往楼上去的奔跑,以及匆忙灌下肚子的啤酒,都让他感到心烦意乱。当他坐到办公桌旁边去拿材料时,才意识到五点半之前根本抄不完那份合同。阴暗潮湿的黑夜即将降临,他多想坐在酒吧里,在耀眼的煤气灯和玻璃杯的碰撞声中消磨这夜晚。他找到德拉库尔的信件,走出办公室,心里盼望阿莱恩先生看不出缺了最后两封信。

湿润、浓烈的香水味一直弥漫到阿莱恩先生楼上的办公室。德拉库尔小姐是一位犹太人模样的中年妇女。据说,阿莱恩先生爱上了她,或者说是爱上了她的钱。她经常来办公室,而且一待就是很长时间。此刻,她正坐在他的办公桌旁边,身上散发出一股扑鼻的香气。她一边用手摩挲着伞柄,一边点头,晃动着插在帽子上的那根黑色的大羽毛。阿莱恩先生把椅子转过来面对她,右脚轻快地搭在左膝上。法林顿把信件放在办公桌上,毕恭毕敬地鞠了一躬,但阿莱恩先生和德拉库尔小姐都没搭理他。阿莱恩先生用手指在信件上敲了敲，然后弹了弹指头，好像在说："行了，你可以走了。"

法林顿回到楼下的办公室，重新坐在写字桌前。他目不转睛地盯着那句没抄完的话："在任何情况下，上述人员伯纳德·鲍得利都不得……"这才倏地意识到，最后三个词的首字母竟然都是"B"[1]。主任开始催促帕克小姐，说这封信她录入得太慢，八成赶不上邮寄了。法林顿听着打字机的嗒嗒声，听了好几分钟，才开始抄写合同。但这时，他的头脑已经有些迷糊，魂儿也早就飘到酒馆的光影和喧嚣中去了。这是一个适合喝热潘趣的夜晚。他奋笔疾书，但五点的钟声敲响时，他还有十四页合同没抄完。真该死！他想大声骂几句脏话，想用拳头使劲砸点儿什么东西。他太愤怒了，竟在不经意间将"伯纳德·鲍得利"写成了"伯纳德·伯纳德"；他只好拿纸重新抄一遍。

他觉得自己浑身是劲，单枪匹马就能掀翻整个事务所。他的身体已经蠢蠢欲动，恨不得现在就冲出去找人打架，饮酒狂欢一番。他这辈子所受的屈辱使他恼羞成怒……他可以私下找出纳预支工资吗？不，那家伙不行，不是什么好东西：他才不会提前给钱……他知道去哪儿和兄弟们会合：莱昂纳德、奥哈洛伦和好管闲事的弗林。他的情绪已经来到临界点，正等待一场尽情的释放。

他沉浸在自己的幻想中，别人叫了他两遍，他才回过神来。阿莱恩先生和德拉库尔小姐站在柜台外，其他的员工也都回过头来，准备看一出好戏。法林顿从桌旁起身。阿莱恩先生破口大骂，说是少了两封信。法林顿说他什么也不知道，只是照着原件抄了一遍。

---

[1] 此处提到的三个词分别是"Bernard Bodley be..."。

都柏林人

103

咒骂声不绝于耳，尖刻而激烈。法林顿几乎无法控制自己，恨不得一拳砸烂这个"小侏儒"的脑袋。

"我不知道还有两封什么信。"他愣头愣脑地说。

"你——不——知道？当然了，你什么都不知道，"阿莱恩先生说，"告诉我，"他又瞥了一眼身旁的女士，像是要先征得她的同意，说道，"你把我当傻子吗？你觉得我是个没脑子的白痴吗？"

法林顿的目光从那位女士的脸上移到那个鸡蛋似的小脑袋上，然后又移了回去。在他想好之前，他的舌头已经做出了反应：

"我认为，先生，"他说，"问我这样的问题是不公平的。"

书记员们倒吸一口凉气。在场的人都惊呆了（这句俏皮话的作者也同样大吃一惊），而圆润、和蔼的德拉库尔小姐却咧嘴笑了起来。阿莱恩先生脸红得像朵野玫瑰，他的嘴角抽搐着，像一个受了欺负的侏儒。他攥紧拳头，在法林顿面前不停挥舞，直到它看上去像某种电器的球形手柄在振动。

"你个没教养的东西！你个没教养的东西！看我怎么收拾你！你给我等着！你这样放肆，非向我道歉不可！不然，你就给我滚出这间办公室！我告诉你，要么滚蛋，要么跟我赔礼道歉！"

法林顿站在事务所对面的过道里等候，看出纳是否会独自一人出来。所有的职员都陆续离开，最后，出纳和书记主任一起踏出门来。这种情况下，恐怕没办法和出纳搭上话。法林顿意识到自己的处境很糟糕。为了弥补自己的过错，他将不得不低头，向阿莱恩先生道歉，可那样一来，再次踏进那间办公室将无异于踏进马蜂窝。他还记得，当初阿莱恩先生为了把自己的外甥弄进事务所，是怎样百般刁难赶走了小皮克。他满腹怨气，口干舌燥，渴望报仇；他恨自己，也恨身边的每一个人。阿莱恩先生不会让他有片刻的安宁，他的生活将如地狱一般。他这次真是出了个大洋相。他怎么就管不住自己的舌头呢？不过话说回来，他与阿莱恩先生本就合不来：从阿莱恩先生无意中听到他模仿自己的爱尔兰北部口音逗笑希金斯和帕克小姐的那天起，两人就结下了梁子。他是可以去找希金斯借钱的，但希金斯肯定没有多的钱给他。毕竟，他一个人要养两个家，当然没办法……

当下，他那硕大的身躯又一次渴望在酒馆里得到安慰。夜里的雾让他感到一阵寒意。他揣摩能否在奥尼尔酒吧找到帕特，再问他借点儿钱，但那家伙顶多能从兜里掏出一先令——而一先令压根儿派不上用场。他得想办法上哪儿弄点儿钱去：那杯黑啤已经花掉了他最后一个便士，要是再晚一些，哪儿也别想弄到钱了。就在他手指触到表链的那一刻，脑中突然闪过了弗利特街上的特里·凯利当铺。就这么办了！怎么没早些想到呢？

他穿过圣殿酒吧区狭窄的小巷时，喃喃自语道："叫这帮家伙统统下地狱吧！"他今晚可要喝个痛快。特里·凯利当铺的店员说，这表值一皇冠[1]！可他坚持要六先令。最后，店员让步，如数给了他六先令。他兴高采烈地走出当铺，还把一枚枚硬币摞成圆柱，捏在大拇指和四根手指之间。韦斯特摩兰街的人行道上挤满了下班的青年男女，穿着破烂衣服的报童跑来跑去，大声吆喝着各类晚报的名字。法林顿穿过人群，意气风发地望着街上的景象，傲慢地瞅着刚下班的姑娘们。他满脑子都是电车的响锣声和推车的嗖嗖声，

---

[1] 俚语，一皇冠即五先令。

潘趣酒的香气已经在他的鼻尖上缭绕。他边走边寻思，该怎么说才能把这事儿的来龙去脉跟哥几个说清楚：

"所以，我就这样盯着他——冷冷地，你们知道的，然后看了看她。接着，我又回过头来盯着他——我可不着急，你们知道的。'我认为，问我这样的问题是不公平的。'我就这么说的。"

好管闲事的弗林坐在戴维·伯恩酒馆平时他常坐的角落里。听完故事后，他敬了法林顿半杯酒，还说这是他听过最精彩的趣闻。法林顿回敬了他一杯。过了一会儿，奥哈洛伦和帕蒂·莱昂纳德进来了，于是法林顿把这故事又讲了一遍。奥哈洛伦请所有人喝了一杯热乎的麦芽酒，然后讲起了他在福恩斯街卡伦公司顶撞主管的故事。不过，由于他的反驳沿袭了田园牧童口无遮拦的习性，所以他不得不承认，法林顿的这句回嘴，比他说得更有水平。听了这话，法林顿便叫大家赶紧干掉杯里的酒，他还要再请一轮。

就在他们点酒的时候，进来了一个人，来谁不好，偏偏来了希金斯！他自然是要和大伙儿一起喝几杯的。大伙儿让希金斯讲讲他见到的那个版本。他讲得绘声绘色，因为面前这五小杯暖呼呼的威士忌着实让他眼馋。他学着阿莱恩先生的样子，对法林顿的脸挥了挥拳头，此举引得众人一阵哄笑。接着，他又模仿法林顿的腔调说，"反正我人在这里了，要杀要剐随你的便。"法林顿则用那双沉重、浑浊的眼睛望着大家，微笑着，还不时用下唇吮掉悬在胡须上的酒珠。

喝完那一轮酒后，大家都停了下来。奥哈洛伦还有钱，但另外两人似乎已经掏空了口袋。于是，这伙人只得悻悻地离开酒馆。在杜克街的拐角处，希金斯和好管闲事的弗林向左转，另外三人则掉头往城里走去。雨淅淅沥沥地落在清冷的街道上。当他们走到压舱物办公室时，法林顿提议再去一家苏格兰酒馆坐坐。酒吧里挤满了人，喧闹声和碰杯声不绝于耳。三个人从在店门口叫卖火柴的摊贩身边挤过去，围坐在柜台的一角。他们开始交换故事。莱昂纳德给他们介绍了一个名叫韦瑟斯的年轻人，他在蒂沃利剧院表演杂技，是一位"流浪艺人"。法林顿请大家喝了一轮酒。韦瑟斯说他想喝一小杯爱尔兰威士忌兑阿波利纳里斯[1]。法林顿是个品酒的行家，知道这酒该怎么喝，于是问大家是否也要加一杯阿波利纳里斯；其他人却说要喝热的。这场谈话顿时有了戏剧性。奥哈洛伦请了一轮酒，法林顿又请了一轮，韦瑟斯则装腔作势地说，他们这种招待客人的方式过于爱尔兰化[2]了。韦瑟斯答应带他们到剧院的后台去，再给他们介绍几个漂亮的姑娘。奥哈洛伦说他和莱昂纳德会去的，但法林顿可去不了，因为他是成了家的人。法林顿用那双沉重、浑浊的眼睛瞥了他们一眼，表示他听得出来，他们在拿他开玩笑。韦瑟斯自掏腰包请他们喝了一小酊[3]酒，还约好了一会儿在普尔贝格街的穆利根酒馆见。

苏格兰酒馆打烊后，他们到了穆利根酒馆。他们坐在吧台后面的雅座里，奥哈洛伦请大家喝了一轮小份的特调烈酒。他们都有些醉了。法林顿正要再请一轮的时候，韦瑟斯回来了。让法林顿感到欣慰的是，他这次只喝了一杯苦啤酒。钱快花光了，但还够他们喝一阵子。这时，两个头戴大檐帽的少妇和一个身穿格子西装的年轻人走了进来，并在附近的酒桌落了座。韦瑟斯跟他们打了声招呼，转身对大伙儿说，那几位都是从蒂沃利剧院来的。法林顿的目光不

---

1 阿波利纳里斯（Apollinaris），一种德国产的矿泉水。
2 即太过热情。
3 类似于酊剂，形容分量小。

断在其中一位少妇身上游移。她的样貌确实引人注目。一条孔雀蓝的薄纱巾绕着她的帽子，在颌下系成一个硕大的蝴蝶结；她戴着一副亮黄色的手套，一直延伸至手肘。她优雅地挥动着丰腴的手臂，引得法林顿投来倾慕的眼光；随后，当她回应他的目光时，那一双深褐色的眸子吸引着他，而那似有似无的凝视更是让他欲罢不能。她瞥了他一两眼，和伙伴们离开的时候，她的身子轻轻擦过他的椅子，只听得她用伦敦口音说了一句："哦，抱歉！"他望着她离去的背影，期待她会回头看他一眼，但他失望了。他恨自己没有钱，恨自己请别人喝了那么多轮酒，尤其是请韦瑟斯喝的那些加了矿泉水的威士忌。要说有什么是他讨厌的，那就是"海绵"[1]。他太气愤了，连朋友们在谈些什么也听不清了。

帕蒂·莱昂纳德叫了他一声，原来他们在谈论比手劲。韦瑟斯正向大家展示他的肱二头肌，并大肆夸耀。于是，另外两个人便怂恿法林顿，让他捍卫一下爱尔兰的民族荣誉。法林顿毫不示弱，撸起袖子，亮出了自己的肱二头肌。两只胳膊被好生比较了一番，最后大家一致希望让他俩掰个手腕。杯盘撤走，两人将臂肘撑在桌面，两只手紧紧握在一起。只听得帕蒂·莱昂纳德大喊一声"开始"，两只手腕便一同使劲，想要把对方的手压倒在桌面上。法林顿一脸严肃，决心要赢下这场比赛。

较量开始了。过了大概半分钟，韦瑟斯才慢慢将对方的手臂放倒在桌面上。法林顿竟然输给了这么一个毛头小子，他羞愤难当，酒红色的脸气得发黑。

"你别用身体借力啊，比赛要守规矩。"他说。

---

[1] 即蹭酒的、吃白食的人。

"谁不守规矩了？"对方反问。

"那就再比一次。三局两胜。"

较量又开始了。法林顿额头上的青筋暴起，韦瑟斯苍白的脸涨成了一朵红牡丹。两人的手和胳膊因承受压力而颤抖。经过长时间的搏斗，韦瑟斯再次将对方的手一点点压倒在桌面上。看热闹的人在一旁小声叫好。站在桌边的酒保甩了甩自己的红发，冲胜利者频频点头，还嬉皮笑脸地说：

"哇！赢得漂亮！"

"你懂什么！"法林顿火冒三丈，冲酒保怒吼道，"有你说话的分儿吗？"

"嘘，嘘！"奥哈洛伦见法林顿一脸凶相，便打起了圆场，"差不多了，哥们儿，再喝一小杯就该走了。"

一个满脸愠怒的男人站在奥康奈尔桥桥头，等着开往桑迪蒙特的电车载他回家。他心中满是郁积的怒火和深藏的仇念。他受到了羞辱，心有不甘，连酒都醒了几分；他的口袋里只剩下两个便士了。他咒骂一切。他丢了办公室的工作，当了手表，花光了钱，可现在竟然醉意全无！他又感到口干舌燥，想再回到那暖烘烘的酒馆里去。由于两次败给一个毛头小子，他"硬汉"的威名早已荡然无存。他的心中涌起一股怒火，而当他想起那个戴着大檐帽，与他擦身而过，还对他说了声"抱歉"的女人时，愤怒几乎扼住了他的喉咙。

那辆电车把他放在了谢尔本路。他拖着庞大的身躯，在兵营围墙投下的阴影中，缓缓向前走去。他讨厌回到自己的家。当他从侧门进屋时，发现厨房空空如也，连炉火也快熄灭了。他冲楼上咆哮起来：

"埃达！埃达！"

他的妻子是个尖脸的小个子女人。丈夫清醒时，她便对他呼来喝去；丈夫喝醉了，她就忍气吞声。他们一共有五个孩子。这时，一个小男孩奔下楼来。

"谁？"法林顿问，眼光在黑暗中摸索。

"我，爸。"

"谁？查理？"

"不，爸。我是汤姆。"

"你妈呢？"

"她去教堂了。"

"对……她没有给我留晚饭吗？"

"有，爸。我——"

"把灯点上。黑灯瞎火的在干什么？别的孩子呢，都睡了？"

男孩点灯的时候，男人重重地瘫坐在一把椅子上。他学着儿子扁平的语调，半对儿子半对自己似的说道："去教堂了，去教堂了，你说奇怪不奇怪！"灯一亮，他就一拳头砸在桌上，嚷嚷道："晚饭吃什么？"

"我这就……去做，爸。"男孩说。

男人愤怒地站起身，用手指着炉火。

"拿什么做？火都灭了！天哪，我得好好教教你，看你还敢不敢再把火弄灭了！"

他一步跨到门口，抄起一根靠在门后的拐杖。

"我叫你再把火弄灭！"他说着卷起袖子，以便手臂挥动起来更有劲儿。

小男孩大喊一声:"啊,爸!"然后边哭边绕着桌子跑。男人追着孩子不放,最后一把揪住他的外衣。小男孩疯狂地四处张望,但见无处可逃,便扑通一声跪倒在地。

"哼,看你下次还敢不敢把火弄灭了!"男人说着,用拐杖狠狠地抽了下去,"别动,你个小杂种!"

拐杖打伤了孩子的大腿,疼得他发出一声尖叫。他在空中扣紧双手,声音因恐惧而颤抖。

"啊,爸!"男孩哭喊道,"别打我了,爸!我会……我会为你祈祷'万福玛利亚'……我会为你祈祷'万福玛利亚',爸,只要你别打我……我就祈祷'万福玛利亚'……"

泥 土

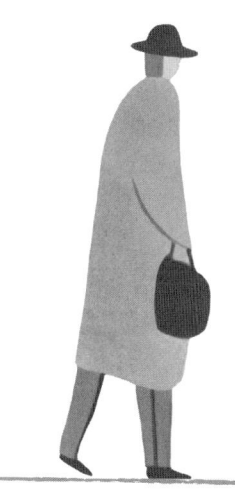

她既不想要戒指,也不想要男人。

女总管已经准了她的假,等吃过了茶点,她就可以离开;玛丽亚很想在晚上出去走走。厨房光洁一新:厨子说,那口大铜锅干净得能当镜子照。熊熊的炉火烧得正旺,其中一张边桌上放着四大块巴姆布雷克[1]。它们乍看是一整块,但你若是走近些,便会发现它们已经被切成又厚又长又均匀的蛋糕片,只待用茶时给大家分享。这些蛋糕是玛丽亚亲手切的。

玛丽亚是个身材瘦小的女人,但她的鼻子很长,下巴也很长。她说话略带鼻音,总是温柔地应着"是,亲爱的"或者"不,亲爱的"。每当女工们为了浴盆发生争吵时,玛丽亚总是会被请过去,而她也总能使她们重归于好。一天,女总管对她说:

"玛丽亚,你才是名副其实的和平使者!"

这句表扬甚至传到了副总管和两名管委会的女士耳中。金吉·穆尼也说,要不是看在玛丽亚的面子上,她绝不会轻易放过那个管熨斗的哑巴。人人都喜欢玛丽亚。

女工们将在六点用茶,这样玛丽亚在七点前就可以出门了。从

---

[1] 巴姆布雷克(Barmbrack),一种爱尔兰水果蛋糕,通常是由葡萄干、水果、蜜饯和香料制作而成。在万圣节的时候,还有一种习俗,就是在蛋糕里放入一些小物件,比如戒指,作为占卜、预言以及对未来的美好期许。

鲍尔斯桥到皮拉,二十分钟;从皮拉到德鲁姆康德拉,二十分钟;买东西还要二十分钟。她可以在八点前赶到那里。她拿出那只镶着银扣的钱包,又读了一遍上面写的"来自贝尔法斯特的礼物"。她很喜欢这只钱包,因为那是五年前乔和阿尔菲在贝尔法斯特过"圣灵降临节"时给她买的。钱包里有两枚"半皇冠"硬币和一些零散的铜币。付完车费后,她会正好剩下五个先令。孩子们会跟她一起唱歌,他们将度过一个美好的夜晚!她只希望乔不要醉醺醺地过来,因为他一喝酒,就跟变了个人似的。

乔常想让玛丽亚搬过去与他们同住,但她总觉得自己会妨碍他们(尽管乔的妻子一向待她很好),再说她也习惯了洗衣房的生活。乔是个好孩子。他是她一手带大的,还有阿尔菲。乔经常会说:

"妈妈就是妈妈,但玛丽亚是我真正的母亲。"

家里闹翻之后,孩子们给她在"都柏林灯火洗衣店"谋了份差事,她喜欢这份工作。她之前对新教徒的印象不是太好,现在看来,他们都还不错,尽管严肃话少,但在生活中还是比较容易相处的。后来,她在温室里种了些花草,照料它们也是乐事一桩。她种了一些可爱的蕨草和球兰,每当有人拜访时,无论是谁,她都会从温室里剪下一两枝给人带回去。但有一样东西她不喜欢,那就是挂在墙上的新教小册子;不过,女总管是个极好相处的人,而且很有教养。

厨子告诉玛丽亚一切都准备好了,于是她走进女工房,拉响了大铃。几分钟后,女工们三三两两地走了进来,有的在围裙上擦拭冒着热气的手掌,有的正捋下衬衣袖子,遮住被蒸得发红、冒着热气的胳膊。她们在各自的茶缸前坐下,里面盛着厨子和哑巴倒好的热茶——提前在大锡罐里兑好了糖和牛奶的热茶。玛丽亚负责监督巴姆布雷克的发放,她要确保每个女工都能分到属于自己的四片蛋糕。用餐时,大家有说有笑地围坐在一起。丽兹·弗莱明说,玛丽亚今年一定能"吃"到戒指,尽管弗莱明不知道在多少个万圣节前夜讲过这话,但玛丽亚还是不得不笑笑说,她既不想要戒指,也不想要男人。她笑的时候,灰青色的眼眸里闪过一丝落寞的怯意。她抿起嘴巴,鼻尖几乎碰到了下巴尖。女工们的茶杯在桌上撞得哐当作响。这时,金吉·穆尼举起杯子,提议大家为玛丽亚的健康干杯,还说没能用波特黑啤祝酒多少有些遗憾。玛丽亚又笑了,笑得鼻尖几乎碰到了下巴尖,笑得纤细的身体都快要散架了。她知道,穆尼是出于一片好意,但她毕竟只是一个普通女人,说出来的话也免不了落入俗套。

但没有关系。当女工们吃完茶点,厨子和哑巴开始收拾茶具时,玛丽亚真是高兴极了!她回到自己小小的卧室,想起第二天早上要做弥撒,便把闹钟的指针从七点拨到了六点。然后,她脱下工作裙和洗衣靴,把那件最好的连衣裙铺在床上,还把那双搭配裙子的套靴放到了床脚。她还换了一件衬衣。她站在镜子前,回想自己小时候每逢礼拜日早晨去做弥撒时,会如何穿衣打扮。她饶有兴致地打量着自己平日里悉心呵护的娇小身躯。尽管这么些年过去了,她仍觉得这是一副小巧又精致的身体。

她出门时,雨水在路面上闪着光,她庆幸自己带了那件褐色的旧雨衣。车厢里很拥挤,她只好面对着所有的乘客,在车尾的一张小凳上坐下,两只脚轻轻地点着地面。她一面想着晚上要做些什么,一面为自己的独立而自豪,因为她口袋里的钱可都是自己挣来的。她希望他们可以度过一个愉快的夜晚。对此她深信不疑,只是想到阿尔菲和乔两人互不理睬，便觉得有些可惜。他们在小时候是最好的伙伴，可现在总是闹别扭。不过，生活就是如此。

　　她在皮拉站下了车，急匆匆地在人群中寻路穿行。她走进唐尼斯蛋糕店，但店里的人太多了，等了很长时间才有人来招待她。她买了十几种用零钱就能买到的什锦蛋糕，最后出来的时候，手里拎了一个大袋子。她又琢磨着还可以买些什么，她想买点儿真正的好东西。他们家肯定不缺苹果和坚果。她不知道买什么好，想来想去也只能想到蛋糕。她决定再买一块梅子蛋糕，但唐尼斯蛋糕店的梅子蛋糕上放的杏仁霜不够多，于是她又去了位于亨利街的一家店。她在店里左挑右选，迟迟拿不定主意，柜台后面打扮时髦的小姑娘显然有点儿不耐烦了，问她要买的是不是结婚蛋糕。这话使玛丽亚羞红了脸，她冲那个女孩微笑，但那个女孩却一脸严肃。最后，女孩切了一块厚厚的梅子蛋糕，包好后对她说：

　　"两先令四便士。"

　　她以为去德鲁姆康德拉的路上得一直站着，因为似乎没有一个年轻人注意到她，不过最后一位老先生给她让了位置。他身材魁梧，头戴一顶褐色的硬礼帽，方正的脸上气色红润，胡子已经灰白。玛丽亚觉得这位先生颇有上校[1]的风度，心想，他比那些只会干瞪眼的小伙子有素质多了。这位先生和她聊起了万圣节前夜，还有连绵不绝的雨季。他猜那袋子里装的一定是给小家伙们的礼物，便说孩子们就该趁着现在尽情玩耍。玛丽亚拘谨地点着头，轻声应和表示赞同。他的确很有绅士风度；玛丽亚在运河桥站下车时，向他鞠躬致谢，他也躬身还礼，还提起帽子对她露出了一个亲切的微

---

[1] 此处暗指他是一名英国退役军官。

笑。她在雨中低着脑袋，沿着台阶往上走时，心里想着，就算绅士喝了点儿酒，也是一眼就能认出来他是绅士。

她一进乔的家里，人人都说："啊！玛丽亚来了！"乔也在，他已经下班到家了，孩子们都穿着礼拜日的盛装。邻居家的两个大姑娘也在这里玩游戏。玛丽亚把一袋子糕点交给老大阿尔菲，让他去给孩子们分蛋糕。唐纳利太太说她带这么多蛋糕过来，真是太客气了，然后叫孩子们对她说：

"谢谢，玛丽亚。"

玛丽亚说她给爸爸妈妈带了一份特别的礼物，他们一定会喜欢的，说着便开始找那块梅子蛋糕。她先是翻了翻唐尼斯蛋糕店的纸袋子，又找了找雨衣的口袋，还搜了一下衣帽架，但都没有找到。她只好问孩子们是不是有谁吃了那块蛋糕——当然是不小心吃的——孩子们都说没有，而且脸上的表情仿佛在说：要是被人这样冤枉，他们宁肯不吃这些蛋糕。对于蛋糕离奇失踪，大家各持己见，唐纳利太太说，显然是玛丽亚把它落在电车上了。玛丽亚记起那位灰白胡子绅士使她意乱情迷的场景，她又羞又恼又失望，脸涨得通红。一想到自己不但没能带来任何意外之喜，还白白弄丢了两先令四便士，她就忍不住想大哭一场。

但乔说没关系，然后请她在壁炉旁坐下。他对她很好。他跟她聊起办公室的事儿，还专门为她重复了那句他抛给经理的俏皮话。玛丽亚不明白为什么乔一说起这句话就大笑不止，但她说，那经理一定是个很难对付的人。乔说，只要摸清了他的脾气，就不会有什么难处，那个经理还算正派，别去招惹他就好。唐纳利太太为孩子们弹钢琴，孩子们又唱又跳。邻居家的两个大姑娘给大家分发核桃。谁也找不到核桃钳子，乔差点儿要发火了，问他们：没有核桃钳子叫玛丽亚怎么开核桃？但玛丽亚说她不爱吃核桃，叫大家别为她操心。乔问她要不要来一瓶司陶特[1]，唐纳利太太说家里还有波尔多红酒，看她喜欢哪个。玛丽亚叫他们别忙活了，但乔坚持要她喝点儿什么。

于是，玛丽亚顺了他的意。他们坐在壁炉旁，追忆往昔的时光，玛丽亚觉得她应该为阿尔菲说几句好话。可乔却大声嚷道，假如他再跟弟弟说一句话他就死无葬身之地，于是玛丽亚说她很抱歉，不该提起这件事儿。唐纳利太太对她丈夫说，他那样对待自己的骨肉至亲，未免太过无情了，但乔却说阿尔菲根本不是他的弟弟，两人还差点儿为这件事儿吵起来。不过，乔说他不想在这样的夜晚发脾气，于是叫妻子再开几瓶司陶特。两个邻家女孩准备了一些万圣节前夜玩的游戏，没过多久，气氛又活跃了起来。看到孩子们这么快乐，乔和他的太太也不再生气了，玛丽亚觉得很是欣慰。邻家女孩在桌上放了几个碟子，然后把蒙着眼睛的孩子们领到桌边。一个孩子摸到了祈祷书，另外三个摸到了水。当其中一个邻家女孩摸到戒指的时候，唐纳利太太对那羞红了脸的姑娘晃了晃手指，好像在说："哦，我早就知道了！"他们坚持要蒙上玛丽亚的眼睛，把她带到桌边，看她会摸到什么。在他们绑布条的时候，玛丽亚笑了又笑，笑得鼻尖几乎碰到了下巴尖。

他们连说带笑地把她领到桌边，她照他们的吩咐把手举了起来。她的手在空中晃来晃去，直到落在一个碟子上。她的手指触到一团又湿又软的东西，而令她惊讶的是，既没有人说话，也没有人帮她解开布条。有好几秒钟声息全无，接着是一片混乱和私语。有

---

[1] 司陶特（Stout），一种爱尔兰产的发酵黑啤酒。

人说了什么关于花园的事儿,最后,唐纳利太太厉声呵斥其中一个邻家女孩,还叫她赶紧把那东西扔出去:那可不是闹着玩的。玛丽亚这才明白他们第一次弄错了,于是只得再来一遍:这次她摸到了祈祷书。

在那之后,唐纳利太太给孩子们弹奏了《麦克劳德小姐的里尔舞曲》[1],乔让玛丽亚喝了杯红酒。很快,他们又高兴起来。唐纳利太太说玛丽亚不到年底就会进修道院,因为她摸到了祈祷书。玛丽亚从未见过乔对她像那晚这么好,他说话时温柔体贴,两人共同回忆了不少往事。她说,大伙儿对她实在太好了。

最后,孩子们累了也困了,乔问玛丽亚是否愿意在走之前唱一首歌,一首老歌。唐纳利太太也说,"唱吧,请一定要唱一首,玛丽亚!"于是,玛丽亚起身走到钢琴边。唐纳利太太叫孩子们安静下来,听玛丽亚唱歌,然后她弹起前奏,说:"开始吧,玛丽亚!"玛丽亚红着脸,用她那纤细颤抖的声音唱了起来。她唱的是"我梦见自己住在……"[2],唱到第二段时,她竟然又唱成了第一段的歌词:

> 我梦见自己住在大理石之殿,
> 封臣与奴仆侍立于两旁,
> 泱泱众人齐聚一堂,
> 我是他们的骄傲与希望。
> 我的财富不胜数,
> 我的祖名永流传,

---

1 《麦克劳德小姐的里尔舞曲》(*Miss McCloud's Reel*),爱尔兰民间小调。
2 出自歌剧《波希米亚女郎》。

> 但最让我欢愉的还是梦见，
>
> 你爱我，一如往常。

但没有人指出她的错误。她唱完之后，乔大为感动。他说，不管别人怎么说，如今这个时代已经大不如前了，也没什么音乐比得上老巴尔夫[1]了。他的眼里噙满了泪水，以至于找不到要找的东西，最后，他不得不让妻子告诉他开酒瓶的起子放在哪里。

---

[1] 迈克尔·威廉·巴尔夫（Michael William Balfe，1808—1870），爱尔兰作曲家。代表作有《波希米亚女郎》《围攻罗歇尔》《海蒙的城堡》等。

一桩惨案

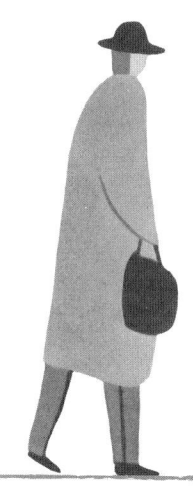

那些用金钱买来的、
鬼鬼祟祟的爱情让他心中充满绝望。

都柏林人

詹姆斯·杜菲先生住在查佩里佐德[1]，他虽然是城里人，却希望住得离城市越远越好，而且在他看来，其他郊区也不过是尖酸刻薄、有悖传统和装腔作势的代名词。他住在一间昏暗的老房子里，透过房间的窗户，可以看见一座废弃的酿酒厂，还能向上望见都柏林赖以生存的那条浅河。他的房间里没有铺地毯，高高的墙上也没有挂装饰画。屋里的每一件家具都是他亲自购置的：一张黑色的铁架床、一个铁制的脸盆架、四把藤椅、一副衣架、一只煤斗、一道火炉围栏、一些用于拨火的铁器，还有一张叠放着双层书桌的方台。墙壁上的凹室是用白木架子做成的书柜。床上铺着白色的床单，床脚放着一块黑红相间的软垫。脸盆架上挂着一面小手镜，若是在白天，壁炉台上唯一的装饰，便是那盏罩着白色灯罩的小灯。白木架子上的书籍是按照体积大小自下而上摆放的，书架底层的一端放着华兹华斯全集，顶层的一端放着一本用笔记本硬皮封面装订起来的《梅努斯教义问答》。书桌上总是放着写作用的素材，有豪普特曼的《迈克尔·科莱默》的翻译手稿，其中舞台指导的部分是用紫色墨水写成的，还有一沓用铜针固定在一起的小纸片。这些纸

---

[1] 查佩里佐德（Chapelizod），一个横跨利菲河的村庄，位于市中心以西约三英里处。

片上大多记录着一句箴言，但颇为讽刺的是，贴在第一页的竟是"胆汁豆"[1]的大字标题广告。一掀开桌板，便能闻见一阵淡淡的香气——一根新买的雪松木铅笔的香气、一瓶胶水的香气，或者是一个遗忘在那里已经熟透了的苹果的香气。

杜菲先生厌恶一切预示着生理或心理疾病的征兆，中世纪的医生恐怕会诊断他为"沉郁的土星之子"。他的脸庞像都柏林街道一样呈棕褐色，仿佛诉说着他这一辈子所经历的人生故事。他的脑袋又长又大，上面长着一头干枯的黑发，黄褐色的胡子遮不住那张不显友好的嘴巴。他的颧骨使脸看起来更为尖锐，但那双在黄褐色的眉毛下观察世界的眼睛，却未曾露出一丝严厉的神色，给人的印象是：此人时刻准备着迎接他人向善的天性，却又往往失望而归。他在生活中与自己的躯体保持着一定的距离，并以一种怀疑的眼光从侧面观察自己的行为。他有一个怪癖，即喜欢为自己作传，因此时常在脑中构想关于自己的短句；这些句子的主语用的是第三人称，谓语用的是过去时态。他从不对乞丐施舍，走起路来步伐稳健，手里还握着一根结实的榛木手杖。

多年来，他都在巴格特街的一家私营银行当出纳。每天早上，他会从查佩里佐德坐电车来上班。中午时分，他会去丹·勃克店里取午餐——一瓶拉格啤酒和一小盘竹芋粉饼干。下午四点他就下班了。他会去乔治街的一家餐厅吃晚饭，在那里他觉得心安，因为不必跟都柏林的公子哥儿们来往，而且食物的价钱也算合理公道。到了晚上，他不是在房东太太的钢琴前弹琴，就是在城郊四处闲逛。他喜欢莫扎特的音乐作品，所以偶尔会去听一场歌剧或音乐会；这

---

[1] 胆汁豆（Bile Beans），一种广受欢迎的治疗"胆汁过多（消化不良的早期术语）"的专利药。

是他生活中唯一的消遣。

他没有伴侣也不交朋友，不去教堂也没有信仰。他过着自己的精神生活，不与任何人产生交集，只有在圣诞节期间才去探望亲人，并在他们去世后，负责把他们的遗体送进墓园。他履行这两项社会义务，是为了维护传统的尊严，但对当今社会规范公民的惯例和制度，他决不会做出任何让步或妥协。他允许自己相信，在某个命定的时刻，他会将自己工作的银行洗劫一空，但这一时刻仍未到来，所以他的生活就这样平淡地继续着——像一本没有波澜起伏的书。

一天晚上，在圆形剧院，他发现自己坐在两位女士身旁。大厅里观众寥寥，寂静无声，一切都令人沮丧地预告着这场演出的失败。靠近他坐着的那位女士朝空荡荡的大厅扫了一两眼，然后说：

"今晚人这么少真是太可惜了！让演员们对着空板凳唱歌简直是一种折磨。"

他把这番话当成了谈话的邀约。出乎他的意料，她似乎一点儿也不觉得尴尬。在交谈的过程中，他试图将她的形象牢牢地记在脑海中。当得知她身旁的年轻女孩是她女儿的时候，他便判断这位母亲应该比自己还要小个一两岁。她年轻的时候一定很漂亮，如今也仍然透着灵性。那是一张五官分明的鹅蛋脸。一双湛蓝的眼睛，深沉而坚定。起初，那双眸子带着一丝挑衅的意味，但随着瞳孔渐渐隐入虹膜，又让它们流露出一种丰富的感性气质，让人捉摸不透。当瞳孔再度显现时，这种若隐若现的天性重新受到了矜持的约束。然而，衬托着她丰满胸部的阿斯特拉罕羔羊皮夹克，却将她骨子里的叛逆展露无遗。

几个星期后，在厄尔斯福特阶梯音乐厅，他再次遇到了她，并趁着她女儿不注意的时候与她亲近起来。她有一两次提到自己的丈夫，但听语气似乎并不像是一种警告。她的名字叫西尼考太太。她丈夫的曾曾祖父来自莱亨[1]。她的丈夫是一位商船船长，往返于都柏林与荷兰之间。他们有一个孩子。

第三次碰巧遇见她时，他鼓起勇气提出想要和她约会。她赴约了。这便是后来许多次约会的开端。他们总是约在晚上见面，再找个安静的地方一起散步。然而，杜菲先生却对这段见不得光的恋情很是不满，他坚持让她邀请他去家里做客。西尼考船长也对他的来访表示欢迎，以为杜菲先生看上了自己的女儿。他早已失去了与妻子寻欢的兴致，因此也不认为别人会对她产生兴趣。由于西尼考太太的丈夫时常出海，女儿又常在外面教音乐，杜菲先生便有了很多机会享受西尼考太太的陪伴。他们两人都不曾经历这样的冒险，也不觉得这样有什么不妥。渐渐地，他将自己的思想与她缠绕在一起。他借书给她，为她提供观点和想法，与她分享自己的学问与知识。她什么都听。

有时为了回馈他所分享的这些理论，她也会讲一些自己真实的生活经历。她以近乎母性的关怀，敦促他充分释放自己的天性；她成了他的"告解神父"。他告诉她，有段时间他曾经协助爱尔兰社会党组织集会；在一个点着昏暗油灯的阁楼上，在一群刚醒了酒的工人中间，他觉得自己是个与众不同的人物。后来社会党分为三派，每派都有各自的领袖和阁楼，他就不再去参加这种会议了。他说，工人们展开批判的时候畏首畏尾，可对工资的问题却兴致盎然。他说，他们是一群面目可憎的现实主义者，他们讨厌循规蹈矩

---

[1] 现在的意大利城市里窝那。

的生活，只是因为不想工作罢了。他还告诉她，近几个世纪，都柏林都不大可能出现什么社会变革。

她问他为什么不把自己的想法写下来。他反问她，何必呢？语气略带不屑。为了和那些只会堆砌辞藻，而不能连续思考六十秒的知识贩子一较高下吗？为了让自己置身于那些把道德问题交给警察、把艺术追求托付给剧场经理、见风使舵的中产阶级的批判之中吗？

他常常去她在都柏林郊外的小别墅与她共度良宵。渐渐地，他们的思想交织在一起，讨论的话题也不再那么遥远。她的陪伴犹如栽种一株舶来植物的温床。有好几次，她故意不去开灯，让黑暗降临在他们身上。昏暗隐蔽的房间、与世隔绝的环境，以及仍在耳畔萦绕的音乐，将他们结合在一起。这种结合使他得到了升华，磨平了他的棱角，还为他的精神生活注入了情感。有时候，他发现自己会自言自语。他觉得自己在她心目中会上升到一个天使的高度。然而，随着伴侣热忱的天性与他越发贴近，他听见一个诡异的、没有人情味的声音，他认出那是他自己的声音，那声音告诫自己，要让灵魂保持不可救药的孤独。那声音说：我们不能把自己交给别人，我们只属于自己。这番话的结果是：一天晚上，西尼考太太表现得异常兴奋，她激动地抓住他的手，并将它紧紧地贴在脸颊上。

杜菲先生大为惊讶。她对这番话的理解使他从幻梦中清醒过来。他有一个星期没去看她，然后写了一封信约她见面。他不希望这最后一次会面沦为忏悔之死的陪葬品，于是约她在公园正门附近的一家蛋糕店见面。秋日渐凉，但两人却并不在意，他们沿着公园的小路来来回回，走了差不多三个小时。他们说好了不再来往：他说，任何一种联系都注定和痛苦纠缠在一起。他们出了公园，默默地向电车走去；但在这时，她开始剧烈地颤抖，他担心她会再次失控，便匆匆告别离开了。几天后他收到一个包裹，里面装着他的书和乐谱。

四年过去了。杜菲先生又恢复了他平静的生活。从他的房间依然可以看出他的思想是多么井井有条。楼下房间的乐谱架上塞了几首新曲子，书架上则添了两卷尼采的作品：《查拉图斯特拉如是说》和《快乐的科学》。他很少在书桌的那沓纸片上写东西了。在他与西尼考太太最后一次会面后，又过了两个月，他才写下这样一段文字：男人和男人之间没有爱情，因为他们不能性交；男人和女人之间没有友情，因为他们必须性交。他怕碰巧遇见她，便连音乐会也不去了。他的父亲过世了，银行的那位初级合伙人也离职了。他仍然每天早上搭电车进城，每天晚上在乔治街吃顿简单的晚饭，以阅读晚报替代餐后甜点，再从城里步行回家。

一天晚上，正当他将一小块咸牛肉和卷心菜递到嘴边时，他的手却突然停住了。他的目光不受控制地落在晚报的一行字上，这份报纸正被他支在盛水的玻璃瓶上。他将那一小口食物放回盘子，仔细读起了那篇报道。接着，他喝了杯水，推开餐盘，将报纸对折夹在手肘之间，把那段话读了又读。卷心菜在他的盘子里积起一层冰冷的白色油脂。女招待走上前来，问他是不是饭做得不好。他说饭做得很好，又勉强吃了几口。接着，他结完账离开了餐馆。

他在十一月的暮色中快步前行，手里那根结实的榛木手杖有规律地敲打着地面，淡黄色的《邮报》纸边从他紧身的双排扣大衣的侧袋里露了出来。在从公园正门到查佩里佐德的那条十分冷清的路上，他放慢了脚步。手杖敲打地面的力度减弱了，他的呼吸也不再规律，几乎化成了一声声叹息，凝结在冬日的空气里。他一到家，就立刻上楼回到卧室，从口袋里掏出报纸，借着窗外渐弱的光，把那段话又读了一遍。他没有大声读出来，而是像神父念诵祷文时那样轻轻嚅动着嘴唇。以下便是这则报道：

悉尼广场一妇人死亡
一桩惨案

今日，在都柏林市医院，副验尸官（在莱弗里特先生缺席的情况下）对艾米丽·西尼考太太的遗体进行了尸检。死者四十三岁，昨夜于悉尼广场车站身亡。证据表明，该女子在试图跨越铁轨时，被一辆上午十点钟从金斯敦车站驶出的低速列车撞倒，头部和身体右侧受伤致死。

列车司机詹姆斯·列侬说，他在铁道公司任职已有十五年。他听见列车员的哨声才开动火车，一两秒后，他听见呼喊又立即把车刹住。当时火车开得很慢。

列车行李员P.邓恩说，列车即将启动时，他注意到一个女人正试图跨过轨道。他朝她奔去并大声呼喊，但没等追上她，车头的缓冲装置就将她撞倒在地。

一位陪审员问："你是否亲眼看见她倒下？"

证人回答："是的。"

克罗利警长作证说，他到达现场后，发现死者仰躺在站台上，已无生命体征。他让人把尸体抬到候车大厅，等待救护车到来。

警号为"57E"的警员确认其证言属实。

都柏林市医院住院部的助理外科医生哈尔平说，死者有两根胸下肋骨断裂,右肩有严重挫伤。右脑在倒地时受损。但对正常的人来说,这样的伤势尚不足以导致死亡。在他看来,死亡原因或为休克和突发性心力衰竭。

H. B. 帕特森·芬利先生代表铁道公司对此次事件深表哀痛。公司一向采取各种预防措施,如在车站张贴告示,并在交叉路口使用专利弹簧门,以防止乘客通过天桥以外的方式穿越铁路。死者貌似习惯在深夜横穿轨道,并往返于站台之间。鉴于本案的复杂性,他认为不应该追究铁道部门的责任。

西尼考船长(即死者的丈夫)也提供了证词。他住在悉尼广场的利奥维尔,他确认死者是自己的妻子。事故发生时他不在都柏林,那天上午才从鹿特丹返回这里。他们结婚二十二年,一直过着幸福的生活,大约两年前,妻子开始放纵饮酒。

玛丽·西尼考小姐说,母亲在世时,常在晚上出门买酒。作为证人,她曾多次对母亲说理,并劝她加入戒酒协会。事故发生一个小时后她才到家。

陪审团根据尸检结果作出判决,宣布司机列侬无罪。

副验尸官说,这是一起令人心痛的案件,并对西尼考船长和他的女儿致以最深切的慰问。他敦促铁道公司采取有力措施,以避免此类事件再次发生。无人受到追责。

杜菲先生从报纸上抬起头,凝视着窗外那一片寂寥的夜景。空无一人的酿酒厂旁,河水静静地流淌着,卢坎路上的几栋房子里偶尔有灯光闪烁。这是个怎样的结局啊!关于她死亡的那篇报道,从头至尾都让他觉得难以忍受，一想起自己曾经对她倾吐那些神圣而不可侵犯的想法，就让他感到一阵恶心。记者用他那陈腐的腔调、虚伪的同情，以及谨慎的措辞，成功掩盖了一场平庸之死中的诸多细节，这让他胃里又是一阵翻腾。她不但贬低了自己，也使他的脸上蒙羞。他亲眼见到了她的丑恶行径，俗不可耐且散发着恶臭。这就是他的灵魂伴侣！他想到了那些步履蹒跚的可怜虫，他们提着瓶瓶罐罐，等着酒保给他们装酒。上帝啊，这是个怎样的结局啊！显然，她已经不适于生存。她找不到活下去的意义，因此容易染上不良的习惯，沦为人类文明的残次品。但她怎么可以堕落到这个地步！难道这一切都是他在欺骗自己吗？他回想起那天晚上她突然爆发出来的激情，而当下却以一种更为严厉的目光对其进行审视。他松了一口气，心里无比赞成自己当初分手的这个决定。

天色渐暗，他的思绪开始游移，他甚至能感受到她指尖的触碰。刚才袭击他胃部的震动，此刻已波及他的神经。他赶忙穿上大衣，戴上帽子，朝屋外走去。刚到门口，一阵寒风就扑面而来，顺着他的大衣袖套钻了进去。他走进查佩里佐德桥头的一家酒吧，点了一杯热潘趣。

店老板殷勤地招待他，但未敢与他攀谈。店里有五六个工人，正在讨论一位绅士在基尔代尔郡有多少房产。他们端起品脱杯往肚子里灌啤酒，放下酒杯就抽烟。他们随地吐痰，还不时用厚重的靴子在地上扫些木屑把痰盖住。杜菲先生坐在凳子上看着他们，但对他们视而不见，听而不闻。没过多久，这群人离开了，他又点了一杯潘趣酒。这杯酒他喝了很长时间。酒吧里很安静。店老板伸展四肢，懒洋洋地趴在柜台上，一边读《先驱报》一边打哈欠。偶尔可以听到一辆电车在外面那条冷清的路上嗖嗖地驶过。

他坐在那里，回想着与她一同度过的那些时光，脑海里交替浮现出他所构想的关于她的两种形象。这时，他意识到她已经死了，她已经不复存在，她已经成为一段回忆。他开始感到不安。他问自己是不是本可以做些什么。他不可能与她上演一场欺骗的喜剧，不可能和她公开地生活在一起。他已经做出了自认为最好的选择。怎么能怪他呢？现在她走了，他才明白她活着的时候有多么孤独，夜复一夜地独守那间空房。总有一天，他的孤独也会降临，直到他也死去，不复存在，成为一段回忆——如果有谁还记得他的话。

他离开酒吧的时候已经九点多了。夜色清冷而阴郁。他从第一道大门走进公园，在枝叶稀疏的树下散步。他穿过他们四年前一起走过的荒凉小径，黑暗中，她仿佛就在他的身旁。有时，他似乎感觉她的声音已经传入耳畔，她的手掌也已与他相触碰。他驻足倾听。为什么他不给她留条活路？为什么他要亲自对她宣判死刑？他感觉自己的道德世界正在坍塌。

当登上玛格辛山顶时，他停了下来，沿着河流向都柏林眺望。城里的灯火在这寒冷的夜里映出热情的红光。他顺着山坡往下看，在坡底，在公园围墙投下的阴影中，他看到几对男女躺在那里。那些用金钱买来的、鬼鬼祟祟的爱情让他心中充满绝望。他啃噬着自己高尚的脊髓，他认为自己不配享用生命的宴席。这个女人或许真心爱过他，可是他却毁了她的一生，断送了她的幸福。他把她钉在耻辱柱上，让她蒙羞而死。他知道墙边那些匍匐在地的人都在看着他，巴不得他赶紧离开。他是一个没人要的人，他不配享用生命的宴席。他将目光转向那条波光粼粼的灰色河流，河水蜿蜒，向都柏林流去。在河的那边，他看见一列货车绕着弯从金斯桥车站驶出，它像一条头上燃烧着火焰的蠕虫，顽强而吃力地爬出了黑暗。货车缓缓驶出了他的视线，但他仍能听见引擎以一种沉闷的轰鸣声，反复念诵着她名字里的每个音节。

他沿着来时的路折返，引擎的轰隆声还在耳边回响。他开始怀疑自己的记忆是否真实。他在一棵树前停了下来，让耳中的节奏渐渐消失。在黑暗中，他感觉不到她在身边，也听不见她的声音了。他等待了几分钟，仔细聆听着。他什么也听不见：黑夜一片寂静。他又听了听：仍是一片寂静。他知道，他的孤独已在此刻降临。

委员会办公室里的常春藤节

可是爱尔林，听好了，他的灵魂将获得重生，如浴火的凤凰。

* 常春藤节（Ivy Day），是爱尔兰民族独立运动领导人查尔斯·斯图尔特·帕内尔的逝世纪念日。纪念者会在衣领上佩戴一片从墓地采摘的常春藤叶，故命名为常春藤节。爱尔兰民族独立运动领袖查尔斯·斯图尔特·帕内尔（Charles Stewart Parnell，1846—1891），他担任爱尔兰党主席达十二年，被誉为"爱尔兰无冕之王"，后因情妇丑闻，遭到英国政府和天主教会的打击，党内成员纷纷背弃他，不久，便长辞于世。从此，该党分为几派，被投机政客利用。

老杰克用一块硬纸板把煤渣拢起来，小心翼翼地撒在炉子里已经烧得发白的煤堆上。当煤堆被浅浅地盖了一层煤渣后，老杰克的脸消失在黑暗中。再次扇火时，他蹲伏的身影攀上了对面的墙壁，他的脸重新出现在火光之中。那是一张老人的脸，枯瘦如柴，毛发浓密。他那湿润的蓝色眼睛映着火光，沾着口水的嘴巴不时张开，合上时总会机械地咀嚼一两下。煤渣全部点着后，他把硬纸板靠在墙上，舒了口气说：

"这下好多了，奥康纳先生。"

奥康纳先生是个长着一头灰发的年轻人，满脸的雀斑和粉刺使他的相貌大打折扣。他刚把卷烟用的烟草卷成一条形状均匀、外观优美的圆柱，但一听到有人跟他说话，便若有所思地解了自己的手工艺品。然后，他又开始若有所思地卷烟，想了一会儿，他决定先把烟纸舔湿。

"蒂尔尼先生说他什么时候回来了吗？"他装出一副沙哑的嗓音问道。

"他没说。"

奥康纳先生叼起卷烟，伸手到口袋里摸了摸。他摸出了一沓用薄纸板做成的卡片。

"我去给你拿根火柴。"老头儿说。

"别麻烦了,这个就行。"奥康纳先生说。

他挑出一张卡片,读上面印着的字:

市政选举
皇家交易所选区

在皇家交易所选区即将展开选举之际,济贫法监管员理查德·J.蒂尔尼先生,恳请您投上宝贵的一票。感谢您的鼎力相助。

奥康纳先生受雇于蒂尔尼先生的代理人,负责在该选区的某个区域游说拉票。但由于天气恶劣,他的靴子又被雨水打湿,所以当天的大部分时间都和老管理员杰克一起,坐在威克洛街委员会办公室的炉边烤火。他们就这样坐着,短暂的白天早就暗了下来。那天是十月六日,外面又阴又冷。

奥康纳先生从卡片上撕下一条纸,引着火,点燃了香烟。在点烟的那一刹那,火光照亮了他别在外衣翻领上的那一片墨绿发亮的常春藤叶。老头儿聚精会神地看着他,然后又拿起那块硬纸板,在他抽烟的时候慢慢地扇起火来。

"唉,是啊,"老头儿接着说,"真不知道现在该怎么养小孩儿了。谁能想到他会长成这副德行!我送他去基督兄弟会学校,凡是能做的,我全做了,可他却一天到晚在那儿鬼混。我只想让他体面一些,有个正经人的样子。"

他把硬纸板放回原处时稍显疲惫。

"可惜我是个老头子了,不然非好好教训他一顿不可。要是我还有力气,治得住那小子,非得拿棍子狠狠抽他的后背——我以前就是这么干的。可是他的母亲,你知道的,又搞这又搞那,都把他宠到天上去了。"

"小孩儿就是这样被惯坏的。"奥康纳先生说。

"可不是嘛,"老头儿说,"而且还不懂感恩,也没礼貌。看我喝点儿酒,就对我大呼小叫。儿子要都对老子这么说话,这世道还得了?"

"他多大了?"奥康纳先生问。

"十九岁了。"老头儿说。

"你怎么不给他找点儿事情做?"

"找了!自打那个嗜酒如命的小瘪三离开学校后,什么工作我没给他找过啊?'我可养不起你,'我说,'你得自己出去找份工作。'可是,说实在的,他有了工作更糟糕,手里一有点儿钱就喝个精光。"

奥康纳先生同情地摇了摇头,老头儿也不吭声了,只是默默地盯着眼前的炉火。这时有人推开房门,喊道:

"你好!共济会的集会是在这里吗?"

"谁呀?"老头儿问。

"你们在黑咕隆咚的屋子里干什么?"那个声音问。

"是你吗,海恩斯?"奥康纳先生问。

"是,你们黑灯瞎火的干什么呢?"说着,海恩斯走到炉火照亮的地方。

他是个身材修长的年轻人,脸上蓄着浅褐色的胡须。他的帽檐上挂着几颗即将掉落的雨珠,夹克领子也翻了起来。

"喂，马特，"他对奥康纳先生说，"情况怎么样？"

奥康纳先生摇摇头。老头儿离开壁炉，在房间里跌跌撞撞地走了一圈后，拿了两个烛台回来。他把两根蜡烛一前一后地伸进火里点燃，再摆到桌面上。空荡荡的房间一览无余，壁炉里的火焰也失去了它欢快的色彩。墙上光秃秃的，只贴着一份竞选演说的复印稿件。房间中央放着一张小桌，上面堆着各种文件。

海恩斯先生靠在壁炉架上，问道：

"他给你打钱了吗？"

"还没，"奥康纳先生说，"我求求上帝了，今晚可别让我们白跑一趟。"

海恩斯先生笑了。

"哦，他会给钱的。不用担心。"他说。

"要是他真想把事儿办成，这么拖沓可不行。"奥康纳先生说。

"你怎么看，杰克？"海恩斯以一种嘲弄的口气问老头儿。

老头儿坐回炉火旁，说：

"不管怎么说，他给得起这笔钱。不像另外那个臭要饭的。"

"哪个臭要饭的？"海恩斯先生问。

"科尔根。"老头儿不屑地说。

"你这么说，是因为科尔根来自工人阶级吗？一个诚实善良的砖瓦匠和一个收税官有什么不同？嗯？难道工人不该和那些人一样有权参加市政委员会的选举吗？啊，比起那些见到人就脱帽致敬的假英国人，我们的工人不是更有资格站上竞选台吗？没错吧，马特？"海恩斯先生对奥康纳先生说。

"你说得没错。"奥康纳先生说。

"一个正直善良的人，做事认真，从不敷衍。他代表的就是工人阶级。你们现在为之效力的这个家伙,只是想换个赛道,捞点儿油水罢了。"

"当然,工人阶级也要有自己的代表。"老头儿说。

"工人,"海恩斯先生说,"做着最辛苦的工作,却领不到多少薪水。但是劳动创造了一切。工人不会以权谋私给自己的儿子、侄子和表兄弟们安排肥差。工人不会为了取悦一个德国裔国王[1]而把都柏林的名誉拖入泥沼。"

"这是什么意思?"老头儿问。

"你不知道爱德华七世明年到访时,他们还准备敬献一篇欢迎辞吗?我们凭什么给一个外国国王磕头助兴?"

"我们那位不会赞成致欢迎辞的,"奥康纳先生说,"他是以民族党人的身份参选的。"

"他不会吗?"海恩斯说,"看他上位之后会不会吧。我了解他。他不是大名鼎鼎的'偷奸耍滑蒂尔尼'吗?"

"天哪!也许你是对的,乔,"奥康纳先生说,"但不管怎么说,我只希望他赶紧把钱拿来。"

三个人都沉默了。老杰克开始把更多的煤渣拢到一起。海恩斯先生摘掉帽子,甩了甩,然后翻下外衣的领子,与此同时,露出了翻领上别着的常春藤叶。

"要是这个人[2]还活着,"他指了指叶子说,"我们可不会在这儿讨论什么欢迎辞的事儿。"

"没错。"奥康纳先生说。

"哎呀,愿上帝保佑他们!"老头儿说,"那时还算有点儿

---

[1] 即下文所说的爱德华七世,维多利亚女王和阿尔伯特亲王的儿子,是德国王室的后裔。
[2] 指帕内尔。

生机。"

屋里再一次陷入沉默。这时,一个小个子男人匆忙推门进来。他抽着鼻子,耳朵冻得通红。他快步走到炉火旁,搓着双手,好像要搓出火花来。

"没钱了,伙计们。"他说。

"坐这儿吧,亨奇先生。"老头儿说着,让出了自己的位置。

"哦,别忙了,杰克,太麻烦了。"亨奇先生说。

他朝海恩斯先生略微点了一下头,便坐在老头儿给他腾出的椅子上。

"你去奥吉尔街拉票了吗?"他问奥康纳先生。

"去了。"奥康纳先生说着,开始在口袋里翻找备忘录。

"你找过格兰姆斯吗?"

"找了。"

"怎么样?他什么想法?"

"他也没一句准话。他的原话是:'我不会告诉任何人我投谁的票。'但我觉得问题不大。"

"这么有把握?"

"他问我还有谁参选,我告诉他了,还特别提到了勃克神父的名字。所以我觉得没什么问题。"

亨奇先生又开始抽起鼻子,双手以惊人的速度在炉火前摩擦。然后他说:

"看在上帝的分儿上,杰克,给我们添点儿煤吧。肯定还有些剩的。"

老头儿离开了房间。

"简直白费力气,"亨奇先生摇着头说,"我问了那个爱拍马屁的臭小子，可他说：'啊，亨奇先生，等工作有了进展我不会忘记你的，你大可放心。'饭都讨不到还这么小气。哎呀，我看他能成什么气候。"

"我跟你说什么来着？马特，"海恩斯先生说，"偷奸耍滑蒂尔尼。"

"果真是名不虚传，"亨奇先生说，"他那双眯着的猪眼睛可不是白长的。叫他见鬼去吧！他就不能像个男子汉，爽快地掏腰包吗？非要在那儿：'哦，别急呀，亨奇先生，我得先跟范宁先生商量一下……我花的钱已经不少了吧？'这么小气，到地狱给人捧臭脚去吧！我看他是忘了他老爹在玛丽街开二手店的日子吧。"

"这是真事儿？"奥康纳先生问。

"天哪，千真万确！"亨奇先生说，"难道你从没听说过？星期天早上，在酒馆开门之前，大伙儿都会先去他家买一件背心或买一条裤子——啊哈！那个小滑头的小老爹总会在角落里藏一只黑瓶子[1]。你现在懂了吧？就是这么回事儿。他就是那个时候开的窍。"

这时，老人抱了一堆煤块回来，在壁炉里这儿放几块，那儿放几块。

"这就有些尴尬了，"奥康纳先生说，"他不出钱，我们怎么给他干活儿？"

"我是没办法了，"亨奇先生说，"估计我到家的时候，法警已经在大厅里等着抓我了。"

海恩斯先生笑了笑，随后肩头一使劲，从靠着的壁炉架上直起身子，准备离开。

---

[1] 即在酒馆歇业时非法卖酒。

"等爱迪国王来了,就万事大吉了,"他说,"好了,伙计们,我先撤了。回头见。再会,再会。"

他走出房间时放慢了脚步。亨奇先生和老头儿都没说话,就在门快要关上的时候,一直闷闷不乐地盯着炉火的奥康纳先生忽然应了一声:

"再见,乔。"

亨奇先生等了一会儿,然后朝门的方向点了点头。

"我很好奇,"他隔着炉火说,"什么风把你的朋友吹到这儿来了?他来干什么?"

"哎呀,可怜的乔!"奥康纳说着,把烟头扔进壁炉里,"他手头紧,跟我们这帮人一样。"

亨奇先生使劲抽着鼻子,往火里吐了一大口浓痰,差点儿把发出嘶嘶声作为抗议的炉火给扑灭。

"不瞒你说,"他坦言道,"我觉得他是对方阵营的人。要我说,他就是科尔根派来的奸细。你也去打听打听,看看他们在搞些什么名堂。他们不会怀疑你的。你懂吧?"

"哦,可怜的乔,他骨子里是个正派的人。"奥康纳先生说。

"他父亲的确是个正派的、值得尊敬的人,"亨奇先生承认道,"可怜的老拉里·海恩斯!他活着的时候,做了不少善事!但我们这位朋友可不是什么省油的灯。真是见鬼,我能理解人穷了是什么滋味,但我不能理解一个每天蹭吃蹭喝的吸血虫。难道他就没有一丁点儿男子气概吗?"

"他来的时候,我可没给他什么好脸色,"老头儿说,"叫他在自己那边待着吧,别来我们这儿打探情报。"

"不好说,"奥康纳先生存疑的同时,从口袋里掏出了卷烟纸和烟草,"我觉得乔·海恩斯是个正直的人。他很聪明,也会写东西。你还记得他写的那篇文章吗?"

"要我说,有的山里人和芬尼亚[1]分子就是聪明过了头。"亨奇先生说,"想知道我对这帮小丑的真实看法吗?我敢肯定,他们当中有一半都是靠政府养着的。"

"那谁知道?"老头儿说。

"哦,我就知道,"亨奇先生说,"他们都是政府的眼线……我不是说海恩斯……不,去他的,我觉得他级别会更高一些……还有一个长了鸡眼的小贵族——你知道我说的是哪位爱国同胞吧?"

奥康纳先生点了点头。

"如果你乐意的话,还可以称他是瑟尔少校[2]的嫡亲子孙呢!哦,满腔的爱国热血啊!那家伙为了四个便士就能出卖自己的国家,唉,还要用他直不起的膝盖下跪,感谢万能的基督,让他有个国家可以出卖呢。"

这时有人敲门。

"进来!"亨奇先生说。

房门口出现了一个人,看上去像个穷牧师,又像个穷演员。一袭黑衣紧紧地包裹着他矮小的身躯,外面还罩着一件破旧的长礼服,大衣的外领绕着脖子翻了起来,没扣上的几颗纽扣还映射着烛光,很难说那是教士法衣的领子,还是普通人的领子。他戴着一顶黑色的硬毡圆帽。他的脸上挂着晶莹的雨珠,除去被冻得通红的两

---

1 芬尼亚兄弟会(Fenian Brotherhood),一个爱尔兰民族主义者团体,致力于推翻英国人对爱尔兰的统治。该组织于1858年由约翰·奥麦赫尼在美国成立,起初的目标是占领被英国占领的加拿大,以其为条件换取爱尔兰的独立。

2 亨利·查尔斯·瑟尔(Henry Charles Sirr,1764—1841),出生于爱尔兰的英国军官,曾于1798年和1803年协助英军镇压爱尔兰起义军。

侧颧骨，整个脸看上去就像一块受了潮的黄色奶酪。他忽而张大了嘴巴表示失望，忽而瞪大了那双明亮的蓝眼睛表示惊喜。

"哦，基恩神父！"亨奇先生从椅子上一跃而起，"是您吗？请进！"

"哦，不，不，不！"基恩神父赶忙说，抿着嘴巴好像在对一个小孩儿说话。

"您不进来坐坐吗？"

"不，不，不。"基恩神父说话的语气谨慎而周到，好似一片绵软的天鹅绒，"别让我打扰你们了！我是来找范宁先生的……"

"他在'黑鹰'[1]那边，"亨奇先生说，"可是您真的不进来坐会儿吗？"

"不，不，谢谢你。不过是一点儿公事。"基恩神父说，"真的，谢谢你了。"

他说着便退出门外，亨奇先生连忙抓起一个烛台，追到门边照亮了他下楼的路。

"哦，请不用麻烦了！"

"没事儿，楼道里太黑了。"

"不，不，我看得见……真的，谢谢你了。"

"您到了吗？"

"到了，谢谢……谢谢。"

亨奇先生转身将烛台放在桌面上。他回到火炉旁坐下。房间里又是一片沉默。

"告诉我，约翰。"奥康纳先生说着，又拿一张卡片点燃了他

---

[1] 蒂尔尼先生经营的酒吧。

的卷烟。

"嗯?"

"他到底是什么人?"

"问我个简单点儿的问题吧。"亨奇先生说。

"我看他和范宁走得很近。他们还经常一起去卡瓦纳酒吧[1]呢。他到底是不是教堂的人啊?"

"呃,应该是吧……我猜他是那种不受人待见的'黑绵羊'。幸亏我们这里没多少这样的人,感谢上帝!不过我也认识几个……说到底,他也是个可怜人……"

"那他是怎么养活自己的?"奥康纳先生问。

"那是另一个秘密了。"

"他是否属于某个教堂,或教会,或机构,或——"

"不,"亨奇先生说,"他应该就是自己一个人……请上帝饶恕我这么说,"他补充道,"或许,他还是个爱喝黑啤的酒鬼。"

"咱们什么时候去喝一杯?"奥康纳先生问。

"我也渴了。"老头儿说。

"我跟那小子说了三遍了,"亨奇先生说,"让他送一打黑啤酒过来。我刚才还想说来着,可那家伙只是穿着他的长袖衬衫,靠在柜台上,跟奥尔德曼·考利谈笑风生呢。"

"你怎么不提醒他呢?"奥康纳先生说。

"呃,我总不能在他和奥尔德曼·考利说话的时候过去啊。所以,我就等着,直到他瞥见我,我才说:'我刚才跟您提到的那件小事儿……''不会有问题的,亨先生。'他说。呵,拇指先生[2]肯

---

1 卡瓦纳酒吧(Kavanagh),位于市政厅以北,是都柏林政界人士云集之所。
2 拇指先生(hop-o'-my-thumb),指身材矮小的或年轻的人,含贬义。

定把这事儿忘得一干二净了。"

"看来那个区也有不少生意要做,"奥康纳先生若有所思地说,"我昨天瞧见他们三个人在萨福克街角,叽叽喳喳地聊个不停呢。"

"我知道他们在耍什么把戏,"亨奇先生说,"这年头要想当上市长,就得先在市里的神父那儿欠钱,等钱到位了,他们自然会让你当上市长。上帝呀!我下定决心啦,我要为成为一名光荣的神父而奋斗!你们觉得怎么样?我能胜任吗?"

奥康纳先生笑了。

"说到欠钱的事儿……"

"乘着小轿车,驶出市政大厦,好不威风!"亨奇先生说,"身穿兽皮大衣[1],好不气派!老杰克就戴一顶涂了粉的假发,跟在我后面——怎么样?"

"让我当你的私人秘书吧,约翰。"

"行。还要让基恩神父当我的特供神父。到时候,咱哥几个再好好聚一下。"

"说真的,亨奇先生,"老头儿说,"你比那些人更有派头。有天,我跟门卫老基根聊天,我问他:'你觉得你的新主子怎么样?现在都不怎么请客了呀。''请客?'他说,'得亏抹布上沾了点油渣味儿,要不然都快活不下去了。'唉,对天发誓,我真不敢相信他当时说的话。"

"他说了什么?"亨奇先生和奥康纳先生问。

---

[1] 此处为口误,亨奇先生本打算说市长官服上装饰的貂皮(ermine),却说成了害兽(vermin)之皮。

"他跟我说:'都柏林的市长老爷[1]竟派人买了一磅排骨当晚餐,你说好笑不好笑?这种活法,你说阔气不阔气?''哎呀!哎呀!'我说。'一磅排骨,'他说,'送到市政大厦。''哎呀!'我说,'现在当官的都是些什么人呀?'"

这时有人敲门,一个男孩把头探了进来。

"什么事儿?"老头儿问。

"从'黑鹰'送来的。"男孩说着侧身进屋,把一个篮子放到地上,篮子里发出瓶子碰撞的声响。

老头儿帮男孩把瓶子从篮子里拿到桌上,数了数一共有几瓶。数完后,男孩把篮子挎在胳膊上,问道:

"有瓶子吗?"

"什么瓶子?"老头儿说。

"得先让我们把酒喝完吧?"亨奇先生说。

"老板叫我带空瓶子回去的。"

"明天再来吧。"老头儿说。

"喂,小家伙!"亨奇先生叫住男孩,"你去奥法雷尔店里跑一趟,给我们借个瓶起子来——就说是给亨奇先生借的。告诉他我们一会儿就还。把篮子放这儿吧。"

男孩出去了,亨奇先生兴奋地搓着手,说:

"啊,说到底他也没那么坏。不管怎样,他说话还是算数的。"

"没有喝酒的杯子呀。"老头儿说。

"哦,杰克,甭担心,"亨奇先生说,"过去的好汉都是直接对瓶吹的。"

---

[1] 即蒂莫西·查尔斯·哈林顿,他出身卑微,以低俗的品位和对帕内尔坚定不移的忠心而闻名。

"不管怎样,有总比没有好。"奥康纳先生说。

"他人不坏,"亨奇先生说,"只是范宁欠他的钱太多了。他本意是好的,你知道,只是心有余而力不足罢了。"

男孩拿着瓶起子回来了。老头儿打开三瓶酒,正要把瓶起子递回去时,亨奇先生对男孩说:

"小伙子,你也来一口吧?"

"如果您乐意的话,先生。"男孩说。

老头儿迫不得已又开了一瓶酒,给男孩递过去。

"你多大了?"他问。

"十七岁。"男孩说。

老头儿没再说什么,男孩接过酒瓶,说:"向亨奇先生致以崇高的敬意。"他喝光了酒,把空瓶放在桌上,用袖子擦了擦嘴巴。然后,他拿着瓶起子,侧身走出门外,低声嘟囔着像是在道别。

"喝酒就是这么上的瘾。"老头儿说。

"积少成多,积久成习。"亨奇先生说。

老头儿把三个开了盖的酒瓶分给大家,几个人直接对着瓶口喝了起来。喝过之后,他们各自把酒瓶放在伸手可及的壁炉架上,心满意足地舒了一口气。

"嗯,今天的工作完成得还算顺利。"亨奇先生稍作停顿后说。

"是吗,约翰?"

"是啊,我在道森街给他拉到一两张有把握的选票,克罗夫顿和我一起。这话只跟你们说,克罗夫顿是个正经人,这点不假,但让他去拉票,就跟要了他的命似的。狗咬他他都不出声。我说话的时候,他就只会在一旁傻站着。"

就在这时,又有两人走进屋来。其中一个身材肥硕,他那蓝色的哔叽上衣,似乎随时会从他那斜坡般的身体上滑落。他的脸盘子很大,表情却像一头初生的小牛犊,眼睛是湛蓝的,胡须却是灰白的。另一个人则要年轻许多,也单薄了不少,他瘦削的脸刮得干干净净。他脖子上围着一副高高的双层领套,头上戴着一顶宽边的圆礼帽。

"你好,克罗夫顿!"亨奇先生对着胖男人打招呼,"谈到鬼就……"[1]

"这酒哪儿来的?"年轻人问,"是不是母牛产崽了?"[2]

"哦,可不是嘛,莱昂斯总是第一眼就能看到酒!"奥康纳先生笑着说。

"你们这帮家伙就是这么游说的?"莱昂斯先生说,"然后让我和克罗夫顿在外面顶风冒雨拉选票?"

"嘿,去你的,"亨奇先生说,"我五分钟拉的票,比你俩一个礼拜搞到的还多呢。"

"再开两瓶黑啤,杰克。"奥康纳先生说。

"怎么开?"老头儿说,"没有瓶起子呀。"

"瞧我的,瞧我的!"亨奇先生蹦起来说,"你们不知道这种小窍门吗?"

他从桌上拿了两瓶酒,走到炉火前,搁在烤火用的炉盘上。然后他坐回火炉旁,凑着自己的瓶子喝了口酒。莱昂斯先生坐在桌边,把帽子往后推了推,晃起了两条腿。

"哪瓶是我的?"他问。

"这瓶,小子。"亨奇先生说。

---

1 谚语,全句是"谈到鬼就见鬼"。
2 俚语,意思是"有什么值得庆祝的吗",指蒂尔尼终于掏了腰包。

克罗夫顿先生坐在一个箱子上,目不转睛地盯着炉盘上的另一瓶酒。他一直不说话有两个原因。第一个原因不言自明,那就是他无话可说;第二个原因是他觉得在场的所有人都低他一等。他之前是给保守党候选人威尔金斯游说拉票的,可后来保守党退出了竞选,于是在权衡之后,他退而选择了民族党;克罗夫顿先生也因此受雇于蒂尔尼先生了。

几分钟后,随着谢罪式的噗的一声,莱昂斯先生的酒瓶塞子飞了出来。莱昂斯先生跳下桌子,来到壁炉旁,拿起酒瓶又回到桌边坐下。

"我刚才正跟他们说呢,克罗夫顿,"亨奇先生说,"我们今天拉到了好几张选票。"

"你们拉到了谁的?"莱昂斯先生问。

"嗯,我拉到一张帕克斯的,两张阿特金森的,还有道森街的沃德。这老头儿挺好相处的——地道的有钱人,还是个老派的保守党!'但你们的候选人不是民族党的吗?'他问。'他是一个值得尊敬的人。'我答。'只要是对国家有利的政策,他都会支持。他是个纳税大户。'我接着说:'他在城里有大量房产,还有三家商业机构,降低税率对他自己不是也有好处吗?他不仅是一位杰出而可敬的公民,'我补充说,'还是济贫法的监管员。他不属于任何党派,既不是左派,也不是右派,更不是中立党派。'对这些人,话就得这么讲。"

"那国王的欢迎致辞又怎么说呢?"莱昂斯先生喝了口酒,还咂了咂嘴巴。

"听好了,"亨奇先生说,"我们这个国家需要的,正如我对老沃德所说的那样,是资本。国王到这里来,就意味着将有一大笔资金进入国库。全都柏林人民都将从中受益。你去看看码头那边的工厂，全都闲置了！只要我们能振兴传统工业，比如面粉厂、造船厂和其他工厂，我们的国家就能富裕起来。我们需要的是资本。"

"但问题是，约翰，"奥康纳先生说，"我们为什么要欢迎英国国王？帕内尔他本人不是……[1]"

"帕内尔，"亨奇先生说，"已经死了。至于这件事儿，我是这么看的：这家伙[2]一直活在他母亲[3]的掌控之下，直到头发灰白才登上王位。他是个见过世面的人，对我们也是怀有善意的。要我说，他就是个快活的、体面的、正派的小老头，根本打不了什么歪主意。他只是对自己说了句：'老国王还没见过这些野蛮的爱尔兰人呢。上帝啊，我一定要亲眼去瞧一瞧。'他怀着一颗友好的心来到这里，难道我们迎接他的方式，就是不留情面地羞辱他吗？嗯？我说的不对吗，克罗夫顿？"

克罗夫顿点了点头。

"话是这么说，"莱昂斯先生争辩道，"但爱德华陛下的私生活，你知道的，实在有点儿……"

"过去的就让它过去吧，"亨奇先生说，"我个人还是挺佩服他的。他跟你我一样，偶尔喜欢小打小闹罢了。他平时喜欢喝一两杯格罗格酒[4]，也许生活上没那么检点，但他在运动方面还是很出色的。真是的，我们爱尔兰人能不能多看看别人的好？"

---

[1] 奥康纳先生记得，1885年爱德华七世以威尔士亲王的身份访问爱尔兰时，帕内尔曾呼吁他的支持者不去拜会国王。
[2] 指爱德华七世。
[3] 指维多利亚女王。
[4] 格罗格酒（Grog），用朗姆酒兑水制成的烈酒。

"说得倒好听,"莱昂斯先生说,"可是你看看帕内尔的下场。"

"看在上帝的分儿上,"亨奇先生说,"他俩怎么能相提并论呢?"

"我的意思是,"莱昂斯先生说,"我们每个人都有自己的道德标准。比如说现在,我们为什么要欢迎这样一个人?难道你认为帕内尔做了那种事情之后,还有资格当我们的精神领袖吗?既然如此,我们为什么要欢迎爱德华七世呢?"

"今天是帕内尔的纪念日,"奥康纳先生说,"就别在这儿破坏气氛了。他人已经走了,但我们都尊敬他——连保守党也不例外。"他转而对克罗夫顿补充道。

噗!迟钝的木塞这才从克罗夫顿先生的酒瓶里飞出来。他从箱子上站起来,往炉火走去。当他拿起酒瓶返回原处时,压低了嗓门说:

"我们议院这一派也很尊重他,因为他是个正人君子。"

"你说得太对了,克罗夫顿!"亨奇先生激动地说,"除了他,谁也治不了那帮家伙的臭脾气。'给我坐下,你们这群癞皮狗!给我趴下,你们这群狗!'他就是这么对付他们的。进来,乔!进来!"他看见海恩斯先生站在门口,便喊道。

海恩斯先生慢悠悠地走了进来。

"再开一瓶黑啤,杰克,"亨奇先生说,"哦,我忘了没瓶起子了!来,递给我一瓶,我去搁到炉子上。"

老头儿递过去一瓶酒,亨奇先生把它放到了炉盘上。

"坐吧,乔,"奥康纳先生说,"我们正好在聊'头儿'的事儿。"

"对，对！"亨奇先生说。

海恩斯先生在桌边坐下，靠着莱昂斯先生，但什么也没说。

"不管怎么说，他们当中有一个人，"亨奇先生说，"没有背叛他。上帝作证，我得替你讲句公道话，乔！不，上帝作证，你一直追随着他，是条好汉！"

"哦，乔，"奥康纳先生突然说，"把你写的那篇东西念给我们听听——你还记得吗？有没有带在身上？"

"哦，对！"亨奇先生说，"给我们念念吧。你听过吗？克罗夫顿，你可得仔细听，写得妙极了。"

"开始吧，"奥康纳先生说，"我们准备好了，乔。"

海恩斯先生似乎一时记不起他们讲的是哪篇文章，但他想了一会儿，然后说：

"哦，是那一篇吧……说实话，那已经过时了。"

"快念吧，伙计！"奥康纳先生说。

"嘘，嘘，"亨奇先生说，"念吧，乔！"

海恩斯先生迟疑了片刻。然后，在一片静默中，他脱下帽子放在桌上，站起身来。他似乎要先在心中将它默念一遍。过了好一会儿，他才开始念题目：

帕内尔之死
1891年10月6日

他又清了一两下嗓子，然后朗诵道：

他去世了。我们的无冕之王去世了。

哦，爱尔林[1]，请为他沉痛哀悼。
长眠地下的他，
被堕落的伪君子所打倒。

与世长辞的他，
被怯懦的猎犬所杀害；
他从泥泞中走向辉煌。
爱尔林的希望，爱尔林的梦想，
在君主的火葬上化为灰烬。

宫殿、棚屋或茅舍，
无论身在何处，
爱尔兰之心都在
哀伤中哭泣——他已经不在了。
她的命运又由谁来做主？

他本可以让爱尔林享有盛名，
让绿旗光荣飘扬，
让政治家、诗人和豪侠，
在世界各族面前挺起胸膛。

他曾梦想（唉，可惜只是一场梦！）
得到自由；但当他奋力

---

1 爱尔兰古名。

攫住那神像时，背叛
却将他与心中所爱分割开来。

无耻的是，那一双双怯懦卑鄙的手，
以拳头击打它们的主人，或以亲吻，
将他出卖给一帮乌合之众、
谄媚的教士——绝不是他的朋友。

愿永恒的耻辱在
这些人的记忆中灼烧。
他们试图玷污和诋毁
这神圣的名字，
而名字的主人，
却出于尊严而宽恕了他们。

他倒下了，正如历代伟人所遭受的厄运，
然而不屈不挠，直到最后一刻。
如今死亡，
让他加入爱尔林的英雄行列。

纷争的喧嚣，不再惊扰他的沉眠！
他安然睡去：不再有人间的苦难，
不再有雄心的勉励，
也不再追寻那荣耀的巅峰。

他们得逞了：他们使他的名字蒙羞。
可是爱尔林，听好了，他的灵魂
将获得重生，如浴火的凤凰。
破晓的黎明时分，
便是自由政权到来的时刻。
届时，愿爱尔林举杯欢庆时
莫忘悲哀之情——
缅怀帕内尔。

海恩斯先生重新回到座位上。他朗诵完毕后，屋里鸦雀无声，随后爆发出一阵热烈的掌声；连莱昂斯先生也鼓起掌来。掌声持续了好一会儿。鼓完掌后，听众们一言不发，纷纷拿起瓶子喝起酒来。

噗！木塞从海恩斯先生的酒瓶里飞了出来。可是，他依旧坐在桌子边上，涨红了脸，连帽子也没戴。他似乎没有听见瓶塞对他发出的邀请。

"好样的，乔！"奥康纳先生一边说，一边掏出卷烟纸和烟丝，以便掩饰自己的情绪。

"你觉得怎么样，克罗夫顿？"亨奇先生嚷道，"这写得还不够好吗？嗯？怎么样？"

克罗夫顿先生说，这是一篇极好的作品。

母 亲

她的才华在她的周围筑起
一道冰冷的高墙,她端坐其中,
期盼着某个勇士闯进来。

都柏林人

霍洛汉先生是"艾尔·阿布"[1]协会的助理秘书。近一个月来，他在都柏林上下奔走，忙着为一系列音乐会做准备，双手和衣兜里都塞满了脏兮兮的纸片。他瘸了一条腿，所以朋友们都叫他"独脚霍洛汉"。他整日在街上奔波，按时到各个街口进行宣传，他为坚持自己的主张与人据理力争的同时，还会做笔记；但最后把一切安排妥当的却是科尔尼太太。

德芙林小姐是因为赌气才成了科尔尼太太。她曾在一所高等修道院受过教育，学习法语和音乐。她的脸色生来煞白，又不苟言笑，所以在学校没交到什么朋友。到了谈婚论嫁的年纪，她便经常被父母送去别人家做客，她的演奏和白象牙般的仪态受到了许多人的赞赏。她的才华在她的周围筑起一道冰冷的高墙，她端坐其中，期盼着某个勇士闯进来，许她一个光辉灿烂的人生。然而，她遇到的年轻男子净是些平庸之辈，因此她并不鼓励他们追求她，背地里却大嚼土耳其软糖[2]，试图以此抚慰自己对于浪漫的渴望。不过，随着"大限"将至，朋友们也开始对她说三道四的时候，她嫁给了奥

---

[1] 原文为爱尔兰语，意为"爱尔兰走向胜利"，是当时著名的民族主义运动口号。
[2] 在古时候，土耳其软糖是皇室宫廷特供甜品，贵族之间喜欢用精美的蕾丝手帕把它包裹起来，作为相互赠送的礼品。更是用于赠送心上人表达爱慕的方式之一。——编者注

德蒙码头的靴匠科尔尼先生,堵住了他们的嘴。

他比她年长许多。那些一本正经的言论,不时会从他棕褐色的大胡子里冒出来。结婚一年后,科尔尼太太发觉这样的男人比浪漫的人更靠得住,但她从未放弃自己浪漫的幻想。他是个严肃、节俭、虔诚的人;每月的第一个星期五他都去圣坛做礼拜,有时和她一起去,但更多的时候是他一个人去。她坚守着自己浪漫的信仰,但同时也是一名好妻子。在陌生朋友举办的聚会上,只要她稍微抬一下眉毛,他就立刻起身向主人告辞;而当他咳嗽得厉害时,她会用鸭绒被盖住他的脚,再为他调一杯浓烈的朗姆潘趣酒。至于他,则是一位模范父亲。他每个星期会向某个机构交一小笔钱,以确保两个女儿在二十四岁的时候,每人能得到一百英镑作为嫁妆。他把大女儿凯瑟琳送到一所还算不错的修道院念书,她在那里学习了法语和音乐,然后他又出钱让她去皇家音乐学院深造。每年七月,科尔尼太太总要找机会对朋友说:

"我那位好先生要带我们一家人去斯凯里斯住上几个星期。"

不然,他们就去霍斯,或者格雷斯通斯[1]。

当爱尔兰复兴运动开始广受关注时,科尔尼太太便以女儿的名义,给家里请了一位爱尔兰教师。凯瑟琳和她的妹妹给朋友们寄去爱尔兰的风景明信片,朋友们也会寄回其他样式的爱尔兰风景明信片。在某些特定的星期日,科尔尼先生会带家人去临时教堂,做完弥撒之后,总会有一小群人聚在教堂街的拐角处。他们都是科尔尼夫妇的朋友——音乐上的知音,或是民族党的盟友。当极尽闲谈之能事后,他们便会握手,再望着这么多双纵横交错的手,大笑着用

---

[1] 斯凯里斯、霍斯和格雷斯通斯是都柏林附近的三个著名的海滨度假胜地。

爱尔兰语向彼此道别。很快，凯瑟琳·科尔尼小姐的芳名就常被人们挂在嘴边了。大家都说，她在音乐方面很有天赋，是个好姑娘，而且她坚信语言运动能够取得成功。科尔尼太太对此很是满意。因此，当霍洛汉先生有天登门拜访，告诉她协会将在安希恩特音乐厅举办四场大型音乐会，并提议让她的女儿担任钢琴伴奏时，科尔尼太太一点儿也不觉得惊讶。她请霍洛汉先生到客厅坐下，还端出了雕花玻璃酒瓶和银质的饼干盒。她全身心地投入有关演出具体事宜的讨论中，时而出谋划策，时而婉言劝止；最后他们签订了一份合同，写明凯瑟琳将在四场大型音乐会上担任钢琴伴奏，并可获得八几尼[1]的报酬。

在一些细节问题，比如节目单的措辞和曲目的演出顺序的处理上，霍洛汉先生还是个新手，所以科尔尼太太帮着他做了。她显得很老练。她知道哪几位艺术家的名字该用大写字母，哪几位艺术家的名字又该用小号字体。她知道第一男高音不愿意被排在米德先生的滑稽表演后面登场。为了持续吸引观众的注意力，她在一些喜闻乐见的老节目中穿插了一些没什么把握的新曲目。霍洛汉先生每天都来拜访她，就一些问题征求她的意见。她总是热情地接待他，并提出自己的看法——就像家人那样。她把玻璃酒瓶推到他面前，招呼道：

"你就自己倒吧，霍洛汉先生！"

在他自己倒酒时，她又说：

"别客气！倒就是了！"

一切都进行得很顺利。科尔尼太太在布朗·托马斯店里买了

---

[1] 几尼为旧时英国金币。一几尼相当于二十一先令。

几块漂亮的淡粉色软缎,打算缝在凯瑟琳裙子的前襟上。这些布料花了她不少钱;但在某些场合,多花点儿钱也是值得的。她买了十二张面值两先令的终场音乐会门票,寄给那些多半不会自己掏钱买票来看的朋友。她什么都没有忘记,多亏了她,该办的一切都办妥了。

音乐会将于星期三、四、五、六举行。星期三晚上,当科尔尼太太和凯瑟琳到达安希恩特音乐厅时,眼前的景象让她很是不满。几个年轻人外套上别着亮蓝色徽章,懒洋洋地站在前厅里;他们没有一个人穿着晚礼服。她领着女儿从他们身旁走过,透过敞开的门往大厅里匆匆瞥了一眼;她这才明白服务生无精打采的原因。起先她还以为是自己弄错了时间。不,没错,还有二十分钟就到八点了。

在后台的化妆间里,科尔尼太太被引荐给协会秘书长菲茨帕特里克先生。她微笑着与他握手。他个头不高,脸色苍白,神情漠然。科尔尼太太注意到,他把那顶褐色软帽随意地歪戴在头上,讲话的语调也没什么起伏。他手里拿着一张节目单,一边跟她说话,一边把节目单的底边嚼成了黏糊糊的纸浆。他似乎并不把失落放在心上。霍洛汉先生每隔几分钟就到化妆间来报告票房的情况。艺术家们紧张地交头接耳,时不时瞥一眼镜子,还把手里的乐谱卷起又翻开。快到八点半的时候,大厅里为数不多的几位听众都开始表达他们对于音乐的渴望。菲茨帕特里克先生走上舞台,若无其事地对厅里笑了笑,说:

"那好吧,女士们先生们,我想我们还是开演吧。"

科尔尼太太对他那毫无起伏的尾音报以轻蔑的一瞥,然后鼓励女儿:

"你准备好了吗,亲爱的?"

她找了个机会,把霍洛汉先生叫到一旁,请他告诉她这是怎么一回事儿。霍洛汉先生也不知道。他说,这是委员会的问题,是他们安排了四场音乐会:四场太多了。

"还有你们请来的那些'艺术家'!"科尔尼太太说,"当然,他们也尽力了,但实在有些上不了台面。"

霍洛汉先生承认他们的水平确实有限,但他又说,委员会已经决定让前三场演出顺其自然,等到星期六晚上再让所有的名演员登场。科尔尼太太什么也没说,只是看着平庸的节目一个接一个上演,大厅里本就不多的听众也一个接一个离场。她不禁有些后悔,觉得自己不该为这样一场音乐会付出这么大的代价。她不喜欢眼前的一切,菲茨帕特里克先生若无其事的笑容也使她大为恼火。但她没有作声,只是等着看音乐会如何收场。将近十点,演出结束,听众都匆忙离席回家了。

星期四晚上来的人多了一些,但科尔尼太太立即发现他们都是凭赠票入场的。观众表现得很无礼,仿佛这是一场非正式的彩排。菲茨帕特里克先生似乎乐在其中;他完全没有意识到科尔尼太太正愤怒地留意着他的举动。他守在幕布边上,不时探出头来,与坐在楼厅角落的两个朋友相视而笑。就在当晚,科尔尼太太获悉星期五的音乐会将被取消,而委员会也将全力以赴,确保星期六的终场演出座无虚席。她一听到这个消息,就到处去找霍洛汉先生。正当他一瘸一拐地把一杯柠檬水递给一位年轻女士时,科尔尼太太拦住了他,问他这消息是不是真的。没错,是真的。

"但是,当然啦,这不会对合同产生任何影响吧?"她说,"合同上签的是四场音乐会。"

霍洛汉先生好像突然有了急事，他建议科尔尼太太去找菲茨帕特里克先生谈谈。科尔尼太太这才警觉起来。她把菲茨帕特里克先生从幕布旁喊了过来，对他说，她女儿已经签下四场音乐会的合同，按照合约规定，无论协会是否举办这四场音乐会，她女儿都应得到当初约定的酬劳。菲茨帕特里克先生没有抓住问题的关键，也没办法及时解决这个难题，便说要将此事提交委员会讨论。科尔尼太太怒火中烧，气得脸颊直抖，她极力忍着不让自己问出这句：

"请问，谁是这个所谓的'委员废'[1]？"

可她知道这样说话有失淑女风范，便保持了沉默。

拿着一捆捆宣传单的小男孩们，在星期五一大早就被派往了都柏林的主要街道。各大晚报都刊登了特别报道，提醒热爱音乐的朋友们，切莫错过第二天晚上的精彩演出。科尔尼太太稍微放心了一些，但她觉得仍有必要把自己的顾虑讲给丈夫听。他认真听完后，说周六晚上陪她们一起过去或许更好。科尔尼太太同意了。她尊重自己的丈夫，如同尊重邮政总局，二者都是那么庞大、安全、稳固。尽管她知道丈夫能力有限，但她欣赏他作为男人的抽象价值。她很高兴丈夫提出与她同往。她在心里反复琢磨自己的计划。

盛大的音乐会之夜来临了。科尔尼太太带着丈夫和女儿，在音乐会开场前四十五分钟就到达了安希恩特音乐厅。不巧的是当晚下着雨。科尔尼太太把女儿的演出服和乐谱交给丈夫保管，自己则跑遍了整栋大楼，到处搜寻霍洛汉先生和菲茨帕特里克先生的身影。这两人她一个也没找着。她问服务生，大厅里是否有委员会的成员在场，结果费了半天周折，服务生才带来一个名叫贝尔妮的矮个子

---

[1] 菲茨帕特里克先生说的是"committee（委员会）"，但科尔尼太太试图取笑他"毫无起伏的尾音"，便成了"commetty"。

妇人。科尔尼太太向她解释说，自己希望见到协会的秘书长。贝尔妮小姐表示，他随时会到场，又问她还可以做点儿什么。科尔尼太太审视着这张老气横秋却挣扎着表现出真诚和热情的脸，说：

"不了，谢谢！"

这个矮个子妇人希望今晚的音乐会满座。她望着外面的雨，直到湿漉漉的街道上弥漫的忧郁抹去她扭曲的脸上残存的真诚和热情。然后，她轻轻叹了口气，说：

"唉，好吧！我们尽力了，老天看在眼里了。"

科尔尼太太不得不回到化妆间。

"艺术家"们陆续到场了。男低音和男次高音已经到了。男低音杜根先生是个身材瘦削的年轻人，留着稀疏的黑胡子。他是城里一家公司的大厅搬运工的儿子，小时候，他就在这回声嘹亮的大厅里练习拖长的低音。虽然出身贫寒，但他奋发向上，并通过自己的努力成了一流的表演"艺术家"。他曾参加过大型的歌剧演出。一天晚上，某位歌剧"艺术家"病倒了，于是他作为替补演员，在皇后剧院出演了《玛丽塔娜》[1]中的国王一角。他演唱时感情充沛，声音洪亮，因此受到顶层楼座听众们的热烈欢迎。然而，他却跟缺心眼似的，用戴着手套的手抹了一两次鼻涕，留给观众的好印象也就此破灭了。他为人谦逊，寡言少语。他说"您"这个字眼时，声音轻得几乎听不见。为了保护嗓子，他从不喝比牛奶更烈的东西。男次高音贝尔先生是个满头金发的小个子。他每年都参加爱尔兰民间古典音乐节，并在第四次参赛时获得了一枚铜牌。在同行面前，他心里总觉得忐忑，但同时又嫉妒得不行，因此，他会表现出一副过

---

[1] 《玛丽塔娜》（*Maritana*），爱尔兰作曲家威廉·文森特·华莱士的歌剧作品。

分亲热的样子，以掩饰内心的妒忌和恐惧。他表达幽默的方式就是告诉大家参加音乐会对他来说是一场多么残酷的考验。因此，他一看到杜根先生，便迎上前去问道：

"你也来接受考验了？"

"是啊。"杜根先生说。

贝尔先生冲他的患难之交笑了笑，然后伸出手说：

"握个手吧！"

科尔尼太太从这两个年轻人身旁走过，来到幕布边上查看场内的情况。座位很快就坐满了，观众席中回荡着悦耳的喧哗声。她回到丈夫身边，悄悄对他说了几句话。很明显，他们的谈话是关于凯瑟琳的，因为当她与民族党友人、女低音希利小姐聊天时，两人偶尔还会看她一眼。这时，一个脸色苍白的陌生女子独自穿过房间。女人们对那条褪了色的蓝裙子投以锐利的目光，裙子包裹的是一副瘦弱的身躯。有人说，那是女高音格琳夫人。

"真不知道他们从哪个鬼地方把她给挖出来的，"凯瑟琳对希利小姐说，"我从来没听说过这个人。"

希利小姐只好强颜欢笑。就在这时，霍洛汉先生一瘸一拐地进了化妆间，于是两位小姐便向他打听那个陌生女人是谁。霍洛汉先生说她是从伦敦来的格琳夫人。格琳夫人站在房间一角，双手僵硬地捧着一卷乐谱，眼神飘忽不定，像是受到了惊吓。灯影遮住了她褪色的裙子，却报复似的落在了她锁骨后方的凹陷处。大厅里的喧哗声听得更清楚了。第一男高音和男中音一道来了。他们穿着讲究，体格壮实，一副自鸣得意的样子，与周围的人相比显得富态十足。

科尔尼太太把女儿带到他们跟前，与他们亲切地攀谈起来。她想和他们搞好关系，但尽管她极力保持礼貌，她的眼睛却一直盯着霍洛汉先生的瘸腿和他迂回鬼祟的身影。她一找到机会，便向众人告辞，跟在他后面出去了。

"霍洛汉先生，我有话跟你说。"她说。

他们来到走廊一个不被人注意的地方。科尔尼太太问他，她女儿什么时候能拿到酬金。霍洛汉先生说，这件事儿由菲茨帕特里克先生负责。科尔尼太太说，她不知道什么菲茨帕特里克先生，她女儿签了一份八几尼的合同，这笔钱她必须拿到。霍洛汉先生说，这件事儿不归他管。

"怎么不归你管？"科尔尼太太质问道，"难道不是你让她签的合同？无论如何，这事儿你不管我管，而且我要管到底。"

"你最好先跟菲茨帕特里克先生谈谈。"霍洛汉先生冷淡地说。

"我不知道什么菲茨帕特里克先生，"科尔尼太太重复道，"我有合同，我只知道一切得照章办事。"

她回到化妆间时，两颊微微有些发红。房间里很热闹。两个身穿户外服的男人围着火炉，正与希利小姐和男中音亲切地交谈。一位是《自由人报》的记者，另一位是奥马登·勃克先生。《自由人报》的记者说他不能留下来欣赏音乐会，因为他得去报道一位美国牧师在市政大厦的演讲。他头发灰白，说话稳重，举止谨慎。他手上夹着一根已经熄灭的雪茄，烟雾在他的周围缭绕。他原本一刻都不想多待，因为音乐会和"艺术家"使他感到厌烦，但他依旧靠在壁炉架上迟迟没有离开。希利小姐站在他面前，又说又笑。他已经足够老成，猜得出她这般殷勤的原因；但他的心态又足够年轻，仍会允许自己享受这片刻的欢愉。她身体的温度、香味和色泽撩拨着他的感官。他欣慰地发现，那在他身下缓慢起伏的胸脯，此刻，只为他一人起落；那笑颜、芳香和含情的目光，都是进献给他的贡品。他不能再逗留下去，只好带着歉意向她告别。

"奥马登·勃克会写这篇评论，"他对霍洛汉先生解释道，"我会负责让它见报的。"

"非常感谢，亨德里克先生，"霍洛汉先生说，"我知道，您一定会把它登出来的。临走之前，不想喝点儿什么吗？"

"喝点儿也好。"亨德里克先生说。

两人走过曲折的通道，登上昏暗的阶梯，最后来到一个隐蔽的房间。一名服务员正在为几位先生开酒瓶，其中一位就是奥马登·勃克先生，他凭直觉找到了这个房间。他是一位温文尔雅的老先生，休息时会将自己伟岸的身躯靠在一把巨大的丝绸伞上保持平衡。他华而不实的西方名字则是一把道德上的巨伞，靠着这把伞，他摆平了许多财务上的问题。大家都很尊敬他。

就在霍洛汉先生招待《自由人报》的记者时，科尔尼太太正在跟她的丈夫说话，她太激动了，以至于她的丈夫不得不让她放低音量。化妆间里其他人的谈话也变得拘谨起来。首先登场的是贝尔先生，他已经做好了演唱的准备，可伴奏却没有一点儿声响。显然是出了什么问题。科尔尼先生捋着胡子直视前方，科尔尼太太则凑近凯瑟琳的耳朵，低声强调着什么。大厅里传来鼓励开演的声音，掌声和跺脚声混杂在一起。第一男高音、男中音和希利小姐三人并肩而立，安静地等待着，但贝尔先生的神经却异常紧张，生怕观众以为他迟到了。

霍洛汉先生和奥马登·勃克先生走进化妆间。他察觉到屋内一片寂静。他走到科尔尼太太跟前，恳切地与她交谈。就在他们说

话时,大厅里的喧闹声更甚了。霍洛汉先生情绪激动,涨得满脸通红。他说个不停,科尔尼太太只是偶尔插上一句:

"她不会上场的。她必须拿到属于她的八几尼。"

霍洛汉先生气急败坏地指向大厅,只见观众们在那里又拍手又跺脚。他开始向科尔尼先生和凯瑟琳寻求帮助。科尔尼先生仍在抚弄他的胡须,凯瑟琳则低下头,不停地磨蹭着她新鞋的鞋尖,这不是她的错。科尔尼太太再次重申:

"没拿到钱,她是不会上场的。"

在一阵激烈的唇枪舌剑之后,霍洛汉先生瘸着腿夺门而出。房间里鸦雀无声。当沉默变得难以忍受时,希利小姐对男中音说:

"你这星期见过帕特·坎贝尔夫人吗?"

男中音说不曾见到她,但听说她一切都好。两人的交谈到此为止。第一男高音低下头去,一边数着自己腰上的金链条,一边微笑着,嘴里还哼着小调,试着用鼻子说话。不时地,大家都往科尔尼太太那边瞄。

音乐厅里的喧哗已经变成了骚动。就在这时,菲茨帕特里克先生冲进化妆间,后面跟着气喘吁吁的霍洛汉先生。大厅里的拍掌声和跺脚声中间还穿插着口哨声。菲茨帕特里克先生手里拿着一小沓钞票。他数了四张塞到科尔尼太太手里,说幕间休息时再给她另外一半。科尔尼太太说:

"这里还少了四先令。"

可是凯瑟琳已经提起裙子,对第一位出场的表演者说:"走吧,贝尔先生。"而贝尔此时正颤抖得像一棵晃动的白杨。歌唱家和伴奏者一同走上舞台。场内的喧闹声平息下来,几秒钟后,传出了悠扬的琴声。

除了格琳夫人的曲目外，音乐会的上半场相当成功。这位可怜的女士用一种难以为继的喘息式唱法完成了《基拉尼》[1]的演唱，她的咬字和唱腔颇为老派，可她还自以为清新脱俗呢。她就像一具穿着戏服的死尸，刚被人从土坑里挖出来，就被立刻搬上台去。坐在廉价座席的观众纷纷嘲笑起了她尖厉的嗓音。不过，好在第一男高音和女低音的演唱赢得了满堂的喝彩。凯瑟琳弹奏了几首爱尔兰小调，观众同样报以热烈的掌声。上半场的演出在一篇激动人心的爱国诗朗诵中结束，朗诵者是一位组织业余戏剧演出的年轻女士。这个节目理所当然地博得了观众的掌声。上半场结束后，观众们心满意足地离席起身，在大厅外休息了片刻。

而在这段时间，化妆间里已经乱作一团。房间的角落里站着霍洛汉先生、菲茨帕特里克先生、贝尔妮小姐、两名服务员、男中音、男低音，以及奥马登·勃克先生。奥马登·勃克先生说，这是他有生以来见过的最丢人的表演，还说凯瑟琳·科尔尼小姐的音乐生涯从此断送在都柏林了。有人问男中音对科尔尼太太的行为有什么看法。他不想发表任何意见。他已经拿到了酬金，只想与所有人和睦相处。不过他说，科尔尼太太或许应该为其他表演者稍作考虑。服务员和秘书们就幕间休息时该怎么办，展开了激烈的讨论。

"我同意贝尔妮小姐的意见，"奥马登·勃克先生说，"一分钱也不给她。"

在房间的另一角，科尔尼太太与她的丈夫、贝尔先生、希利小姐和那个朗诵爱国诗的姑娘站在一起。科尔尼太太说，委员会对她的态度实在太过恶劣，她既出钱又出力，最后竟得到这样的回报。

---

[1] 《基拉尼》（*Killarney*），出自爱尔兰作曲家迈克尔·威廉·巴尔夫的歌剧《伊尼斯福伦》。

他们认为,他们要对付的只不过是一个女人,所以就对她横加干涉。但是她要让他们知道自己错了。如果她是个男人,他们又怎么敢这样对待她。她要维护的是女儿的权益,她才不会任人耍弄。哪怕他们少付一法新[1],她都会闹得都柏林满城风雨。当然,她对"艺术家"们感到抱歉,但她还有什么别的办法呢?她向男次高音求助,他认为,科尔尼太太没有受到公正的对待。接着,她又求助于希利小姐。希利小姐的心是向着另一边的,但这样做又很为难,因为她和凯瑟琳是要好的朋友,科尔尼夫妇还经常邀请她去家里做客。

上半场刚一结束,菲茨帕特里克先生和霍洛汉先生就找到科尔尼太太,告诉她剩下的四个几尼,要等到下星期二的委员会会议结束后再结算,还说如果她的女儿不出席下半场的演奏,委员会将认为合约已经解除,不再支付任何费用。

"我可从没见过什么委员会,"科尔尼太太愤怒地说,"我女儿有合同在手。她必须拿到那四英镑八便士,否则,她绝不会踏上舞台半步。"

"您真是让我大吃一惊,科尔尼太太,"霍洛汉先生说,"没想到您会这样对待我们。"

"你们又是怎样对待我的?"科尔尼太太反问道。

她一脸怒容,像要动手打人似的。

"这是我应得的权利。"她说。

"您总该懂点儿基本的礼仪吧?"霍洛汉先生说。

"总该,是吗?……我问你们我女儿什么时候可以拿到酬金

---

[1] 英国旧时值四分之一便士的硬币。

时，我可没有得到一个文明礼貌的答复。"

她甩了甩头，换上一副高傲的表情，说：

"你去找秘书长谈。这不关我的事儿。我没空处理这些鸡毛蒜皮的小事儿。"

"我之前还以为您是位有教养的夫人呢。"说完，霍洛汉先生猝然转身离去。

在那之后，科尔尼太太的行为遭到了来自四面八方的谴责：大家都赞成委员会的做法。她站在门口，与丈夫和女儿争辩，对他们指手画脚，同时因愤怒而显得憔悴。下半场开演的时候，她原以为委员会的工作人员会来找她，可是希利小姐却好心答应为一两首曲目伴奏。科尼尔太太不得不退到一旁，让男中音和他的伴奏走上舞台。她站在那儿一动不动，宛如一尊愤怒的石雕，而当第一个音符被敲响时，她一把抓起女儿的外套，对丈夫说道：

"去叫辆出租车！"

他转身就出去了。科尼尔太太把外套披在女儿身上，跟在丈夫后面。穿过门廊时，她停住脚步，瞪眼看向霍洛汉先生的脸。

"我跟你没完。"她说。

"但我跟你已经完了。"霍洛汉先生说。

凯瑟琳乖乖跟在母亲身后。霍洛汉先生在屋里来回踱步，想让自己凉快下来，因为他感觉自己皮肤上像有火在烧。

"好一位有教养的夫人！"他说，"哼，好一位有教养的夫人！"

"你做得没错，霍洛汉。"奥马登·勃克先生倚着他的雨伞赞许道。

圣 恩

在经历了四分之一个世纪的
婚姻生活之后,
她已经不再抱有什么幻想。

当时洗手间里有两位先生，正尝试着扶他起来，可是他丝毫不能动弹。他从楼梯上摔了下来，此刻正蜷伏在楼梯脚下，脸朝下躺着。他们好不容易把他翻了过来。他的帽子滚到了几码远的地方，衣服上沾满了地板上的污垢和呕吐物。他双眼紧闭，呼吸时嘴里发出咕噜咕噜的声音，一股细细的鲜血顺着他的嘴角流下来。

这两位先生和一位酒保把他抬上楼，让他躺在酒吧的地板上。不到两分钟，他身边就围了一圈人。酒吧经理问，是否有人知道他是谁，以及谁跟他一起来的。没有人知道他是谁，但一位酒保说他给这位先生倒过一小杯朗姆酒。

"他是一个人来的吗？"经理问。

"不，先生。还有两位先生跟他一起。"

"他们在哪儿？"

没有人知道。一个声音说：

"给他透透气。他昏过去了。"

那一圈围观者散开后，又像弹簧一样迅速收拢起来。在棋盘格图案的地板上，一摊暗红色的血液在那人的头部附近，凝成了一团奖章似的血块。经理被那人惨白的脸色吓了一跳，便派人去叫了警察。

有人松开了他的衣领，解开了他的领带。他睁开眼，喘了口气，又闭上了眼睛。抬他上楼的两位先生，其中一位手里拿着一顶皱巴巴的丝质礼帽。经理还在不停地问，是否有人知道这位伤者的身份，以及与他同行的朋友去了什么地方。酒吧的门打开了，一个身材魁梧的警察走了进来。一群从巷子里跟过来的人聚在门外，争相透过玻璃窗往里面张望。

经理立刻开始讲述他所了解的情况。警察是个年轻人，粗犷而敦厚，他仔细地听着。只见他的眼睛从左看到右，从经理身上看到躺在地板上的人，好像生怕自己会成为某种骗局的受害者。接着他摘下手套，从腰间掏出一个小本子，舔了舔铅笔尖，准备开始记录。他操着乡下口音，以怀疑的语气问道：

"这个人是谁？叫什么？住在哪里？"

一个身穿骑行服的年轻男子穿过围观群众，从外面挤了进来。他立刻蹲在伤者身边，叫人拿水来。警察也蹲下来帮忙。年轻人擦去了伤者嘴角的血迹，然后又叫人拿点儿白兰地来。警察以命令的口吻重复这一要求，直到一位酒保端着杯子跑了过来。白兰地被强行灌进那人的喉咙。几秒钟后，他睁开眼睛向四周看了看。他看着身边人的面孔，终于意识到发生了什么，于是努力想要站起来。

"你现在感觉好些了吗？"穿骑行服的年轻人问道。

"呵，没事儿的。"受伤的人说着，试图站起身来。

人们扶他站直了。经理说应该去趟医院，围观的群众也跟着出主意。有人把那顶皱巴巴的礼帽戴在他头上。那警察问道：

"你住在哪儿？"

那人不答话，反而捻起他的胡子尖来。他对自己的遭遇满不在乎。这不算什么，他说，只是个小小的意外罢了。他讲话含糊不清。

"你住在哪儿?"警察又问了一遍。

那人说他们需要帮他叫一辆车。正当他们为此争论不休时,一位身材修长的先生从酒吧另一头走了过来,他皮肤白皙,行动利索,身上穿着一件黄色的阿尔斯特大衣。看到眼前这一幕,他当即大声招呼道:

"哈喽,汤姆,老伙计!你怎么了?"

"呵,没事儿的。"那人说。

新来的人看着眼前这位朋友的可怜相,然后转头对警察说:

"没事儿了,警官。我送他回家。"

警察碰了一下头盔,说:

"好的,鲍尔先生!"

"走吧,汤姆,"鲍尔先生说着,挽起了朋友的胳膊,"没摔断骨头吧?怎么样?你能走吗?"

穿骑行服的年轻人搀着他的另一条胳膊,人群顿时散开了。

"你怎么把自己搞得这么狼狈?"鲍尔先生问。

"这位先生从楼梯上摔了下来。"年轻人说。

"我灰床管靴你,宣生。"[1]伤者对年轻人说。

"别客气。"

"砖门咬补拽来一烧贝?"[2]

"现在不行。现在不行。"

三个人一起离开酒吧,围观的群众也从门口退入小巷。经理带着警察到楼梯口,查看事故现场。他们一致认为,那人是因为一脚踏空,才从楼梯上摔下来。顾客们纷纷回到吧台,一个酒保开始清

---

[1] 伤者咬伤了舌头,口齿不清。此句应为"我非常感谢你,先生"。
[2] 此句应为"咱们要不再来一小杯"。

理地板上的血迹。

他们来到格拉夫顿大街时,鲍尔先生吹着口哨,叫来一辆停在外面的双轮马车。受伤的人又尽可能清晰地说:

"我灰床管靴你,宣生。湿忘我门阔以拽尖面。我脚渴南。"[1]

惊吓和疼痛的发作让他清醒了几分。

"真别客气。"年轻人说。

他们握手道别。柯南先生被抬上了马车,鲍尔先生给车夫指路,并对那位年轻人表示感谢,说很遗憾没能跟他一起喝一杯。

"下次吧。"年轻人说。

马车向韦斯特摩兰街驶去。在经过压舱物办公室时,钟楼上显示的时间是九点半。一阵凛冽的东风从河口处向他们袭来。柯南先生冻得缩成一团。他的朋友问他怎么会弄成这样。

"嗦卜了,"他回答道,"我涩透疼。"[2]

"我看看。"

鲍尔先生从车里探过身来,往柯南先生的嘴里张望,可他什么都看不清。他划了一根火柴,用手捂着,再次往柯南先生的嘴里望去,柯南先生配合地张开了嘴。随着马车的晃动,火柴在柯南先生的嘴里时进时出。只见他下排的牙齿和牙龈上沾着凝固的血块,好像有一小块舌头被咬掉了。火柴被风吹灭了。

"情况不妙。"鲍尔先生说。

"呵,没事儿的。"柯南先生说完,闭上了嘴巴,还翻起脏兮兮的衣领围住了脖子。

柯南先生是个老派的旅行推销员,并对自己的职业深感自豪。

---

[1] 此句应为"我非常感谢你,先生。希望我们可以再见面。我叫柯南"。
[2] 此句应为"说不了,我舌头疼"。

每次在城里见到他,他都戴着一顶体面的丝质礼帽,腿上还会绑一对靴套。他说,只要这两样衣饰穿戴得当,那么他的仪容仪表就算合格了。他继承了他心目中的拿破仑——伟大的布莱克怀特——的衣钵,并经常通过传颂他的事迹、模仿他的行为来唤起对他的回忆。然而,现代化的经营模式却只给他在克罗街留下了一小间办公室,百叶窗上标明了商行的招牌和地址——伦敦,中东区。那间小办公室的壁炉架上,摆着一排铅制的小罐子,窗前的桌子上放着四五只瓷碗,里面通常盛着半碗黑汤。柯南先生用这些碗品茶。他喝一口,含在嘴里,让茶汤充分浸润他的味蕾,再把茶汤一口吐到壁炉里。然后,他回味一下,才对茶叶的品质做出判断。

鲍尔先生在都柏林城堡的爱尔兰皇家警局工作,要比柯南先生年轻许多。他的社会地位节节攀升,朋友却每况愈下,两条弧线的轨迹早已发生了交错。不过,在柯南先生飞黄腾达时结交的那些朋友,仍敬他是一位人物,所以在一定程度上减轻了他的失落感。鲍尔先生就是这些朋友之一,他欠下的这笔莫名其妙的人情债已经成了他那个圈子的笑柄;但他是个懂礼守节的年轻人。

马车在格拉斯内汶路的一座小房子前停下来,柯南先生被搀扶着进了屋。他太太扶他上床睡觉,鲍尔先生则在楼下的厨房里,问孩子们在哪儿上学,读几年级了。孩子们——两个女孩一个男孩——见父亲没法动弹,母亲又不在场,便跟鲍尔先生胡闹起来。孩子们的举止和口音让他感到惊讶,鲍尔先生若有所思地皱起了眉头。过了一会儿,柯南太太走进厨房,大声嚷道:

"又弄成这副德行!照这样下去,他早晚得把自己喝死,到时也就一了百了了。酒局从周五起就没断过。"

鲍尔先生小心翼翼地向她解释:此事与他无关,他只是碰巧经

过了事发地点。柯南太太记得,鲍尔先生曾多次善意调解他们的家庭纠纷,并给予他们数额不大但能解燃眉之急的借款,于是说:

"哦,你不必讲这些话,鲍尔先生。我知道你是他的朋友,不像跟他一起鬼混的那帮家伙。只要他口袋里有点儿钱,那帮人就想尽办法让他撇下老婆和孩子。这叫什么朋友?我真想知道,他今晚跟谁在一起?"

鲍尔先生摇了摇头,没有说话。

"很抱歉,"她继续说,"家里没什么东西招待你。不过,要是你愿意多待一会儿,我就叫孩子们去街角的福加蒂商店买点儿东西。"

鲍尔先生站了起来。

"我们还等着他拿钱回来呢。他好像根本不知道自己还有个家要养。"

"哦,那个,柯南太太,"鲍尔先生说,"我们会让他改过自新的。我去跟马丁谈谈。他准有办法。我们找个晚上再过来,好好谈谈这件事儿。"

她把他送到门口。车夫在人行道上来回跺脚,同时甩着胳膊,以此来取暖。

"你人真好,谢谢你送他回家。"她说。

"这没什么的。"鲍尔先生说。

他上了车。马车开走时,他愉快地摘下帽子向她致意。

"我们会让他改头换面的,"他说,"晚安,柯南太太。"

柯南太太困惑地望着那辆马车,直到看不见为止。然后她收回目光,走进屋里,掏空了丈夫的口袋。

她是一位活跃且务实的中年妇女。不久之前，她刚庆祝了自己的银婚纪念日，在鲍尔先生的伴奏下，她与丈夫共舞华尔兹，重温了往日的甜蜜。柯南先生在追求她的时候，用"风度翩翩"来形容并不为过，而现在，每当有婚礼报道时，她都会匆匆赶到教堂门口，见证一对对新人的结合，并回忆着自己当年从桑迪蒙特的海之星教堂里走出来的情景：他的表情轻松愉快，看体格也知道他不愁吃喝，而她则轻轻地靠在他的胳膊上。他穿着一身潇洒的双排扣礼服，搭配了一条淡紫色的长裤，手持一顶丝质礼帽，端放在另一只胳膊上，显得优雅而稳重。只过了三个星期，她就厌倦了身为妻子的生活，而当她开始觉得难以忍受时，她已经成了母亲。然而，母亲这个角色并没有给她带来什么难以克服的困难，二十五年来，她一直勤勤恳恳地为丈夫操持家务。两个年长的儿子已经进入了社会。一个在格拉斯哥的一家布料店工作，另一个在贝尔法斯特一位茶商手下做事。他们都是好儿子，经常写信，有时还给家里寄钱。其他的孩子都还在上学。

第二天，柯南先生给办公室发了一封信后，就继续躺在床上休息。太太给他煮了牛肉茶，还把他臭骂了一顿。对于丈夫酗酒，她已经习以为常，就像气候的一个组成部分。他要是喝得难受了，她便会尽力照顾他，还会想办法让他吃上早餐。还有比他更糟糕的丈夫呢。两个儿子长大后，他就没怎么动过粗了，而且她知道，哪怕为了一笔很小的订单，他都会来回跑遍整个托马斯大街。

过了两晚，朋友们来看望他。她带着他们走进卧室，让他们在火炉旁坐下，空气中弥漫着一股病人身上特有的气味。柯南先生白天在家时会被舌头的刺痛弄得有些烦躁，但现在还是挺客气的。他靠着枕头坐在床上，两颊浮肿，微微泛红，就像还没烧完的煤灰。

他向客人们道歉说房间太乱了,但同时又有些骄傲地看着他们,那是一种过来人的骄傲。

他还不知道自己即将落入朋友们的圈套——坎宁汉先生、麦考伊先生和鲍尔先生已经在客厅里把这份计划透露给了柯南太太。主意是鲍尔先生提出来的,但后续推进还得交给坎宁汉先生。柯南先生是新教徒出身,虽然在结婚时改信了天主教,但他二十年来从未受过教会管束,有时甚至会拐弯抹角地抨击天主教。

坎宁汉先生正是解决这个问题的不二人选。他是鲍尔先生的同事,且比他年长。坎宁汉先生在家里过得并不愉快。大家都很同情他,因为知道他娶了个拿不出手的女人——一个不可救药的酒鬼。他为她置办了六次家当,但每次她都以他的名义把那些家具当光了。

大家都很尊敬不幸的马丁·坎宁汉。他讲道理,有头脑,而且颇具影响力。由于长期与治安法庭的案件打交道,那种自然而然形成的敏锐性,打磨了他手中挥舞的智慧之刃,而这把利刃又在基础哲学的短暂浸润中得到了淬炼。他见识广博,朋友们都乐意听他的意见,而且觉得他的样貌与莎士比亚有几分相似。

柯南太太得知他们的秘密计划后说:

"一切就拜托你了,坎宁汉先生。"

在经历了四分之一个世纪的婚姻生活之后,她已经不再抱有什么幻想。宗教对她来说是一种习惯,她不相信一个男人到了这把年纪,还能有什么翻天覆地的变化。她总觉得这场意外是上天的安排,看似离奇,却也来得及时。她多希望可以告诉那些先生,哪怕柯南先生的舌头再短一截也无妨,但她不想显得太过狠心。不过,坎宁汉先生是个能干的人,而宗教就只是宗教。这个方案不一定起效，但肯定不会有什么害处。她并不会过分依赖自己的信仰。在所有天主教的敬拜仪式中，她认为（在大多数情况下）最有效的是圣心，但她也赞成各种形式的圣礼。她的信仰大都局限在厨房，若是别无选择，她也可以信仰猖女[1]和圣灵。

先生们开始讨论这起意外事件。坎宁汉先生说，他曾经听说一个类似的情况。一个七十岁的老头在癫痫发作时咬掉了一块舌头，后来舌头竟然自己长好了，看不出一点儿被咬伤的痕迹。

"唉，我还没到七十岁呢。"伤者说。

"上帝保佑。"坎宁汉先生说。

"现在不疼了吧？"麦考伊先生问。

麦考伊先生曾是一位颇有名气的男高音。他的妻子以前是一位女高音歌手，现在则拿着微薄的收入教小孩弹钢琴。他的人生轨迹不是两点之间的最短距离，有些时候，他不得不凭借自己的市井智慧才能勉强生存下去。他在米德兰铁道公司当过职员，为《爱尔兰时报》和《自由人报》拉过广告，还受委托在一家煤炭企业当过推销员，在私人咨询机构当过代理，在副警长的办公室打过杂，最近又当上了市验尸官的秘书。他的新工作使他对柯南先生的意外事件产生了职业上的兴趣。

"疼？还好，"柯南先生说，"但我经常觉得恶心，有一种想吐的感觉。"

"那是因为喝了酒。"坎宁汉先生断言道。

"不，"柯南先生说，"我想大概是在车上着了凉。嗓子里总觉得有东西，痰还是什么——"

---

[1] 在爱尔兰传说中以哭声预报死讯的女妖。

"黏液。"麦考伊先生说。

"它一直从喉咙下面往上顶,太恶心了。"

"对,对,"麦考伊先生说,"那是胸出了问题。"

他同时看向坎宁汉先生和鲍尔先生,眼中带有一丝挑战的意味。坎宁汉先生迅速点了点头,而鲍尔先生则说:

"啊,结果好,就一切都好嘛。"

"太感谢你了,老弟。"伤者说。鲍尔先生摆了摆手。

"那天跟我一起的两个家伙——"

"你又跟谁在一块儿啦?"坎宁汉先生问。

"一个小伙子。我不知道他的名字。见鬼,他叫什么来着?一个满头黄发的小子。"

"还有谁?"

"哈福德。"

"呃。"坎宁汉先生说。

坎宁汉先生呃过一声后,大伙儿都不作声了。显而易见,这位发言人知道什么内幕消息。在这种语境下,这个单音节词具有某种道德上的贬斥之意。有时候,星期天中午刚过,哈福德先生就会召集一支小队离开城里,尽快赶往城郊的某个小酒馆,并声称他们是"货真价实的旅行家"[1]。起初,他是一名默默无闻的金融从业者,以高利贷的方式向工人们发放小额贷款。后来,他成了利菲信贷银行那位又矮又胖的戈德伯格先生的合伙人。虽然他只是在奉行犹太人的道德准则,也并不信奉犹太教,可他那些天主教的朋友(要么亲身要么通过代理人吃过他的苦头)仍会以尖酸刻薄的语气批评

---

[1] 货真价实的旅行家(bona-fide travellers),即前一晚因赶路而无法在合法时间内购酒的旅行者。

他，说他是爱尔兰犹太佬，是无知的文盲，还说上帝也反对高利贷，所以给他个傻儿子作为惩罚。但别的时候，他们也会念着他的好。

"我还挺想知道他到哪儿去了。"柯南先生说。

他不想让朋友们了解这桩丑闻的细节。他希望朋友们以为这中间出了什么差错，以为哈福德先生和他根本没有碰过面。但哈福德先生喝了酒会变成什么样子，大家心里都有数，所以谁也不吭声。鲍尔先生又说：

"结果好，就一切都好嘛。"

柯南先生立刻转移了话题。

"那个年轻人还是挺正派的，就那个学医的小伙子，"他说，"多亏了他——"

"哦，多亏了他，"鲍尔先生说，"否则还得拘留七天，连保释的机会都没有。"

"对，对，"柯南先生努力回想起来，"我记得还有个警察，看上去也挺正派的。到底发生了什么事儿？"

"你都喝得不省人事了，汤姆。"坎宁汉先生严肃地说。

"准予起诉。"柯南先生照样严肃地说。

"我猜你'搞定'了那个警察，杰克。"麦考伊先生说。

鲍尔先生不喜欢别人喊他的教名。他不是个固执古板的人，但他忘不了麦考伊先生假装自己太太在乡间有演出，从朋友那里大肆搜刮手提包和旅行箱的惊人之举。他不但痛恨自己成了受害者，还痛恨这种下三烂的手段。不过，他仍旧对麦考伊先生的提问做出了回应，就当是柯南先生问的。

柯南先生听了他的话勃然大怒。他具有强烈的公民意识，并且希望大家能在互相尊重的基础上和睦相处，因此，他十分反感那些被他称为"乡巴佬"的家伙在这里大放厥词。

"难道这就是我们纳税的目的?"他质问道,"供这些无知的'巴斯顿'[1]吃饱穿暖……他们算什么东西。"

坎宁汉先生笑了。他只有在办公时间才会摆起官员架子。

"我看他们连屁都不是。对吧,汤姆?"他说。

他装出浓重的乡下口音,以命令的口吻说道:

"六十五号,接住你的洋白菜!"

大家都笑了。麦考伊先生想找机会加入谈话,便假装没听过这档子事儿。坎宁汉先生说:

"我听说——你知道的,大家都这么说——就在新兵站,那些五大三粗的乡下人——'阿马道恩'[2]——要进行操练。军士会让他们靠墙站成一排,端着自己的盘子。"

他讲故事时,还配上了怪异夸张的手势。

"吃饭的时候,你知道。军士面前的桌上摆着一只巨大无比的饭盆,里面盛满了洋白菜,还有一只巨大无比的勺子,跟铲子似的。他拿勺子舀起白菜,隔着老远就往那头扔,那些可怜的家伙必须想办法用盘子把菜接住:'六十五号,接住你的洋白菜。'"

大家又笑了起来;但柯南先生还是有些愤愤不平。他扬言要给报社写信。

"这帮'野胡'[3]才刚进城,"他说,"就自以为能对人发号施令了。不用我说,马丁,你也知道他们是什么货色。"

---

[1] 源自爱尔兰语"bastun",一种灯芯草,用于形容软弱无能之辈。
[2] 源自爱尔兰语"amadán",傻瓜、笨蛋。
[3] 野胡(yahoo),是《格列佛游记》智马统治的国家(慧骃国)里最低等的生物,此处代指粗鲁无礼的人。

坎宁汉先生有所保留地表示赞同。

"就和世界上其他所有的东西一样,"他说,"有坏的也有好的。"

"哦,当然,好的全让你遇到了,这我承认。"柯南先生说完很是得意。

"最好是不搭理他们,"麦考伊先生说,"反正我是这么想的!"

柯南太太走进房间,在桌上放了一个盘子,说:

"随便吃点儿,别客气,先生们。"

鲍尔先生起身张罗,还把自己的椅子让给柯南太太。她没有坐,说是正在楼下熨衣服,然后和鲍尔先生背后的坎宁汉先生互相点了点头,准备离开房间。这时,她丈夫叫住了她:

"你没给我带点儿什么吃的吗,小乖乖?"

"哼,你呀!吃我的耳刮子去吧!"柯南夫人生气道。

她丈夫冲着她的背影喊道:

"可怜的小乖乖什么都没有咯!"

他扮着鬼脸,还捏起了嗓子,然后在众人的哄笑声中开始分发啤酒。

先生们喝完酒,把杯子放在桌上,沉默了一阵。接着,坎宁汉先生转向鲍尔先生,随口说了句:

"杰克,你说的是星期四晚上吧?"

"没错,星期四。"鲍尔先生说。

"好嘞!"坎宁汉先生立马接话。

"我们在麦奥利店里碰头吧,"麦考伊先生说,"那儿最方便了。"

"可别迟到了,"鲍尔先生认真地说,"去晚了连门都挤不进去。"

"我们七点半见吧。"麦考伊先生说。

"好嘞！"坎宁汉先生说。

"就这么定了，七点半在麦奥利！"

一阵短暂的沉默。柯南先生等了等，看朋友们是否会主动向他坦白。然后他问：

"又有什么消息了？"

"哦，没什么，"坎宁汉先生说，"一件小事儿罢了，我们准备星期四去办。"

"听歌剧，是吗？"柯南先生问。

"不，不，"坎宁汉先生闪烁其词道，"只是一件……和心灵相关的小事儿。"

"哦。"柯南先生说。

又是一阵沉默。然后，鲍尔先生直截了当地说：

"实话告诉你吧，汤姆，我们要参加一次宗教的灵修活动。"

"对，就是这么回事儿，"坎宁汉先生说，"杰克和我，还有麦考伊——我们打算把自个儿的壶好好洗洗[1]。"

他以一种近乎家常的口吻打了这个比方，然后像是受到自己声音的感召，继续说道：

"你看，我们不妨都承认，我们就是一群不折不扣的混蛋，谁也逃不掉，要我说，谁也逃不掉。"他以一种生硬而亲切的口吻，转而对鲍尔先生说，"现在就老老实实承认吧！"

"我承认。"鲍尔先生说。

---

[1] 俚语，意为"在忏悔中净化自己的灵魂"。

"我也认了。"麦考伊先生说。

"所以我们打算一起去洗自个儿的壶。"坎宁汉先生说。

他好像猛地想起了什么,于是转身对伤者说:

"汤姆,你猜我刚才想到了什么?你要不要加入我们,来一段四人里尔舞?"

"好主意,"鲍尔先生说,"我们四个一起。"

柯南先生默不作声。他压根儿就没把这件事儿放在心上,但一想到这几个"灵魂中介"居然想借他的名义往自己脸上贴金,他就觉得自己有必要强硬一些,从而保全自己的颜面。朋友们讨论耶稣会时,他好长时间没有说话,但他听得仔细,还带着一丝不动声色的敌意。

"我对耶稣会没什么不好的看法,"他终于插话道,"他们是受过教育的团体。我相信他们的用意也是好的。"

"他们拥有最庞大的教众基础,汤姆,"坎宁汉先生热切地说,"耶稣会会长的地位仅次于教皇。"

"这一点毋庸置疑,"麦考伊先生说,"如果你想把事情办好,不出岔子,去找耶稣会士准没错。他们势力大得很。我给你举个例子……"

"耶稣会的人十分友善。"鲍尔先生说。

"关于耶稣会,"坎宁汉先生说,"确实有一点儿耐人寻味。别的宗教组织一定在某个时期经历过重组,但耶稣会没有。它从没走过下坡路。"

"是吗?"麦考伊先生问。

"这是事实,"坎宁汉先生说,"也是历史。"

"再看看他们的教堂,"鲍尔先生说,"看看他们聚集了多少会众。"

"耶稣会是为上层阶级服务的。"麦考伊先生说。

"当然了。"鲍尔先生说。

"没错,"柯南先生说,"所以我对他们还是有好感的。主要是有些本地的教士,愚昧无知,还自以为是——"

"他们都是好人,"坎宁汉先生说,"各有各的长处。爱尔兰教会在全世界都享有盛誉。"

"哦,是这样的。"鲍尔先生说。

"可不像欧洲大陆上某些教会,"麦考伊说,"根本就是徒有虚名。"

"也许你说得对。"柯南先生放缓了语气。

"我说得当然对了,"坎宁汉先生说,"我活了这么些年,去过这么多地方,谁好谁坏,一眼还看不明白吗?"

先生们又喝了起来,一个学着另一个的样子。柯南先生似乎在心里掂量着什么。他被打动了。他对坎宁汉先生的评价很高,认为他能判断人的性格,还能读懂人的长相。他想让他们讲得详细些。

"哦,就是个清静的地方,你知道的,"坎宁汉先生说,"由珀顿神父主持。专门为生意人办的,你知道的。"

"他不会太为难我们的,汤姆。"鲍尔先生劝道。

"珀顿神父?珀顿神父?"伤者问道。

"哦,你肯定认识他,汤姆,"坎宁汉先生断言道,"他脾气可好了!跟我们一样,都是见过世面的人。"

"啊……对。我应该认识他。脸挺红的,高个子。"

"就是他。"

"告诉我,马丁……他传教的水平如何?"

"嗯，怎么说呢……准确来讲也不算传教，你知道的。而是用一种大家都能理解的方式和你交流，你知道的。"

柯南先生陷入了沉思。麦考伊先生说：

"要我说，汤姆·勃克神父才厉害呢！"

"哦，汤姆·勃克神父，"坎宁汉先生说，"他是个天生的演说家。汤姆，你听过他的演讲吗？"

"我听过他的演讲吗？"伤者义愤填膺道，"当然！我还听过他的……"

"不过，大家都说他不像个神学家。"坎宁汉先生说。

"是吗？"麦考伊先生问。

"哦，当然，这没什么错，你知道的。只是有时候，别人说，他讲的东西没那么正统。"

"啊……那他是个了不起的人。"麦考伊先生说。

"我听他讲过一次，"柯南先生接着说，"我忘了那一场的主题是什么。克罗夫顿和我在……中庭，你知道的……就是那个——"

"中殿。"坎宁汉先生说。

"对，在后排，靠近入口那里。我现在一时想不起来……哦，对了，讲的是教皇，那位已故的教皇。我记得很清楚。那场面可真壮观，他的演说更是气势非凡，我可以发誓。还有他的嗓子！老天！那可真是一副好嗓子！他称教皇是'梵蒂冈的囚徒'。我记得出来的时候，克罗夫顿跟我说——"

"可他是个橙带党[1]党员，那个克罗夫顿，不是吗？"

---

[1] 橙带党（the Orange Order），是爱尔兰一个由新教徒组成的政治集团，成立于1795年，旨在维护新教及其王位继承权。因为佩戴橙色带子或徽章得名。

"他当然是,"柯南先生说,"而且还是个正儿八经的橙带党党员。我们后来去了摩尔街的巴特勒酒吧——说实话,我确实被他打动了,我以上帝的名义向你们坦白——我清楚地记得他说过的每一个字。'柯南,'他说,'我们虽然在不同的祭坛参拜,但所持的信仰并无不同。'我觉得这句话说得很好。"

"很是深刻,"鲍尔先生说,"以前汤姆神父布道的时候,还有不少新教徒去他的教堂听讲。"

"我们之间没有多大的区别,"麦考伊先生说,"我们都相信——"

他犹豫了片刻。

"……相信救世主。只是他们不信教皇,也不信圣母。"

"但是,当然了,"坎宁汉先生沉着而坚定地说,"我们的宗教才是正宗,是古老而原始的信仰。"

"这一点毋庸置疑。"柯南先生亲切地说。

柯南太太来到卧室门口,宣布道:

"有客人来了!"

"谁啊?"

"福加蒂先生。"

"哦,请进!请进!"

一张苍白的鹅蛋脸出现在灯光下。他的浅金色胡须向下弯曲,而这弯曲的弧度,又恰巧在那双惊喜交加的眼睛上方,在那浅金色的眉毛上重现。福加蒂先生是个小杂货商。他原本在城里开了一间有执照的酒吧,但由于财政上的困难,他不得不与二流的酿酒厂商合作,最后关门大吉。如今,他在格拉斯内汶路上经营着一家杂货铺,并自以为是地认为,他的举止和风度足以博得当地妇女的青睐。他温文尔雅，会哄孩子，也没什么口音。他并非没有文化的人。

福加蒂先生带了一份礼物：半品脱特制的威士忌。他礼貌地问候了柯南先生，把礼物放到桌上，然后和其他客人共坐一席。柯南先生对这份礼物格外满意，因为他知道，他和福加蒂先生之间还有一小笔杂货账没结。他说：

"我信得过你，老伙计。杰克，你来打开吧？"

鲍尔先生再次张罗起来。他洗过酒杯，倒了五小杯威士忌。新来的酒活跃了谈话的氛围。福加蒂先生坐在椅子边上，一副饶有兴致的样子。

"教皇利奥十三世，"坎宁汉先生说，"是这个时代的一盏指路明灯。他的伟大构想，你们知道的，就是让拉丁教会和希腊教会合而为一。那是他毕生奋斗的目标。"

"我常听别人说，他是欧洲最有智慧的人，"鲍尔先生说，"我的意思是，若是不顾他的教皇身份的话。"

"他的确很有智慧，"坎宁汉先生说，"即使不是最有智慧的人，也是最有智慧的人之一。作为教皇，你们知道，他的座右铭是'Lux upon Lux'——'光明复光明'。"

"不，不，"福加蒂先生及时纠正道，"我想你记错了。那句话是'Lux in Tenebris'，我记得意思是——'黑暗中的光明'。"

"哦，对，"麦考伊先生说，"就是'Tenebris'。"

"对不起，"坎宁汉先生肯定地说，"就是'Lux upon Lux'。他的前任，庇护九世的座右铭是'Crux upon Crux'，意思是'十字叠十字'——就是为了显示他们两位教皇之间的差异。"

这一推论得到了认可。坎宁汉先生接着说：

"你们知道的,教皇利奥还是一位伟大的学者和诗人。"

"他面容坚毅。"柯南先生说。

"是,"坎宁汉先生说,"他还用拉丁文写诗。"

"是吗?"福加蒂先生问。

麦考伊先生心满意足地尝了口威士忌,摇了摇头,然后意味深长地说:

"我可以告诉你,那绝对不是开玩笑。"

"汤姆,我们上学的时候可没学过这些玩意儿,"鲍尔先生学着麦考伊先生的样子说,"毕竟一周学费才一个便士。"

"我们之前读一周学费一便士的学校时,还在胳肢窝下面夹草皮呢,"柯南先生一本正经地说,"还是旧制度好,教的都是最实在的东西。不像现在这么花里胡哨……"

"太对了。"鲍尔先生说。

"不多不少,恰到好处。"福加蒂先生说。

他一字一顿地说完以后,郑重其事地喝了一口酒。

"我记得,"坎宁汉先生说,"教皇利奥曾为照片的发明写了一首诗——当然是用拉丁文写的。"

"照片!"柯南先生惊叹道。

"没错。"坎宁汉先生说。

他也喝了一口杯中酒。

"哦,还真是,"麦考伊先生说,"你们仔细想想,照片这玩意儿是不是太神奇了?"

"哦,当然,"鲍尔先生说,"伟大的思想总是有预见性的。"

"正如诗人所说:伟大的思想近乎疯狂。"福加蒂先生说。

柯南先生似乎心事重重。他努力回想起新教神学对一些棘手问题的论述，然后向坎宁汉先生发问。

"告诉我，马丁，"他说，"有些教皇——当然不是我们现在这位，也不是他的前任，而是更早之前的老教皇——他们也没……你知道的……也没那么完美吗？"

屋内一片沉默。坎宁汉先生接着说：

"哦，当然，是有些差劲的家伙……但最令人惊奇的是：他们当中没有一个人——无论是好饮贪杯的酒鬼，还是……彻头彻尾的混蛋——在以宗教御座权威正式宣言时，没有任何一个人，对教义做过错误的诠释。这难道不让人吃惊吗？"

"确实。"柯南先生说。

"是的，因为教皇在以宗教御座权威正式宣言时，"福加蒂先生解释道，"他是绝对正确的。"

"没错。"坎宁汉先生说。

"哦，我知道'教皇无谬误'。我记得那个时候我还小……或者那是——？"

福加蒂先生打断了他的话。他拿起酒瓶，开始帮其他人倒酒。麦考伊先生见酒不够再分一圈，便说自己第一杯还没喝完。其他人稍作推辞也就接受了。威士忌落入杯中，发出清脆的声响，这是一段令人愉快的插曲。

"你刚才说什么，汤姆？"麦考伊先生问。

"教皇无谬误，"坎宁汉先生接着说，"那是整个教会史上最伟大的一幕。"

"何以见得，马丁？"鲍尔先生问。

坎宁汉先生竖起两根粗手指。

"你们知道，在红衣主教、大主教和主教所组成的枢机圣议院中,只有两位成员否认'教皇无谬误',其他人都表示赞成。在选举教宗的秘密会议上,也只有这两位成员持不同意见。不!他们就非得钻这个牛角尖!"

"嚯!"麦考伊先生说。

"他们一个是德国红衣主教,名字叫多林……还是道林……还是……"

"道林可不是德国名字,这我敢保证。"鲍尔先生笑着说。

"嗯,这位伟大的德国红衣主教,不管他叫什么,反正他是其中之一;另一个就是约翰·麦克海尔。"

"什么?"柯南先生叫道,"是蒂厄姆[1]的约翰吗?"

"你确定吗?"福加蒂先生对此有些怀疑,"我还以为是某个意大利人或美国人。"

"来自蒂厄姆的约翰,"坎宁汉先生重复道,"就是他。"

他拿起杯子喝酒,其他人也跟着喝了一口。然后他说:

"在那场秘密会议上,他们两个人与来自世界各地的红衣主教、主教和大主教们吵得不可开交,最后教皇自己站了起来,宣布'教皇无谬误'乃是教会的神圣信条。就在这时,一直与他人争论不休的约翰·麦克海尔站起来,以雄狮般的声音喊道:'Credo!'[2]"

"我信服!"福加蒂先生说。

"Credo!"坎宁汉先生说,"这就是他所谓的信仰。教皇一发话,他就屈服了。"

"那道林呢?"麦考伊先生问。

"那位德国红衣主教不肯屈服。他离开了教会。"

---

[1] 蒂厄姆(Tuam),位于爱尔兰西部的戈尔韦郡。
[2] 拉丁语,意为"我信服"或"我相信"。

坎宁汉先生的讲述在听众们在心里建起一座宏伟的教堂。当他说出"信仰"和"服从"这两个字眼时,他那浑厚而沙哑的嗓音让身边人感到一阵战栗。柯南太太擦着手走进房间,发现这里一片肃穆。她没有打扰这份宁静,而是倚靠在床尾的栏杆上。

"我曾经见过约翰·麦克海尔,"柯南先生说,"我这辈子都不会忘记。"

他转而向妻子求证。

"我是不是经常跟你说起那件事儿?"

柯南太太点了点头。

"那是在约翰·格雷爵士的雕像揭幕仪式上。埃德蒙·德怀尔·格雷在讲话,絮絮叨叨地说个不停。我们这位老先生站在那里,一副不好惹的样子,两只眼睛在浓密的眉毛下直勾勾地盯着他。"

柯南先生皱起眉头,像一头愤怒的公牛那样垂下脑袋,瞪大眼睛望着他的妻子。

"老天哪!"他惊呼之后,恢复了本来的面貌,"我从没见人长过那样的眼睛,好像在说:'我早就把你摸透了,小子。'他长了一双鹰的眼睛。"

"格雷家没一个好东西。"鲍尔先生说。

又是一阵沉默。突然,鲍尔先生对着柯南太太打趣道:

"哦,柯南太太,我们要把你的先生转化成一位圣洁虔诚、敬畏上帝的罗马天主教徒了。"

他向在座的人挥了挥手臂。

"我们要一起参加这次静修,忏悔自己的罪过——上帝知道我们有多么需要这样做。"

"我可不在乎。"柯南先生笑了笑,显得有些不自然。

柯南太太觉得最好还是把自己的喜悦掩藏起来，于是说：

"我真同情那位神父，还得听你们那些破事儿。"

柯南先生的表情变了。

"如果他不乐意听，"他直截了当地说，"他可以……做另外那件事儿。我就跟他说我之前的悲惨遭遇吧。我不是那种坏人——"

坎宁汉先生及时打断了他的话。

"我们都要与魔鬼断绝关系，"他说，"齐心协力，绝不轻视它的阴谋诡计。"

"滚开，撒旦！"福加蒂先生一边笑，一边观察大家的反应。

鲍尔先生一言不发。他有种被抢了风头的感觉。但他脸上仍闪过一丝得意的神色。

"我们要做的，"坎宁汉先生说，"就是站在那里，举着点燃的蜡烛，重新宣读我们受洗时的誓言。"

"哦，不管你做什么，汤姆，"麦考伊先生说，"都别忘了举蜡烛。"

"什么？"柯南先生问，"我必须举蜡烛吗？"

"哦，是的。"坎宁汉先生说。

"不，去他的，"柯南先生恢复了理智，"我是有底线的。这事儿我肯定会去做：我会去静修，也会去忏悔，至于那件事儿……我也能做到。但……蜡烛不行！不，去他的，蜡烛我才不举！"[1]

他故作严肃地摇了摇头。

"听听你说的什么话！"他太太忍不住开口道。

"蜡烛我才不举，"柯南先生这才意识到，他的话在听众中产

---

[1] 柯南先生所属的爱尔兰教会比较简单质朴，在礼拜仪式上也不会使用象征着迷信和神权的蜡烛。

生了某种效果,于是他前后晃着脑袋,继续说道,"幻灯[1]这玩意儿我也不举。"

所有人都开怀大笑。

"好一位天主教徒!"他太太说。

"蜡烛不行!"柯南先生的语气越发强硬,"免谈!"

加德纳街耶稣会教堂的耳堂里已经人满为患,但仍有许多先生从侧门进来,并在教友的引导下,踮着脚在过道里走动,寻找合适的位置坐下。先生们个个衣冠楚楚,礼貌守序。教堂的灯光照亮了一片黑衣和白领,还有不少粗花呢衣服点缀其间;它照亮了青色大理石柱上斑驳的暗点,照亮了阴沉忧郁的油画。先生们坐在一排排长凳上,裤腿稍稍拉过膝盖,帽子也摆放得十分端正。他们靠在椅背上,神情肃穆地望着远处悬在祭坛上方的点点红光。

在靠近讲坛的一条长凳上,坐着坎宁汉先生和柯南先生。麦考伊先生独自一人坐在他们后排的长凳上,他的后面则坐着鲍尔先生和福加蒂先生。麦考伊先生想和大家坐在同一条板凳上,但没有找到合适的位置;等众人的座位正好成为五点梅花阵型时,他又试图幽默几句,但没有人搭理他。见大家都没什么反应,他就打消了继续说笑的念头。即便是他,也觉得这一刻的氛围无比庄重,仿佛内心得到了宗教的加持与提振。坎宁汉先生在柯南先生耳边说了几句,叫他去看坐得与他们有段距离的放贷人哈福德,还有范宁先生。范宁先生是选举注册代理和市长候选人,他就坐在讲坛下面,旁边是一位新当选的地区议员。他们右边坐着老迈克尔·格莱姆斯——三家当铺的老板,

---

[1] 有资料称,圣玛利亚、圣约瑟夫,以及圣约翰的幻影曾于1897年在梅奥郡的诺克祭坛显灵。但宗派主义新教徒认为这是当地教区牧师借助魔灯和幻灯片制造的骗局。

还有丹·霍根的侄子,目前他正在申请政府的行政岗位。再往前一排坐着《自由人报》的首席记者亨德里克先生,还有柯南先生的老朋友,可怜的奥卡罗尔先生——曾经是在商界叱咤风云的人物。渐渐地,当柯南先生认出这些熟悉的面孔后,便觉得自在多了。他把妻子缝补好的礼帽放在膝盖上。有一两次,他用一只手拉下袖口,另一只手则轻轻地却牢牢地抓着帽檐。

这时人们注意到,一个身披白色法衣的庞大身躯,正费劲地登上讲坛。与此同时,会众们骚动起来,纷纷掏出手帕,小心翼翼地跪在上面。柯南先生也效仿众人跪下。此时,神父顶着一张硕大的红脸,伫立在高高的讲坛上,三分之二的身体都露在栏杆外面。

珀顿神父跪下,转向那红光,双手掩住面庞开始祈祷。过了一会儿,他放开手站起身来。会众也跟着起身,重新落座。柯南先生又照原样把礼帽放在膝盖上,聚精会神地望着这位讲道的人。神父大袖一挥,将白袍的宽袖甩到身后,然后慢慢地审视这一排排的面孔,说:

> 事实上,今世之子应付自己的世代比光明之子更为精明。因此,你们要利用那不义之财结交朋友。这样在你们去世后,他们可以接你们到永生的居所去。[1]

珀顿神父朗诵这段经文时声如洪钟。他说,这是《圣经》全书中最难做出恰当解释的一段经文。在旁观者看来,这段经文或许与耶

---

[1] 原文出自《圣经新约·路加福音》第十六章第八至九节。神父选用的经文是杜埃版《圣经》,即罗马天主教会核定的第一本译自拉丁文的圣经。但在布道时,神父将原文的"无用(fail)"改成了"去世(die)"。

稣基督在别处所宣扬的崇高美德有所不同。但是，神父告诉受话者，他认为这段经文似乎对某一类人有特别的指导作用，他们注定要在世俗中度过一生，却不愿沦为世俗之人。这是一段写给商人和专业人士的经文。耶稣基督对人性的每一个罅隙都有着神妙而透彻的理解，因此知道并非所有人都能受到宗教的感召。绝大多数人被迫活在这个世界上，甚至从某种程度来说，仅仅是为了这个世界而活着。在这段经文中，耶稣基督打算给他们一个忠告：他把那些最不在意宗教事务的拜金者摆在他们面前，作为他们信仰生活的榜样。

神父告诉受话者，他今晚到这里来不是为了吓唬谁，也没有任何过分的想法，而是作为一个世俗之人和朋友们说说话。来这里的都是生意人，因此他会用生意人的方式与他们交流。他说，如果可以打个比方的话，他就是他们灵魂上的会计师；他希望在座的每一位受话者都能翻开账本，翻开自己心灵的账本，看看上面的账目是否与良心相符。

耶稣基督不是一位严厉的监工。他理解我们微小的失误，理解我们人性中的堕落和软弱，理解我们今生所遇到的种种诱惑。我们可能受过诱惑，我们所有人都常常受到诱惑；我们可能有过失误，我们所有人都曾犯过错误。但是，他只希望他的受话者们做到一件事情：敢于担当，与上帝坦诚相待。如果他的账目明细无懈可击，便可以说：

"好了，我已经核对过我的账目，一切正常。"

但如果账目确实有些问题，那就必须承认事实，并像男子汉一样坦率地说：

"我已经核对过我的账目。我发现这项错了，那项也错了。但承蒙圣恩，我将改正所有的错误。我会把错账更正过来。"

死 者

泪水越积越多,在朦胧的黑暗中,他想象自己在一棵雨水滴答的树下见到一个年轻人的身影。

莉莉，看门人的女儿，真是忙得脚不沾地了。她刚把一位先生领进一楼办公室后面的储藏间，替他脱下外套，大厅的旧门铃就又哼哧哼哧地响了起来。她只得一路小跑，穿过空荡荡的走廊，将下一位客人请进来。好在她不必分身去接待女宾。凯特小姐和朱莉娅小姐早就想到了这一点，将楼上的浴室临时改造成了女客人的化妆间。此时，两位小姐正在那里说长道短，嬉笑打闹。她们先后来到楼梯口，把头伸过栏杆向下张望，还大声叫着莉莉，问她是谁来了。

莫肯小姐家一年一度的舞会向来是件大事儿。凡是认识她们的人都会来参加：家庭成员、家里的老朋友、朱莉娅唱诗班的队员、凯特教过的一些已经长大的学生，甚至还有几位玛丽·简的学生。她们家的舞会从未让人失望过。舞会就这样办了很多年，在人们的记忆中，它总是那么热闹。凯特和朱莉娅的哥哥帕特去世后，她们就搬离了位于斯托尼巴特的房子，并带着她们唯一的侄女玛丽·简住进了厄舍岛上这座阴暗、破败的房子。她们从福尔海姆先生手里租下了房子的二楼，而一楼是他做粮食生意的地方。转眼三十年过去了，一切恍如昨日。玛丽·简那会儿还是个穿短装的小女孩，如今已是这个家里的顶梁柱，因为她在哈丁顿路上拥有一架属于自己的风琴[1]。她从音乐学院毕业后,每年都在安希恩特音乐厅的楼上举办学生演奏会。她教的学生大多是金斯敦和达尔基这一带有钱人家的孩子。两位姑妈虽然年事已高,却贡献着自己的一份力量。朱莉娅头发已花白,却仍是"亚当与夏娃"[2]的首席女高音。凯特身体虚弱,不宜走动,便用后屋那架老式的方形钢琴给学生上启蒙音乐课。莉莉,看门人的女儿,则替她们料理家务。尽管她们手头拮据,但饮食可不能落下,什么都要吃最好的:带骨的牛腰肉、三先令一磅的茶叶,还有上等的瓶装黑啤酒。莉莉照吩咐办事,极少出错,因此与三位女主人相处融洽。她们虽然有些唠叨,但仅此而已。她们唯一不能容忍的就是别人顶嘴。

当然,像这样一个晚上,她们多唠叨一些也情有可原。早就过了十点,可还是不见加布里埃尔夫妇的影子。她们还担心弗雷迪·马林斯过来时就已经喝得烂醉。大家可不想让玛丽·简的学生们看见他一身酒气,而且他一喝多了就很难对付。弗雷迪·马林斯一向到得晚,但她们不知道加布里埃尔是被什么事儿耽搁了,所以她们每隔一两分钟就要到楼梯扶栏那里,问莉莉加布里埃尔或弗雷迪到了没有。

"哦,康洛伊先生,"莉莉为加布里埃尔开门时说,"凯特小姐和朱莉娅小姐还以为你不来了呢。晚上好,康洛伊太太。"

"我早就料到她们会这样说,"加布里埃尔说,"但可别忘了,我太太光化妆就要化三个小时。"

他站在门垫上,蹭去胶套鞋上粘着的雪。与此同时,莉莉把他

---

[1] 玛丽·简受聘于哈丁顿路上的圣玛丽天主教堂,担任风琴手一职。
[2] 即圣母无染原罪堂(the Church of Immaculate Conception),位于厄舍岛附近的商人码头。"亚当与夏娃"是当时流行的叫法。

太太领到楼梯口，朝上面喊道：

"凯特小姐，康洛伊太太来了。"

凯特和朱莉娅虽然行动不便，但一听这话，还是一瘸一拐地从昏暗的楼梯上走了下来。两人都亲吻了加布里埃尔的太太，说她一定冻坏了，还问加布里埃尔有没有一起来。

"凯特姨妈，我在这儿，比邮差还靠谱呢！快上楼去吧，我随后就来。"加布里埃尔在暗处喊道。

他使劲儿擦着套鞋，三位女士有说有笑地上了楼，往化妆间走去。一层薄薄的雪像斗篷一样披在外套的坎肩上，而凝结在鞋尖那里的冰晶，则像是鞋的装饰物。他解开纽扣时，冻硬的粗呢大衣发出嘎吱的声响，一股来自室外的、还带着寒意的香气从衣缝和褶皱中漏了出来。

"又下雪了吗，康洛伊先生？"莉莉问。

她先他一步走进储藏间，替他脱下大衣。加布里埃尔听她喊自己的姓氏时用了三个音节，微笑着瞧了她一眼。莉莉身材细长，面色发白，头发呈草黄色，是个仍在发育的姑娘。储藏间的煤气灯照得她的脸色更加苍白了。加布里埃尔认识她的时候，她还是个孩子，那时她就喜欢坐在最低一级的台阶上，照顾一只破旧的布娃娃。

"是的，莉莉，"他答道，"我看这雪要下一整夜了。"

他抬头看了眼储藏间的天花板，楼上踢踏和拖曳的脚步让它颤个不停。他听了一段钢琴演奏，又瞧了瞧那个女孩，她正在隔板的另一端仔细地叠着他的大衣。

"告诉我，莉莉，"他询问的语气十分和蔼，"你还在上学吗？"

"哦，不，先生，"她说，"我从今年开始就不去上学了，以后也不上了。"

"哦，那么，"加布里埃尔口气变得快活起来，"我们该挑个好日子，去参加你和你那个小男友的婚礼了，对吧？"

女孩回头瞥了他一眼，满怀怨气地说：

"现在的男人只会花言巧语，想尽办法占你的便宜。"

加布里埃尔羞红了脸，好像自己犯了什么错误似的。他不再继续看她，而是一脚踢掉套鞋，用围巾迅速掸了掸他的漆皮鞋。

他是个高大壮实的青年人。他两颊的红晕向上延伸，在额头那里分散成几块不成形状的浅色红斑；他的脸刮得干干净净，擦亮的镜片和镀金的边框闪着光，遮住了他那双清秀而不安的眼睛。他乌黑的头发从中间分开，往耳后梳去，形成一条长长的弧线，并在帽子的压痕那里微微卷起。

他把皮鞋擦亮之后，站起身来，往下拽了拽马甲，让它更贴合地包裹住他结实的身体。然后，他迅速从口袋里掏出一枚硬币。

"哦，莉莉，"他把硬币塞到她的手里说，"现在是圣诞节，不是吗？只是……给你一点儿……意思一下……"

他快步朝门口走去。

"哦，不，先生！"女孩跟在后面叫道，"真的，先生，我不能要。"

"圣诞节了！圣诞节了！"加布里埃尔一边说，一边挥手示意她收下，几乎是小跑着上了楼。

女孩见他已经走上楼梯，便在他身后喊道：

"好吧，谢谢您了，先生。"

他站在客厅外面，听着裙摆的摩挲声和轻快的脚步声，等待这一曲华尔兹结束。女孩那句突然而又尖刻的反驳仍让他心有余悸。

那句话在他心头蒙上了一层阴影，他试图通过调整袖口和领带上的结将它驱散。紧接着，他从马甲口袋里掏出一张小纸片，粗略地看了一眼他为这次发言所准备的提纲。对于是否保留罗伯特·勃朗宁的诗句，他拿不定主意，生怕这些句子会超出听众的理解范围。从莎士比亚或者《爱尔兰民谣》中选取一些大家熟知的段落或许更好。男士们鞋跟的磕碰声和鞋底的摩擦声无不提醒着他：他们的文化程度与他不同。若是引用他们无法理解的诗句，只会让自己显得可笑。他们会觉得他在卖弄文采，在炫耀他所受的教育高人一等。他会当着他们的面出丑，就像在楼下的储藏间里被那个女孩反驳一样让人难堪。他从一开始就定错了基调。他的发言自始至终都是个错误，是一次彻底的失败。

就在这时，他的姨妈们和妻子从化妆间里走了出来。两位姨妈都已经是个头矮小、衣着朴素的老太太了。朱莉娅姨妈比凯特姨妈要高个一英寸左右。她的头发垂至耳尖，已然发灰，而那张宽大而松弛的脸皮，也在阴影之下显出一片灰白。她的身体还算硬朗，腰板也挺得笔直，但目光迟钝，嘴巴微张，乍一看就像个不知身在何处，也不知该去往何方的老妇人。凯特姨妈就精神得多了。虽然她的脸上已经布满了皱纹，像只干瘪的红苹果，但是看上去更健康。她的头发还是照老样子编成发辫，仍是当年熟栗子一般的颜色。

她们都亲吻了加布里埃尔。他是她们已故的姐姐埃伦的儿子，是她们最疼爱的外甥。埃伦曾是都柏林港务局T. J. 康洛伊先生的妻子。

"格丽塔跟我说，你们今晚不打算乘马车回蒙克斯敦了，加布里埃尔。"凯特姨妈说。

"是，"加布里埃尔转而对妻子说，"我们去年可是受够了马车的罪,对吧?凯特姨妈,格丽塔去年生了一场大病,您不记得了吗?马车的窗户关不严实,嘎吱嘎吱响个不停,刚过了梅里恩,东风就直往车里灌。风太大了。害格丽塔得了一回重感冒。"

凯特姨妈严肃地皱起眉头,每听一句,她就点一下脑袋。

"不错,加布里埃尔,不错,"她说,"多加小心总是不会出错的。"

"但你要是由着格丽塔的性子,"加布里埃尔说,"冒着大雪,她也得走回家。"

康洛伊太太笑了。

"别听他的,凯特姨妈,"她说,"他事儿可多了——晚上给汤姆戴什么绿眼罩,让他练哑铃,还强迫伊娃吃麦片粥。可怜的孩子!她现在一见麦片粥就恶心!⋯⋯哦,你们肯定不敢相信,他现在都开始管我穿什么了!"

她发出一阵银铃般的笑声,还瞥了一眼丈夫。他那充满爱意的目光,正从她的衣裙往脸和头发上移动。两位姨妈也开怀大笑,因为在她们看来,加布里埃尔过分的关怀是一件令人愉快的事情。

"套鞋!"康洛伊太太说,"这是他新买的玩意儿。但凡脚下沾点儿水,我就得穿上套鞋。他今晚还想让我穿来着,我才不肯呢。说不定他下次就要给我买一套潜水服了。"

加布里埃尔不自然地笑了笑,还拍了拍领带安慰自己。凯特姨妈笑弯了腰,她是打心底里喜欢这个笑话。然而,朱莉娅姨妈脸上的笑容很快就不见了,她用那双失了神采的眼睛望着外甥。停了一会儿,她问:

"套鞋是什么呀,加布里埃尔?"

"套鞋呀!朱莉娅,"她姐姐惊呼道,"我的老天,你竟然不知道套鞋是什么？你把它们套……套在靴子外面，格丽塔，对不对？"

"对，"康洛伊太太说，"是用古塔橡胶做的。我俩各有一双。加布里埃尔说在欧洲大陆人人都穿套鞋。"

"哦，欧洲大陆。"朱莉娅姨妈喃喃道，头也跟着缓缓晃了起来。

加布里埃尔皱起眉头，好像有点生气地说：

"这也不是什么了不起的东西，但格丽塔觉得好玩儿，因为'套鞋'这个词让她想起了克里斯蒂剧团[1]。"

"对了，加布里埃尔，"凯特姨妈不露声色地转移了话题，"当然，你们肯定看过房间了。格丽塔刚才说……"

"哦，房间挺不错的，"加布里埃尔说，"我们在格雷沙姆订了一间。"

"确实，"凯特姨妈说，"这是目前最好的办法了。但孩子们怎么办，格丽塔，你不担心他们吗？"

"哦，就一个晚上，"康洛伊太太说，"再说，贝茜会照顾他们的。"

"确实，"凯特姨妈又说，"家里有这样一个姑娘多省心啊，靠得住！你瞧那个莉莉，我真不知道她最近怎么了，跟换了个人似的。"

加布里埃尔正想接着这个话茬儿往下聊，但姨妈却突然收声，转头看向妹妹，朱莉娅已经慢悠悠地走到楼梯口，在扶栏那儿伸着脖子往楼下张望。

---

1 克里斯蒂剧团（Christy Minstrels），美国人乔治·克里斯蒂在纽约创办的剧团，流行于19世纪至20世纪初，以种族刻板印象为基础进行喜剧表演。

"嘿，我问你们，"她似乎有些不耐烦了，"朱莉娅是想去哪儿？朱莉娅！朱莉娅！你要到哪儿去？"

朱莉娅下楼梯已经下到一半，又折返回来，淡淡地说了句：

"弗雷迪来了。"

就在这时，一阵掌声传来，钢琴师以一段华丽的乐章收尾，宣告华尔兹的结束。客厅的门从里向外打开，几对舞伴走了出来。凯特姨妈赶紧把加布里埃尔拉到一边，凑着他的耳朵小声说：

"加布里埃尔，帮我个忙，你下去看看他怎么样了。要是他喝醉了，就别让他上来。我敢肯定他喝多了。肯定喝多了。"

加布里埃尔走到楼梯口，侧着耳朵听了听。他听见两个人在储藏间里交谈。接着，他认出了弗雷迪·马林斯的笑声，于是气势汹汹地走下楼去。

"还好加布里埃尔在这儿，"凯特姨妈对康洛伊太太说，"只要有他在，我心里就觉得踏实……朱莉娅，这位是戴利小姐，还有鲍尔小姐想吃些点心。戴利小姐，感谢你为大家弹奏这曲华尔兹，实在是优美极了。我们度过了一段愉快的时光。"

一个面容枯瘦的高个子男人带着他的舞伴从旁边经过。他皮肤黝黑，留着硬挺的灰白胡子，经过的时候还说了一句：

"莫肯小姐，给我们也来点儿点心好吗？"

"朱莉娅，"凯特姨妈没有接这个话茬，"这是布朗先生和芙隆小姐。朱莉娅，你带着他们，与戴利小姐和鲍尔小姐一起过去吧。"

"不必，我乐意为姑娘们效劳，"布朗先生说着，噘起嘴巴，翘起小胡子，还笑出了一脸的皱纹，"你知道吗，莫肯小姐，姑娘们如此钟情于我是因为——"

他没能说完这句话,但当他发现凯特姨妈已经转身走远后,便立刻领着三位年轻女士到后屋去了。屋子中间拼了两张方桌,朱莉娅和看门人正将一大块桌布铺在桌面上拉直、扯平。餐具柜上摆着杯盘碗碟,还有成套的刀叉和汤匙。合上的方形钢琴盖也被当成餐桌用了,上面放着食物和糖果。在屋角一个较小的餐具柜旁,两个年轻人正站着喝苦味的蛇麻子啤酒。

布朗先生将三位小姐领过去,开玩笑说要请她们喝一杯又暖、又甜、又烈的女士潘趣酒。但她们说自己从不喝烈性酒,于是他就开了三瓶柠檬水递过去。然后,他叫其中一位年轻人让个道,拿起玻璃酒瓶,给自己倒了满满一杯威士忌。他试着抿了一小口,两个年轻人都向他投来崇敬的目光。

"上帝保佑我,"他笑着说,"这可是医生嘱咐我喝的。"

他那干瘪的脸上绽开了更为灿烂的笑容,三位年轻小姐对他的俏皮话报以悦耳的笑声。她们笑得前仰后合,肩头也不住地颤动。三人之中最大胆的那位说:

"哦,布朗先生,我敢肯定医生开不出这种药方。"

布朗先生又喝了一口威士忌,侧着身子扮了个鬼脸,说:

"哦,你们瞧,我就像那位大名鼎鼎的卡西迪太太,她可是亲口说过:'喂,玛丽·格莱姆斯,如果我不喝,你就逼我喝,因为我得喝,不喝不行。'"

他热乎乎的脸向前倾着,显得有些过分亲昵,接着他又装出一口深沉的都柏林口音,使得年轻小姐们都出于本能地安静下来听他讲话,只有一位例外。芙隆小姐是玛丽·简的学生,她问戴利小姐刚才弹的那曲美妙的华尔兹叫什么名字。布朗先生见自己受到冷落,便立刻转向那两位更懂得欣赏的年轻人。

一位面色红润、身穿紫罗兰色衣裳的年轻女人进了屋,她兴奋地拍掌叫道:

"跳卡德利尔舞[1]啦!跳卡德利尔舞啦!"

凯特姨妈紧随其后,冲屋里喊道:

"需要两位先生和三位小姐,玛丽·简!"

"哦,这里有伯金先生和克里根先生,"玛丽·简说,"克里根先生,你与鲍尔小姐一起好吗?芙隆小姐,我来替你找个舞伴,伯金先生。嗯,这样正好。"

"要三位小姐,玛丽·简。"凯特姨妈说。

两位年轻的先生问小姐们是否愿意赏脸,玛丽·简则转向戴利小姐。

"哦,戴利小姐,你最后那两首曲子弹得可真好,但我们今晚实在太缺女舞伴了。"

"我不介意的,莫肯小姐。"

"不过,我给你找了个好搭档,巴特尔·达西先生,那位男高音。待会儿我要请他献唱一曲。整个都柏林都对他赞誉有加。"

"绝妙的嗓音,绝妙的嗓音!"凯特姨妈说。

第一章的序曲已经弹过两遍,玛丽·简急忙将这几位客人请出屋去。他们刚走,朱莉娅姨妈就慢悠悠地踱了进来,一边回头不停地张望。

"怎么了,朱莉娅?"凯特姨妈焦急地问,"是谁呀?"

朱莉娅回头看向姐姐,手里紧紧握着那一沓餐巾。她似乎被这

---

[1] 卡德利尔舞(Quadrilles),每四对男女舞伴围成一个方形,通常由伴奏乐团中的第二小提琴手一面提词动作口令一面进行的舞蹈。此方形舞蹈源自法国,于18世纪初至中叶甚为流行,可说是方块舞的前身。

句话吓了一跳，于是随口答道：

"就是弗雷迪，凯特，加布里埃尔和他在一起。"

其实，从她身后就可以看到，加布里埃尔正领着弗雷迪·马林斯走过楼梯的平台。后者是一个四十岁左右的年轻人，个头、体型与加布里埃尔相差无几，长着一副浑圆的肩膀。他的脸很肉实，但很苍白，只有肥厚的耳垂和宽大的鼻翼上有些血色。他五官潦草，鼻子又塌又扁，额头上凸下陷，嘴唇肥厚且外突。他沉重的眼皮和稀疏凌乱的头发，让他看起来像是没睡醒的样子。他在台阶上给加布里埃尔讲了个故事，一面发出刺耳的笑声，一面用左拳的指关节来回揉着他的左眼。

"晚上好，弗雷迪。"朱莉娅姨妈说。

弗雷迪·马林斯向莫肯小姐问候晚上好，由于他说话时会习惯性地哽塞，所以显得有些失礼。然后，他看见布朗先生站在餐具柜旁冲他咧着嘴笑，便跌跌撞撞地穿过房间，还压低了嗓门，把他刚才讲给加布里埃尔的故事重新说了一遍。

"他应该没喝多，对吧？"凯特姨妈问加布里埃尔。

加布里埃尔眉头紧锁，又很快舒展开来，说：

"哦，没有，几乎看不出来。"

"唉，他实在是太不让人省心了！"凯特姨妈说，"他可怜的母亲还逼他在除夕夜发誓戒酒呢。算了，不提了，加布里埃尔，咱们去客厅吧。"

在与加布里埃尔离开房间之前，她特意对布朗先生使了个眼色提醒他，还来回晃了晃手指。布朗先生点头应允，等她走后，他对弗雷迪·马林斯说：

"来，泰迪，我去给你倒杯柠檬水，提提神儿。"

弗雷迪·马林斯正要讲到故事的高潮，便不耐烦地挥挥手，拒绝了他的好意。但紧接着，布朗先生又提醒弗雷迪说他的衣服乱了，并趁这个机会，倒了满满一杯柠檬水给他。弗雷迪的左手机械地接过杯子，右手则机械地整理自己的衣服。布朗先生又一次笑出了满脸皱纹，还给自己倒了杯威士忌。弗雷迪·马林斯的故事还没讲到高潮，自己就爆发出一阵刺耳的、如支气管炎发作了一般的笑声。他把那杯还没有被尝过一口的满溢的柠檬水放在桌上，开始用左拳的指关节在左眼上来回揉搓，并在这笑声的间隙，把最后一句话重复了好几遍。

玛丽·简在安静的客厅里弹起了音乐学院的考级曲目，其中急奏、转音和高难度的段落比比皆是，加布里埃尔却听不进去。他喜欢音乐，但在他听来，这首曲子似乎没什么旋律。他怀疑其他听众也有同样的想法，尽管是他们求着玛丽·简上去弹些什么的。四位年轻人听见琴声就从茶点室赶了过来，他们在门口逗留了几分钟，就又悄悄结伴离开了。真正跟随音乐的只有两个人，一个是玛丽·简本人，她的手在琴键上飞驰，时而停顿跃起，那手势像在顷刻间降下诅咒的女祭司；另一个是凯特姨妈，她站在玛丽·简旁边替她翻着乐谱。

打过蜂蜡的地板在水晶吊灯的照耀下熠熠生辉，加布里埃尔的眼睛受不了这强光的刺激，便转头看向钢琴上方的墙壁。墙上挂着一幅画，画上是《罗密欧与朱丽叶》里阳台幽会的场景，旁边还有另外一幅绣图，描绘的是两位王子在伦敦塔遇害的情景[1]，是朱

---

[1] 据传闻，约克王朝的末代国王理查三世在伦敦塔中杀害爱德华四世的两个儿子得以即位。

莉娅姨妈在年轻时用红、蓝、棕三色绒线绣成的。或许在她们那个年代，学校是会教这门手艺的。因为有一年，母亲用波纹塔夫绸给他织了一件紫色的马甲作为生日礼物，上面有小狐狸头图案，褐色缎子内衬，还搭配了桑葚红的圆形纽扣。奇怪的是，虽然母亲在音乐上毫无天分，但凯特姨妈却总说她继承了莫肯家的艺术细胞。她和朱莉娅都为这位严肃且如贵妇般庄重的姐姐感到骄傲。她的照片就摆在两扇窗户中间的壁镜前。照片里的她将一本翻开的书放在膝上，与此同时，指着书里的某一个段落给康斯坦丁看。康斯坦丁身穿海军制服，躺在她的脚边。儿子们的名字都是她取的，因为她知道，一个家庭的名誉和尊严有多么重要。多亏了她，康斯坦丁才成为鲍尔布里根的高级助理牧师，也是多亏了她，加布里埃尔自己才拿到了皇家大学的文凭。想到母亲当初阴沉着脸反对他的婚姻，他的脸上掠过一片阴翳。母亲曾经说过的轻慢之词至今仍叫他耿耿于怀。有一回，她说格丽塔刁蛮任性，像个乡下人，但格丽塔根本不是那样的人。母亲临终前久病不起，是格丽塔一直在蒙克斯敦的老宅里照顾她。

他知道玛丽·简的演奏差不多要结束了，因为她重新弹起了开头的旋律，而且每弹完一节都会升一段音阶。在等待的过程中，他心里的愤懑也逐渐平息了。乐曲最后在高八度的颤音和低八度的尾音中结束。听众对玛丽·简报以热烈的掌声，可她却红着脸，紧张地卷起乐谱，匆匆离开了房间。鼓掌鼓得最起劲的是门口那四位年轻人，他们在乐曲开始的时候溜去了茶点室，一直等曲子弹完了才回来。

枪骑兵方块舞[1]已准备就绪。加布里埃尔发现自己的舞伴是

---

1 枪骑兵方块舞（the lancers），方块舞的类别之一，由不同节奏的五段舞曲组合而成。

艾弗斯小姐。她是个直率而健谈的年轻姑娘,脸上长着雀斑,瞪着一双褐色的大眼睛。她没有穿低胸的紧身上衣,领口别着一枚硕大的胸针,胸针上印有象征着爱尔兰的图案。

他们站好位置时,她突然开口道:

"有件事儿我得跟你问个明白。"

"问我?"加布里埃尔问。

她郑重地点了点头。

"什么事儿?"加布里埃尔见她这般严肃,不禁笑了起来。

"谁是G. C.?"艾弗斯小姐问完,便看向他的眼睛。

加布里埃尔涨红了脸,正要皱起眉头装作没有听懂的样子,艾弗斯小姐又直截了当地说:

"哦,别装了!我早就发现你给《每日快报》投稿了。哼,你就不觉得害臊吗?"

"我干吗要害臊呢?"加布里埃尔眨着眼睛,试图挤出一个微笑。

"哼,我都替你害臊,"艾弗斯小姐直言道,"你竟然给那种破烂玩意儿写东西。真没想到,你竟然是个西不列颠人[1]。"

加布里埃尔脸上露出困惑的神色。没错,他每周三都为《每日快报》的文学专栏撰写书评,并为此获得十五先令的报酬。但这绝不意味着他是一名西不列颠人。比起那张微不足道的支票,他更喜欢收到那些让他撰写评论的书籍。他喜欢抚摸新书的封面,翻动崭新的书页。几乎每一天,在结束了大学的教学工作之后,他都会到码头那边的二手书店逛一逛,比如巴齐勒步道的希基书店、阿斯顿

---

[1] 西不列颠人(West Briton)指土生土长却崇拜英国的爱尔兰人,含贬义。

码头的韦伯书店或梅西书店，或者巷子里的奥克罗希赛书店。他不知道该如何回应艾弗斯小姐的指责。他想说，文学是超越政治的。但他们有多年的交情，两人的经历也大致相同，先是上大学，然后当老师：他不能冒险去跟她讲什么冠冕堂皇的大道理。于是，他只好继续眨着眼睛，强作微笑，有一句没一句地咕哝说，他看不出写书评和政治有什么关系。

轮到他们交换舞伴时，加布里埃尔仍有些不知所措，一副心不在焉的样子。艾弗斯小姐见状，亲切地握住他的手，柔声说道：

"我当然是开玩笑的啦。来，咱们该换人了。"

当两人再次相聚时，艾弗斯小姐聊起了有关大学的话题，这让加布里埃尔感觉轻松多了。她的一位朋友给她看过加布里埃尔对勃朗宁诗歌的评论，她这才发现这个秘密。其实，她非常欣赏那篇评论。然后她突然说：

"哦，康洛伊先生，今年夏天你要不要来阿兰群岛逛逛？我们要在那边待一个月呢。大西洋肯定美极了。你一定得来。克兰西先生要来，基尔克利先生和凯瑟琳·科尔尼也会来。如果格丽塔来的话，她也一定觉得美极了。她是康诺特人，对吧？"

"她老家在那儿。"加布里埃尔的回复很简短。

"但是你会来的，对吧？"艾弗斯小姐将暖乎乎的手掌贴在他的胳膊上。

"其实，"加布里埃尔说，"我已经安排好了去——"

"去哪儿？"艾弗斯小姐问。

"啊，你知道的，每年我都会和一些伙伴骑自行车旅行，所以……"

"可是去什么地方呢？"艾弗斯小姐追问。

"啊，我们通常去法国或比利时，或许还会去德国。"加布里埃尔觉得有些尴尬。

"为什么要去法国或比利时，"艾弗斯小姐说，"而不好好逛一逛自己的祖国呢？"

"啊，"加布里埃尔说，"一方面是想继续学习这些国家的语言，另一方面是想换个环境。"

"你自己国家的语言——爱尔兰语，就不用学习了吗？"艾弗斯小姐问。

"嗯，"加布里埃尔说，"说到这个问题，你知道的，爱尔兰语并不是我的语言。"

他们身边的人都转过头来探听这拷问般的质询。加布里埃尔紧张地左顾右盼，竭力使自己在这窘迫的处境中镇定下来。然而，他的前额却已经涨得通红。

"难道你不想看看祖国的大好河山吗？"艾弗斯小姐接着说，"对自己的同胞，对自己的国家，你又了解多少？"

"哦，实话告诉你，"加布里埃尔突然反驳道，"我对自己的国家感到厌恶，厌恶至极！"

"为什么？"艾弗斯小姐问。

加布里埃尔没有回答，因为刚才的那句反驳已经让他头脑发热。

"为什么？"艾弗斯小姐又问了一遍。

他们该交换舞伴了。艾弗斯小姐见他仍不说话，便柔声说：

"当然了，你也答不出来。"

为了掩饰被搅乱的心绪，加布里埃尔使劲地跳起舞来。他回避了她的目光，因为不想看见她脸上那得理不饶人的表情。当他们在长长的舞列中再次相遇时,他惊讶地发现自己的手被她紧紧攥住了。她挑起眉毛疑惑地望着他,直到他露出笑容。就在舞列将要再次启动之时,她踮起脚尖,凑到他耳边轻声说:

"西不列颠人!"

枪骑兵方块舞结束后,加布里埃尔走到房间一个偏僻的角落,弗雷迪·马林斯的母亲坐在那里。她是个矮胖、衰弱、满头白发的老妇人。她跟她儿子一样,说话时容易哽塞,还稍微有些结巴。有人告诉她,弗雷迪来了,而且几乎看不出他喝醉了。加布里埃尔问她来时的旅途是否顺利。她跟她结了婚的女儿住在格拉斯哥,每年来都柏林探一次亲。她不紧不慢地说,航程极为顺利,船长也对她照顾有加。她还说起女儿在格拉斯哥的大房子,以及她们在那儿结交的好友。她絮絮叨叨地说个不停,加布里埃尔则试图趁这个机会,将他和艾弗斯小姐那段不愉快的对话从记忆中抹去。当然了,那位小姐,或者女士——不管怎么称呼她——是一个热心肠的人,但凡事都要有个限度。或许他不该那样回复她。但她没有权利在别人面前说他是个西不列颠人,哪怕是开玩笑也不行。她在大庭广众之下向他发难,故意使他难堪,还用她那双兔子似的眼睛盯着他。

他看见妻子穿过一对对跳着华尔兹的舞者向他走来。她走到他身边,贴着他的耳朵说:

"加布里埃尔,凯特姨妈问是不是跟往年一样,由你来切鹅肉,戴利小姐切火腿,我来切布丁。"

"好的。"加布里埃尔说。

"等这首华尔兹一结束,姨妈就会把年轻人都打发到客厅,这样我们就能独享餐桌了。"

"你刚才跳舞了吗?"加布里埃尔问。

"当然跳了。你没看见我吗？你刚才和莫莉·艾弗斯吵什么呢？"

"没吵啊。怎么了？她说我们吵起来了吗？"

"是这么个意思。我想叫达西先生唱歌来着，可这人架子倒是不小。"

"我没跟她吵，"加布里埃尔面露不悦，"她叫我去爱尔兰西部玩一趟，我说我不去。"

他妻子激动地握住双手，还轻轻跳了一下。

"哦，去吧，加布里埃尔，"她叫道，"我还想再去一趟戈尔韦市。"

"你想去就自己去。"加布里埃尔冷冷地说。

她看了他一会儿，然后转头对马林斯太太说：

"您瞧瞧，这就是您嘴里的好丈夫，马林斯太太。"

当她挤过屋里的人群往回走时，马林斯太太又向加布里埃尔介绍起了苏格兰的风景名胜，似乎完全没在意人家打断了她的话。她的女婿每年都带他们去湖边钓鱼。她的女婿是个钓鱼好手。有一天，她的女婿钓了一条鱼，一条又大又漂亮的鱼，旅馆老板还帮他们烹饪好，做成了晚餐。

加布里埃尔几乎没听她说了些什么。用餐时间快到了，他又开始琢磨自己的演讲和引文。当看见弗雷迪·马林斯穿过房间来看他的母亲时，加布里埃尔便把椅子腾出来让给他，自己则躲到了窗台的斜墙旁。房间已经收拾干净，从后屋传来了碗碟和刀叉的磕碰声。留在客厅里的人似乎也跳累了，三三两两地聚在一起小声交谈着。加布里埃尔温暖而颤抖的手指轻轻敲打着冰冷的窗玻璃。外面该有多冷啊！如果可以独自一人出去走走，先沿河散步，再穿到公园去,该多么惬意啊!雪会落在树枝上,在惠灵顿纪念碑上积成一顶闪着亮光的雪帽。那儿肯定比餐桌上有意思多了!

他快速地梳理了一遍自己讲话的要点:爱尔兰人的殷勤好客、惨痛的回忆、美惠三女神、帕里斯,以及勃朗宁的诗句。他对自己重复着他在书评里写过的一句话:"你会觉得你在聆听一首使灵魂备受折磨的乐曲。"艾弗斯小姐称赞过这篇评论。但她是真心的吗?在那高举的爱国主义大旗背后,到底有没有属于她自己的实实在在的生活?那晚之前,他们从未交恶。一想到她会坐在餐桌边,在他讲话时用挑剔、质疑的目光上下打量他,他就觉得忐忑不安。或许,她巴不得这场发言以失败告终。脑中突然闪过的一个念头让他鼓起了勇气。他将以一种极为含蓄的方式提到凯特姨妈和朱莉娅姨妈:"女士们先生们,我们身边即将落幕的那一代人,或许有他们的不足之处,但在我看来,那一代人所拥有的美德,如热情好客、幽默、宽仁大度,都是我们正在成长的、严肃刻板的、受过高等教育的这一代人所缺乏的基本素养。"好极了,这段话就是说给艾弗斯小姐听的。他的姨妈不过是两个没有学识的老太太,又有什么好在乎呢?

房间里传来的低语声引起了他的注意。布朗先生正从门口进来,殷勤地护送着朱莉娅姨妈,她倚在他的手臂上,低着头微笑。一阵此起彼伏的掌声将她送到钢琴边上,玛丽·简在琴凳上落座。随后,朱莉娅姨妈收起笑容,半转过身来,以便让屋里所有人都听见她的声音。掌声这才渐渐平息下来。加布里埃尔听出了这首曲子的前奏。那是朱莉娅姨妈钟情的一首老歌——《盛装待嫁》[1]。姨

---

[1] 《盛装待嫁》(*Arrayed for the Bridal*),为意大利语原曲 *Son Vergin Vezzosa* 的英文版本。出自意大利作曲家文森佐·贝利尼的歌剧《清教徒》。

妈的嗓音洪亮，清脆悦耳，她以一种近乎饱满的感情投入演绎，虽然无形，却装点着漫天飞舞的音阶。她唱得很快，但哪怕是最细微的、起装饰性作用的音符也没有被遗漏。不必看歌者的面容，只要听见那歌声，听众便能体会并分享那澎湃而稳健的激情。演唱结束时，加布里埃尔和大家一起热烈地鼓起掌来，连看不见的餐桌那边都传来了响亮的掌声。这掌声是如此真诚且热烈，以至于朱莉娅姨妈弯下身子，将印有她名字缩写的旧皮面歌本放回乐谱架的时候，脸上不禁泛起一抹红晕。弗雷迪·马林斯一直歪着脑袋，以便听得更清楚一些。当屋内的掌声停息时，他仍在鼓掌，还兴高采烈地和母亲说着话；他母亲则认真地、慢慢地点了点头表示赞许。终于，当鼓掌鼓到不能再热烈的时候，他猛地站了起来，匆匆穿过房间来到朱莉娅姨妈跟前，双手紧紧地握住她的一只手，使劲摇晃着，激动得连话都说不出来。当然，也可能是嗓子哽塞得太厉害了。

"我刚才还在对我母亲说呢，"他说，"我从来没有听您唱得这么好过，从来没有。真的，您的声音从来没有像今晚这样动人过。啊！难道您不相信我说的话吗？句句属实。我以我的人格和名誉担保，句句属实。我从来没有听过您的声音如此清爽……干净又清爽，从来没有。"

朱莉娅姨妈咧嘴笑了起来，同时嘟囔着说了几句客气话，抽回了她被握住的手。布朗先生向她张开双手，像节目主持人介绍音乐天才那样，对身边人说道：

"重大新发现——朱莉娅·莫肯小姐！"

说罢，他自顾自地笑了起来，弗雷迪·马林斯却转身对他说：

"得了吧，布朗，你要是认真的话，可能会有更惊人的发现。我只能说，我来这儿这么多次了，从来没有听她唱得这么好过。要我说，之前唱的连今天的一半都比不上。这是千真万确的大实话。"

"我也没听过，"布朗先生说，"我觉得她的嗓音大有长进。"

朱莉娅姨妈耸了耸肩，骄傲中带着一份谦虚，说：

"说到嗓音，我三十年前那才叫一副好嗓子呢。"

"我总是跟朱莉娅说，"凯特姨妈刻意加强了语气，"她待在那个小唱诗班就是被埋没了。可她就是不听我的。"

她转过身去，似乎是想向其他人求助，让他们帮忙管教一个不听话的孩子。可朱莉娅姨妈却注视着前方，脸上隐隐浮现出一抹回忆往昔的微笑。

"不，"凯特姨妈说，"反正她是不听劝，也不服管，夜以继日地给那个小唱诗班当奴隶。圣诞节那天，清早六点就过去了！到底图什么呀？"

"哦，凯特姨妈，这难道不是为了上帝的荣光吗？"玛丽·简从琴凳上转过头来，微笑着问。

凯特姨妈冲外甥女发起了脾气：

"我知道上帝的荣光是怎么一回事儿，玛丽·简，可是我认为，教皇把那些当了一辈子奴隶的妇女赶出唱诗班，再让一帮乳臭未干的小毛孩骑在她们头上，可不是什么光荣的事儿。我想教皇这样做是为了教会的利益。但这是不公平的，玛丽·简，这样做是不对的。"

凯特姨妈一提起这件事儿就气不打一处来。她本想再多说几句，替妹妹讨回公道，因为这是她长久以来的心结，但玛丽·简见所有跳舞的人都回来了，便以劝慰的口吻岔开了话题：

"啊，凯特姨妈，您就别往布朗先生身上泼脏水啦，人家信的可是另外一个教派。"

凯特姨妈转头看向布朗先生。听到有人提及自己的宗教，布朗先生露齿而笑。凯特姨妈急忙说：

"哦，我不是在质疑教皇的权威性。我只是个愚昧的老太太，我可不敢妄下断论。不过做人总要有基本的礼仪，要懂得知恩图报。如果我是朱莉娅，我会直接找到希利神父，当面跟他说……"

"还有呀，凯特姨妈，"玛丽·简说，"我们真的很饿了，人一饿了就容易拌嘴。"

"渴了也容易拌嘴。"布朗先生补充道。

"那我们赶紧去吃饭吧，"玛丽·简说，"吃完了再说。"

在客厅外的楼梯平台上，加布里埃尔发现自己的妻子和玛丽·简正试图说服艾弗斯小姐留下吃晚饭。但艾弗斯小姐执意要走，她已经戴好帽子，正在系大衣的纽扣。她一点儿也不觉得饿，而且已经逗留太久。

"就十分钟而已，莫莉，"康洛伊太太说，"不会耽误你太久的。"

"随便吃一点儿吧，"玛丽·简说，"跳了那么久的舞。"

"真不能再耽搁了。"艾弗斯小姐说。

"看样子是没有玩尽兴。"玛丽·简失望地说。

"绝对尽兴了，我向你保证，"艾弗斯小姐说，"但你现在真得让我走了。"

"可你怎么回家呢？"康洛伊太太问。

"哦，沿着码头再走几步就到了。"

加布里埃尔犹豫了片刻说：

"如果你允许的话，艾弗斯小姐，我可以送你回家——假如你非走不可的话。"

艾弗斯小姐飞快地逃开了。

"我才不要听这种话,"她喊道,"看在老天爷的分儿上,你们快回去吃饭吧,别管我了,我能照顾好自己。"

"唉,你真是个怪姑娘,莫莉。"康洛伊太太直言道。

"晚安,祝好。[1]"艾弗斯小姐放声大笑,奔下了楼梯。

玛丽·简望着她的背影,脸上显出忧郁而困惑的表情。康洛伊太太则把头探过扶手栏杆,倾听楼下大门的动静。加布里埃尔自问,她突然告辞是不是因为他。但她看上去心情不坏:至少走的时候,脸上还带着笑容。他茫然地望着向下的阶梯。

这时,凯特姨妈蹒跚地走出餐厅,两只手近乎绝望地拧在一起。

"加布里埃尔呢?"她喊道,"加布里埃尔到哪儿去了?所有人都等着呢,桌子也摆好了,就是没人来切鹅!"

"我在这儿,凯特姨妈!"加布里埃尔顿时活跃起来,"如果有需要的话,切一群鹅也没问题,我时刻准备着!"

桌子的一端摆着一只烤得焦黄的肥鹅。另一端,在铺满欧芹嫩枝的褶皱纸上,放着一只大火腿,外皮已被剥去,上面撒了一层面包碎屑,胫骨那儿缠了一圈整齐的纸花边,旁边还摆了一块加过香料的牛肉。在两道主菜之间,平行地摆放着一排排配菜:两盘堆得像大教堂似的果冻,一盘红的,一盘黄的;一只浅盘里,盛满了红果酱和块状的牛奶冻;一只带柄的绿叶形大盘上,放着几大把紫色葡萄干和剥了壳的杏仁;另一只同样设计的盘子上,放着一块堆成长方形的士麦那无花果;还有一盘撒了肉豆蔻粉的蛋奶沙司;一

---

[1] 原文为爱尔兰语,Beannacht libh。

碗用金箔和锡箔包着的巧克力和糖果；还有一个玻璃花瓶，里面插着几根高高的芹菜梗。餐桌中央摆放着两只低矮的旧式玻璃雕花酒瓶，一只盛着波特红酒，另一只盛着深色雪莉酒，它们像岗哨一样守卫着果盘，盘子里装着堆成金字塔形状的柳橙和美洲苹果。在合上的方形钢琴盖上，摆着一个黄色大盘，里面盛着等待客人取用的布丁；它后面是三排饮品，分别是黑啤酒、淡啤酒和矿泉水，分别按照瓶身的颜色排列成行。前两排是黑色的，瓶身上贴着褐色和红色的标签；第三排（也是最短的一排）是白色的，瓶腰处系着绿色缎带。

加布里埃尔斗胆在桌首就座，在稍稍查看刀锋后，就把叉子牢牢地插进了鹅肉里。他现在觉得心里舒畅多了，因为他是个切肉高手，没有什么比坐在一张满载美食的桌子的桌首更让他高兴的了。

"芙隆小姐，你要什么部位？"他问，"一块鹅翅膀，还是一片鹅胸肉？"

"一小片鹅胸肉就好。"

"希金斯小姐，你呢？"

"哦，都行，康洛伊先生。"

当加布里埃尔和戴利小姐调换鹅肉、火腿和牛肉餐盘的位置时，莉莉正端着一盘用白餐巾裹着的热乎乎的粉糯土豆，挨个儿送到每一位客人手里。这是玛丽·简的主意，她还建议用鹅肉蘸苹果酱吃。但凯特姨妈说，不蘸酱的鹅肉的味道就已经很好了，鹅肉就得吃原汁原味的。玛丽·简对自己的学生关怀备至，把最好的部位留给了他们。凯特姨妈和朱莉娅姨妈打开搁在钢琴上的酒水，将黑啤酒和淡啤酒分发给男士们，将矿泉水分发给女士们。餐厅里热闹非凡，欢笑声、叫闹声此起彼伏，有点菜和应菜的声音，有刀和叉的声音,有打开软木塞和玻璃塞的声音。加布里埃尔刚分完一轮肉,还顾不上自己,就要开始分第二轮了。大伙儿纷纷替他鸣不平,于是他只好妥协,喝下一大口烈性黑啤酒;他发现,原来切肉也是一件苦差事。玛丽·简安静地坐在桌边用餐,凯特姨妈和朱莉娅姨妈则绕着桌子蹒跚而行,时而踩到对方的脚,时而挡住对方的路,还交头接耳地给对方下达些指令。布朗先生恳请她们回到座位用餐,加布里埃尔也请她们坐下,但她们说不着急,有的是时间吃饭。最后,弗雷迪·马林斯站起来,抓住凯特姨妈,在一片欢笑声中把她摁到了椅子上。

加布里埃尔给大家分完肉后,笑着说:

"嘿,如果谁还想来点儿俗人口中的'鹅肚馅料',现在就请讲吧。"

大家异口同声地请他自己尽快用餐,与此同时,莉莉端着留给他的三个土豆走上前来。

"好吧,"加布里埃尔喝了一口为他备好的酒,亲切地说,"请暂时忘记我的存在吧,女士们先生们,几分钟就好。"

他埋头吃起了晚饭,没有加入餐桌上的谈话,客人们畅谈的声音淹没了莉莉收拾碗碟的声音。谈话的主题是当时在皇家剧院巡演的歌剧团。男高音巴特尔·达西先生是一位肤色黝黑的年轻人,蓄着精致的小胡子。他对歌剧团的首席女低音赞誉有加,芙隆小姐却觉得她的演唱方式太过低俗。弗雷迪·马林斯说,他在欢乐剧院看过一场滑稽剧,有个在第二部分出场的黑人酋长很会唱歌,那是他听过的最好的男高音之一。

"你听过他的演唱吗?"弗雷迪·马林斯隔着桌子问巴特尔·达西先生。

"没。"巴特尔·达西先生随口答道。

"主要是,"弗雷迪·马林斯解释说,"我想听听你的看法。我觉得他有一副伟大的嗓音。"

"泰迪眼光独到,好东西全被他挑出来了。"布朗先生以一种熟络的口吻对在座的人说。

"怎么了?他凭什么不能有一副好嗓子?"弗雷迪·马林斯尖锐发问,"就因为他是黑人吗?"

没有人回答这个问题。玛丽·简又把话题引回了正剧。她的学生送过她一张《迷娘》[1]的戏票,那部剧当然很精彩,她说,但让她想起了可怜的乔治娜·伯恩斯。布朗先生甚至追忆起了过去常来都柏林演出的老牌意大利剧团——蒂特让斯、伊尔玛-德-穆尔兹卡、坎帕尼尼、伟大的特雷贝里、朱格里尼、拉维利、阿拉姆布罗。时光一去不复返,他说,那时的都柏林还能听到一点儿像样的歌剧。他描述了皇家剧院旧址每天晚上座无虚席的盛况。某天晚上谢幕时,一位意大利男高音应观众要求连唱了五遍《让我像士兵一样倒下》[2],每遍都唱出了一个高音C;还说顶层看台的小伙子们激情勃发,卸了车上的马匹,亲自拉着马车穿过大街小巷,把首席女歌手送回了她入住的酒店。他问,为什么像《狄诺拉》[3]和《卢克雷齐娅·博尔贾》[4]这样宏大而古老的歌剧不再上演?因为找不到能驾驭它们的好嗓子了,这就是原因。

---

1 《迷娘》(*Mignon*),法国作曲家昂布鲁瓦·托马斯的歌剧作品。
2 《让我像士兵一样倒下》(*Let Me Like a Soldier Fall*),出自爱尔兰作曲家威廉·文森特·华莱士的歌剧《玛丽塔娜》。
3 《狄诺拉》(*Dinorah*),德国作曲家贾科莫·梅耶贝尔的歌剧作品。
4 《卢克雷齐娅·博尔贾》(*Lucrezia Borgia*),意大利作曲家葛塔诺·多尼采蒂的歌剧作品。

"哦,是吗?"巴特尔·达西先生说,"我倒觉得现在和过去一样,不乏优秀的歌唱家。"

"他们在哪儿呢?"布朗先生挑衅道。

"在伦敦、巴黎、米兰,"巴特尔·达西先生热切地说,"我觉得卡鲁索[1]就不错,反正不比你刚才提到的那些人差。"

"或许吧,"布朗先生说,"但老实告诉你,我对此深表怀疑。"

"哦,只要能听卡鲁索唱歌,我什么都肯给的。"玛丽·简说。

"要我说,"一直在旁边剔骨头的凯特姨妈说,"我的意思是,只有一位男高音能让我觉着舒心。但你们中间应该没人认识他。"

"莫肯小姐,他是谁呢?"巴特尔·达西先生礼貌地问。

"他的名字,"凯特姨妈说,"叫帕金森。在他唱得最好的时候,我听过他唱歌。在那时的男高音歌唱家当中,就数他的嗓音最为纯正。"

"奇怪,"巴特尔·达西先生说,"我可从未听说有这么一号人物。"

"对,对,莫肯小姐说得对,"布朗先生说,"我记得之前听过老帕金森演唱,但对我来说,是很久以前的事情了。"

"一位优雅、纯净、甜美、悦耳的英国男高音。"凯特姨妈兴致勃勃地说。

加布里埃尔吃完后,那一大盘布丁被端上了餐桌。刀叉的碰撞声再一次响起。加布里埃尔的妻子把布丁一勺一勺盛出来,装在碟

---

[1] 即恩里科·卡鲁索(Enrico Caruso,1873—1921),意大利男高音歌唱家。

子里,再顺着桌子传递下去。传到一半的时候,玛丽·简会接过碟子,再搭配上覆盆子冻、橘子冻、牛奶冻或果酱。布丁是朱莉娅姨妈做的,在座的人纷纷称赞她的手艺,可她自己却说布丁烤得还不够焦。

"啊,莫肯小姐,"布朗先生说,"您看我够焦了吧?毕竟我本身就是焦黄的[1]。"

除了加布里埃尔,所有的先生都吃了布丁,以表示对朱莉娅姨妈的尊敬。加布里埃尔从不吃甜食,所以芹菜就留给了他。弗雷迪·马林斯也拿了一根芹菜,就着他的布丁一起吃。他听说芹菜是补血的好东西,而他当时正在接受医生的治疗。晚餐时一言不发的马林斯老太太说,她儿子在大约一个星期后要去梅勒雷山。于是,桌上的人们谈起了梅勒雷山,说那里的空气是多么清新,那里的修士是多么好客,还说他们从不向住客收一分钱,等等。

"你的意思是,"布朗先生觉得不可思议,"一个人可以在那儿住下,又吃又喝,像在旅馆似的,然后不掏一分钱就离开吗?"

"哦,大部分人走的时候会给修道院捐些钱的。"玛丽·简说。

"要是我们的教会也有一个这样的组织就好了。"布朗先生直言道。

听说修士们从不说话,凌晨两点就起床,晚上就睡在棺材里。布朗先生很是惊讶,问他们为什么要这样做。

"这是修道院的规定。"凯特姨妈肯定地说。

"是啊,但为什么啊?"布朗先生问。

凯特姨妈重复说这是规定,规定就是规定。布朗先生仍是一头

---

[1] 布朗的名字是"Browne",与"烤焦的、焦黄的(brown)"同音,故布朗先生戏称自己是"焦黄的"。

雾水。弗雷迪·马林斯则努力向他解释，说修士们是在赎罪，替外界所有犯下过罪孽的人赎罪。这个解释并不十分贴切，于是布朗先生笑着说：

"我很欣赏你的理解，但睡一张舒适的弹簧床和睡棺材板，不都一样是在睡觉吗？"

"棺材，"玛丽·简说，"是为了提醒他们，那是他们最后的归宿。"

由于话题太过沉重，人们一时陷入了沉默，就连马林斯太太压低声音对邻座讲的话都能被听得清楚：

"他们人都不错，那些修士，都是虔诚的人。"

葡萄干、杏仁、无花果、苹果、橘子、巧克力和糖果在餐桌上传递着，朱莉娅姨妈还邀请客人们喝点儿波特酒或雪莉酒。起初，巴特尔·达西先生说他什么也不喝，但邻座的人用胳膊肘碰了碰他，对他耳语了几句，他才同意让人斟上一杯。在最后几个酒杯被斟满时，谈话也逐渐停了下来。接着又是一阵沉默，只能听见喝酒和挪动椅子的声音。莫肯家的三位小姐都低头望着桌布。有人咳嗽了一两声，几位先生轻轻地拍了拍桌子，让大家安静下来。见不再有人说话，加布里埃尔便往后挪开椅子，站起身来。

拍桌子的声音立刻变响，以示对他的鼓励，随后又在同一时间停了下来。加布里埃尔将十根颤抖的手指按在桌布上，稍显局促地对大家笑了笑。他看到一排排仰起的面孔，便也抬起脑袋，望向了水晶吊灯。钢琴又奏响了华尔兹舞曲，他能听见衣裙拂过客厅大门的声音。或许，有人正站在外面码头的雪地上，抬头望着亮灯的窗户，听着华尔兹的旋律。外面的空气纯净。远处是个公园，树枝上堆着积雪。威灵顿纪念碑正戴着一顶闪着亮光的雪帽，向西照耀着

"十五英亩"那一片白皑皑的原野。

他开始发言：

"女士们先生们。

"同往年一样，这项令人愉悦的任务，今年又落到了我的身上，但凭借本人拙劣的演讲才能，恐怕实在难以胜任。"

"不，不要这样说！"布朗先生说。

"但无论如何，希望大家能理解我的勉为其难，将自己的时间和注意力匀一部分给我，让我尽力用言语来表达此时此刻的心情。

"女士们先生们，我们已经不止一次聚在这好客的屋檐下，围坐在这好客的餐桌旁了。当然，也不止一次接受了这几位好心女士的热情款待——或者我应该说，成为这几位女士的热情的受害者。"

他用手臂在空中画了一个圈，停顿了一下。大家都冲着凯特姨妈、朱莉娅姨妈和玛丽·简大笑或微笑，她们仨也高兴得羞红了脸。加布里埃尔胆子更大了，于是接着说：

"我一年比一年越发强烈地感受到，我们的国家没有任何一种传统，能像殷勤的待客之道那样，为我们的民族增光添彩，值得我们如此用心地去维护。就我个人经历而言（我去过不少国家），在现代国家中，爱尔兰式的热情绝对是一种罕见的优秀品质。或许有人认为，这种传统对国人而言，更像是一种缺陷，而不是一种值得夸耀的东西。但我认为，即便是缺陷，也是一种颇有大家风范的缺陷。我相信，它将在我们的传承中发扬光大。至少有一点我可以肯定。只要这里的房梁不倒，我刚才提到的三位好心女士——我衷心祝愿她们能在这里长长久久地生活下去——都将继续守护这真诚、热情、好客的爱尔兰传统。这是祖先留给我们的遗产，我们有责任将其传承下去。"

餐桌上传来一阵附和的低语声。加布里埃尔突然想到,艾弗斯小姐已不在场,而且走得唐突失礼,于是他又多了几分底气:

"女士们先生们。

"新一代人正在我们身边成长起来,他们是受新思想和新原则所驱动的一代。他们认真而热忱地对待这些新思想,即使在被误导的时候,我相信,大概也是真诚的。然而,我们生活在一个充满怀疑的年代,也生活在一个灵魂饱受折磨——如果可以使用这个词的话——的年代。有时我会担心,新一代这些受过教育,甚至受过高等教育的人,还是会缺乏老一辈那种仁慈、好客、幽默、善良的品质。今天晚上,我又听到了过去那些伟大歌唱家的名字,我不得不承认,如今我们生活在一个相对狭隘的时代。毫不夸张地说,我们曾拥有一段'豁然开朗'的回忆。如果往事已成追忆,那么至少让我们期盼,在像今晚这样的聚会上,我们仍会满怀自豪和深情地说起曾经的故事,仍在心中缅怀那些已经逝去的伟大歌唱家,他们的声名将在这个世界上永垂不朽。"

"好,说得好!"布朗先生高声喊道。

"然而,"加布里埃尔的声音变得柔和,"在今天晚上这样的聚会上,总免不了有些悲伤的思绪涌上心头:想到过去,想到青春,想到世事变迁,想到我们思念却已不在的那些面孔。我们的人生路上满是这样悲伤的回忆,但如果一直沉浸在过去,我们便很难在现世中找到继续生活和工作的勇气。生而为人,我们担起了现世的责任,同时也体验了现世的情感,它要求我们奋发向上、竭尽全力,这是我们无论如何都要做到的。

"因此,我不会沉湎于过去,也不会让那些枯燥无味的道德说教打扰我们今晚相聚的时光。我们告别每天的劳碌与奔波,短暂地相聚在这里。我们在此相遇,作为朋友,本着友爱的精神;作为同伴,在某种程度上,也秉持着'志同道合'的革命精神;作为客人——该怎么说呢——我们可是亲眼见到了都柏林音乐界三女神的客人呀。"

这句俏皮话引得全场爆发出一阵笑声和掌声。朱莉娅姨妈回过神来,向邻座的人询问,加布里埃尔刚才说了些什么。

"他说我们是三女神,朱莉娅姨妈。"玛丽·简说。

朱莉娅姨妈听不明白,但她抬起头,微笑地注视着加布里埃尔。他仍在继续刚才那个话题:

"女士们先生们。

"今天晚上,我无意扮演帕里斯在另一个场景所扮演的角色。我无意在她们之间做出选择。这项任务容易招致嫉妒和怨恨,当然,也超出了我的能力范围。当我依次观察她们的时候,即使绞尽脑汁,也无法在她们三位中分出高下。我们的首位女主人,她有一副好心肠——甚至好得有些过分了——所有认识她的人都这么说;而她的妹妹则青春永驻,今晚的演唱更是惊艳四座,让我们大开眼界;最后不得不提的是,我们年纪最小的女主人,她性格开朗、勤奋上进、才华横溢,可以说是全天下最好的侄女了。女士们先生们,老实说,要把这个奖颁给谁,我还真拿不定主意。"

加布里埃尔低头看向两位姨妈,只见朱莉娅姨妈脸上绽出笑容,凯特姨妈眼里噙满了泪水。他便准备赶紧结束讲话。桌边的客人们都满怀期待地捏着酒杯,于是他高高举起手中的波特酒,大声招呼道:

"让我们一起敬三位女士。为她们的健康、财富、长寿、幸福和荣誉干杯！愿她们继续为自己的事业感到骄傲，那是她们凭自己的双手开辟出来的一片天地，愿她们在我们心中永享尊敬和爱戴。"

客人们都站了起来，手持酒杯，面朝三位坐着的女士，然后由布朗先生起头，齐声唱道：

> 她们都是快活的好姑娘，
> 她们都是快活的好姑娘，
> 她们都是快活的好姑娘，
> 这点谁也不否认。

凯特姨妈不加掩饰地拿手帕擦起了眼泪，朱莉娅姨妈看上去也深受触动。弗雷迪·马林斯用吃布丁的叉子打着节拍，唱歌的人们转头望向彼此，仿佛在进行一场乐声悠扬的会谈。他们抑扬顿挫地唱道：

> 除非他说了谎，
> 除非他说了谎。

然后，他们再次转向三位女主人，唱道：

> 她们都是快活的好姑娘，
> 她们都是快活的好姑娘，
> 她们都是快活的好姑娘，
> 这点谁也不否认。

随之而来的欢呼声，得到了餐厅外面其他客人的回应。弗雷迪·马林斯高举着叉子，在此起彼伏的喝彩声中，担任着总指挥的角色。

凌晨，他们正站在前厅里，一阵刺骨的寒风钻了进来，凯特姨妈说：

"谁去把门关上吧。会把马林斯太太冻坏的。"

"布朗还在外面，凯特姨妈。"玛丽·简说。

"布朗无处不在。"凯特姨妈压低声音说。

玛丽·简被她的语气逗笑了。

"是，"她俏皮地说，"他这人很是体贴。"

"他就跟屋里供的暖气似的，"凯特姨妈沿用了刚才的语气，"一整个圣诞节都没消停。"

这回她自己也笑了起来，然后赶紧补充道：

"不过，快叫他进来吧，玛丽·简，把门关上。但愿他没听见我说的话。"

就在这时，大厅的门被打开了，布朗先生从门口的台阶上走进来，笑得好像心脏快要炸开一样。他穿着一件绿色的长款外套，上面镶着仿阿斯特拉罕羔羊皮的袖口和衣领，头上戴着一顶椭圆形的皮帽。他指着被积雪覆盖的码头，一阵刺耳的汽笛声从那边传来。

"泰迪恐怕要惊动全都柏林的出租马车了。"他说。

加布里埃尔从办公室后面狭小的储藏间走出来，费劲地穿上大衣，然后在前厅找了一圈说：

"格丽塔还没下来？"

"她在穿衣服，加布里埃尔。"凯特姨妈说。

"谁在上面弹钢琴呢?"加布里埃尔问。

"没人。他们都走了。"

"哦,不,凯特姨妈,"玛丽·简说,"巴特尔·达西和奥卡拉汉小姐还没走。"

"反正有人在上面敲琴键玩儿呢。"加布里埃尔说。

玛丽·简瞥了一眼加布里埃尔和布朗先生,打了个寒战说:

"看你们两位先生裹得这么严实,我都觉得冷了。我真不忍心让你们在这个时候回家。"

"我现在最想做的,"布朗先生毅然决然地说,"就是踏着雪,嘎吱嘎吱地在乡间小路上散个步,或是在马车的横辕中间狠狠抽上一鞭,任马车飞速奔驰。"

"以前我们家也有一匹好马,还有一辆轻便的双轮马车。"朱莉娅姨妈的语气有些伤感。

"叫人难以忘怀的强尼呀。"玛丽·简笑着说。

凯特姨妈和加布里埃尔也笑了。

"怎么了,这个强尼有什么独到之处?"布朗先生问。

"已故的帕特里克·莫肯,也就是我的外公,"加布里埃尔解释说,"是一名熬胶工人。在他晚年时,大家都称他为'老先生'。"

"哦,加布里埃尔,"凯特姨妈笑着说,"他经营了一家淀粉磨坊。"

"唉,胶水也好,淀粉也罢,"加布里埃尔说,"这位老先生养了一匹马,叫强尼。强尼在老先生的磨坊里干活儿,一圈又一圈地拉磨。本来一切都好好的,可强尼却突然遭了殃。在一个风和日丽的日子,这位老先生心血来潮,非要驾着马车到公园去参观阅兵仪式。"

"愿上帝怜悯他的灵魂。"凯特姨妈同情地说。

"阿门,"加布里埃尔说,"就这样,老先生给强尼披上马具,自己戴上了最阔气的高顶礼帽,还配上了最挺括的衣领,派头十足地从祖上传下来的'豪宅'里驾车驶出。我记得那座老宅是在后巷附近的某个地方。"

大家都被加布里埃尔讲故事的样子逗笑了,就连马林斯老太太也不例外。凯特姨妈说:

"哦,加布里埃尔,他不住在后巷,真的。只有磨坊在那里。"

"从祖上传下来的老宅里出来后,"加布里埃尔接着说,"他就一直赶着强尼。原本一切都进行得很顺利,直到强尼看见比利国王的雕像。不知它是爱上了比利国王骑的那匹马,还是以为自己回到了磨坊,反正它突然围着雕像转起了圈子。"

加布里埃尔穿着胶套鞋在前厅绕了一圈,引得众人一片哄笑。

"只见它转了一圈又一圈,"加布里埃尔说,"于是老先生,我们这位好面子的老先生,表现出极大的愤慨。'往前走,先生!你这是什么意思,先生?强尼!强尼!真是莫名其妙!这马怎么回事儿?'"

加布里埃尔模仿当时的场景所引起的欢笑声,被门上一记响亮的敲击声打断了。玛丽·简跑去开门,让弗雷迪·马林斯赶快进来。弗雷迪·马林斯将帽子戴在脑后,冷得直缩肩膀,这么一趟跑下来,他不仅嘴里喘着粗气,身上也腾着热气。

"我只叫到了一辆马车。"他说。

"哦,我们沿着码头再找一辆。"加布里埃尔说。

"好,"凯特姨妈说,"最好别让马林斯太太站在风口。"

马林斯太太由儿子和布朗先生搀扶着走下门口的台阶，经过几番周折才登上马车。弗雷迪·马林斯紧随其后，在布朗先生的指点帮助下，费了好些工夫才将母亲安置妥当。等母亲终于坐稳后，弗雷迪·马林斯请布朗先生也一起上车。经过一阵混乱的交谈，布朗先生也坐上了马车。车夫把毯子盖在膝上，俯下身问他们去什么地方。此时，混乱的交谈声更大了。弗雷迪·马林斯和布朗先生分别从马车两侧的窗户探出头来，给车夫指了不同的方向。混乱之处在于他们不知道该让布朗先生在中途什么地方下车。凯特姨妈、朱莉娅姨妈和玛丽·简在门口的台阶上加入了讨论，大家你一言我一语，虽然互相矛盾，但是欢笑声不断。弗雷迪·马林斯更是笑得说不出话来。他把头伸出窗外又缩回来，实时向母亲汇报讨论的进展，还险些把帽子蹭掉。最后，布朗先生扯着嗓子，盖过了众人的喧笑声，对已被弄糊涂的车夫说：

"你知道三一学院吗？"

"知道，先生。"车夫说。

"那好，先开到三一学院大门，"布朗先生说，"然后我再告诉你怎么走。现在明白了吧？"

"明白了，先生。"车夫说。

"那就像鸟一样飞往三一学院吧。"

"遵命，先生。"车夫喊道。

马鞭高高扬起，车子在一片欢笑声和道别声中咯噔咯噔地沿着码头驶去。

加布里埃尔没有随大家一起到门口道别。他站在前厅的暗处，抬头望着向上的阶梯。一个女人站在第一段楼梯的尽头，也在阴影里。他看不见她的脸，但能看见她裙摆上赤陶色和鲑鱼粉色的饰边；它在阴影下只呈现出黑白两种颜色。那女人是他的妻子。她倚靠在栏杆上倾听着什么。加布里埃尔见她站立不动，心中大为惊奇，于是也侧着耳朵听了听，但除了门口的台阶那边传来的笑闹声、钢琴上弹出的和弦和一个男人唱歌的声音外，别的什么也没听到。

他一声不响地站在昏暗的前厅里，试图捕捉那声音的旋律，并仰头凝望着自己的妻子。她的姿态神秘而优雅，仿佛是某种具有象征意义的符号。他问自己，一个女人站在楼梯的暗处聆听远处的音乐，这个画面象征着什么。假如他是个画家，他会用画笔将此刻记录下来。蓝色的毡帽在阴影的衬托下突显了她古铜色的头发，而她裙摆上的深浅两大色系也相映生辉。假如他是个画家，他会把这幅画命名为《遥远的音乐》。

前厅的门关上了。凯特姨妈、朱莉娅姨妈和玛丽·简回到前厅，仍然笑个不停。

"唉，弗雷迪是不是太不像话了？"玛丽·简说，"他可真没点儿正形。"

加布里埃尔没有说话，而是往上指了指妻子站着的地方。这时大门已经关好，歌声和琴声都听得更清楚了。加布里埃尔举手示意她们安静。那曲子听起来像是一首爱尔兰老调，歌者无论对词句，还是对自己的嗓音都不太有把握。由于距离远，也由于嗓子的嘶哑，他的歌声显得有些哀怨，但韵律却借着抒发悲伤的歌词渗透在空气中：

哦，雨滴打湿了我浓密的头发，
露水沾湿了我的皮肤，

我的孩子冰冷地躺在……

"哦,"玛丽·简惊呼道,"是巴特尔·达西的声音,他一整晚都金口难开。哦,他走之前我必须让他唱首歌。"

"哦,没错,玛丽·简。"凯特姨妈说。

玛丽·简匆匆穿过众人跑向楼梯,但没等上楼,歌声就停止了,钢琴声也戛然而止。

"哦,太遗憾了!"她叫道,"格丽塔,他要下来了吗?"

加布里埃尔听妻子回了一声"是",然后见她下楼朝众人走来。巴特尔·达西先生和奥卡拉汉小姐就跟在她身后几步远的地方。

"哦,达西先生,"玛丽·简叫道,"我们大家正听得如痴如醉,你却突然不唱了,实在太不够意思了。"

"我盯了他一个晚上了,"奥卡拉汉小姐说,"康洛伊太太也是。可他却偏说自己得了重感冒,没法儿唱歌。"

"哦,达西先生,"凯特姨妈说,"看来你撒了一个无伤大雅的小谎。"

"难道你们听不出我嗓子哑得像只乌鸦吗?"达西先生粗声粗气地说。

说罢,他便快步走到储藏间,披上了外套。所有人都对这句粗鲁的话感到震惊,一时间不知该如何回复。凯特姨妈皱起眉头,示意大家不要再谈这个话题。达西先生站在那里,仔细地裹着他的围脖,也皱着眉头。

"都怨这天气。"朱莉娅姨妈顿了一会儿说。

"是啊,每人都得了一场感冒,"凯特姨妈顺势接话,"无一幸免。"

"听人说,"玛丽·简说,"有三十年没下过这么大的雪了。我今天早上看报纸,上面说整个爱尔兰都在下雪。"

"我喜欢看雪景。"朱莉娅姨妈有些伤感地说。

"我也喜欢,"奥卡拉汉小姐说,"地上要是不落点儿雪,那圣诞节就不是真正的圣诞节。"

"但可怜的达西先生就不喜欢下雪。"凯特姨妈微笑着说。

达西先生从储藏间走出来,裹得严严实实,连纽扣都系上了。他带着歉意向大家讲述了自己感冒的经过。大家都给他出主意,说这真是太遗憾了,并叮嘱他晚上在外面的时候注意保护自己的嗓子。加布里埃尔望着自己的妻子,她没有加入谈话。她就站在积着灰尘的扇形窗下,煤气灯的火光照亮了她那头浓密的古铜色长发。几天前,他曾见她在火边将头发烘干。她仍是那样一副姿态,似乎没有注意到身边人的谈话。终于,她转过身来,加布里埃尔见她脸上恢复了血色,眼睛也闪着光亮,一阵喜悦之情顿时涌上他的心头。

"达西先生,"她说,"你刚才唱的那首歌叫什么名字?"

"叫《奥赫里姆的少女》[1],"达西先生说,"但我记不太清楚了。怎么了?你知道这首歌?"

"《奥赫里姆的少女》,"她重复道,"我就是记不起名字了。"

"这首曲子的旋律很优美,"玛丽·简说,"只可惜你今晚嗓子欠佳。"

"喂,玛丽·简,"凯特姨妈说,"别烦达西先生了。我可不

---

[1] 《奥赫里姆的少女》(*The Lass of Aughrim*),广为流传的苏格兰和爱尔兰民谣。

想惹他生气。"

见到所有人都已整装待发,她便领着众人来到门口,请大家在此互道晚安:

"好了,晚安了,凯特姨妈,感谢您今晚的盛情款待。"

"晚安,加布里埃尔。晚安,格丽塔!"

"晚安,凯特姨妈,非常感谢您。晚安,朱莉娅姨妈。"

"哦,晚安,格丽塔,我刚刚都没看到你。"

"晚安,达西先生。晚安,奥卡拉汉小姐。"

"晚安,莫肯小姐。"

"晚安,瞧我又说了一遍。"

"晚安,大家。一路平安。"

"晚安。晚安。"

凌晨,天仍未亮,阴暗昏黄的光笼罩在房屋和河流上;天空仿佛也在下沉。脚下的积雪已经融化;只有屋顶、码头的护墙和空地的围栏上,还残留着零星的雪。街边的灯仍在浑浊的空气中燃着红光,河对岸的四法院大厦则傲然挺立在低垂的苍穹之下。

她和巴特尔·达西先生一起在他前面走着,她把鞋用棕布裹好并夹在胳膊下,双手提着裙摆唯恐沾上泥污。她的姿态已不再优雅,但加布里埃尔的眼里仍然闪烁着幸福的光芒。血管里热血涌动,脑海中思绪翻腾:骄傲、欢愉、温柔、无畏。

她走在他前面,是那么轻盈,那么挺拔,他真想悄无声息地追上去,搂住她的肩膀,凑着她的耳朵说几句肉麻的情话。她看上去是那么柔弱,他想保护她不受伤害,想和她单独待在一起。他们亲密的生活片段如星星一般闪烁在他的回忆里。早餐杯旁放着一个淡紫色的信封,他将它拿在手中摩挲。鸟儿们落在常春藤上啁啾不已，阳光透过窗帘的网格照在地板上：他幸福得吃不下东西。他们站在挤满人的月台上，他把一张车票塞进了她戴着手套的温热的掌心里。他和她并肩站在寒风中，隔着一扇铁架窗，看一个男人在熊熊燃烧的锅炉旁制作瓶子。天实在冷极了。她的脸紧挨着他，在冷风中散发着幽香。突然，她朝炉边的男人喊了一声：

"火烧得旺不旺，先生？"

那人因为锅炉的噪声没能听见。这样也好，否则他很可能回一句不堪入耳的话。

一阵更为柔软的喜悦从他的心底涌出，在他温热的动脉里流淌着。两人共度的柔情时光——那些谁也不知道，也永远不会有人知道的时光——宛如星火，在顷刻间点亮了他的回忆。他多么希望她能记起这些时刻，忘记这些年生活在一起的枯燥乏味的日子，只记住那些怦然心动的瞬间。他认为，岁月并没有熄灭他或她的灵魂。他们的孩子、他的写作，以及她要干的家务活儿，都没有熄灭他们灵魂深处的柔情之火。他曾在一封寄给她的信里这样写道："为什么这些词语在我看来是如此冰冷又如此愚钝？是不是没有一个词语，温柔得足以配得上你的名字？"

多年前写下的文字，如同遥远的音乐，此时正从过去向他传来。他渴望与她独处。等其他人都离开后，等他和她回到旅馆的房间，他们就可以单独在一起了。他会轻轻地呼唤她：

"格丽塔！"

或许她不会马上听到，她可能正在换衣裳。然后，他声音里的某些东西会打动她。她会回过头来望着他⋯⋯

他们在怀恩塔文街的拐角处招到了一辆出租马车。他很高兴听见马车嘎吱嘎吱的声音，因为这样就不用讲话了。她望向窗外，显得有些疲惫。旁边的人指着窗外的建筑或街道,偶尔说一两句话。那匹马拖着嘎吱作响的车厢和疲惫不堪的身躯,在朦胧的晨光中奋力奔驰。加布里埃尔又和她坐在同一辆马车上,奔驰着赶去码头乘船,奔驰着去度蜜月。

马车驶过奥康奈尔桥的时候,奥卡拉汉小姐说:

"有人说,每次经过奥康奈尔桥,都能看见一匹白色的马。"

"这次我看见一个白色的人。"加布里埃尔说。

"在哪里?"巴特尔·达西先生问。

加布里埃尔指向那座落满雪的雕像,还亲切地朝它点了点头,挥了挥手。

"晚安,丹[1]。"他打趣道。

马车停在酒店门前,加布里埃尔跳下车,不顾巴特尔·达西先生的反对,先他一步把钱付给了车夫。他还给了一先令的小费。车夫向他敬了个礼说:

"祝您新年如意,先生。"

"你也是。"加布里埃尔衷心地说。

下车后,他和妻子一同站在路边石阶上跟大家告别。她轻轻地扶着他的胳膊,一如数小时前两人共舞时的场景。那会儿的他感到既骄傲又幸福,幸福,是因为她属于自己;骄傲,是因为她优雅的仪态和贤淑的品质。可是现在,当这么多回忆被再次点燃后,当他再一次触碰到她的身体,她那姣美、陌生、馥郁的身体时,他周身立刻感受到一种强烈的情欲。他拉住她的胳膊,紧紧贴在自己身边,她默不作声地允许了。站在旅馆门口时,他觉得他们逃离了世

---

[1] 丹尼尔·奥康奈尔(Daniel O'Connell,1775—1847),爱尔兰人。19世纪前期爱尔兰民族主义运动的主要代表,英国下议院天主教解放运动的领袖。

俗和责任，逃离了家庭和朋友，怀揣着两颗奔放而喜悦的心，踏上了一段全新的冒险旅程。

在大厅里，一位老人正靠在一张高背椅上打瞌睡。他回前台点了一根蜡烛，先他们一步走向楼梯。两人紧随其后，没有说话，脚步轻轻落在铺着厚地毯的楼梯上。她跟在看门人后面上了楼，上楼时低着头，瘦弱的肩膀耷拉着，像扛了什么东西似的，裙子紧紧地包裹着她的身体。他本可以用双臂环住她的臀部，叫她动弹不得。他的双臂因渴望占有她而不住地颤抖，要不是指甲深深地嵌进掌心，他早就控制不住身体里这股狂野的冲动了。走到一半，看门人停下脚步，用手护住了摇曳的烛光。他们也在下一级台阶上停下来。在一片寂静中，加布里埃尔可以听见蜡油滴入托盘的声音，还听见了他的心脏挨着肋骨怦怦跳动的声音。

看门人领着他们穿过走廊，推开一个房间的门。然后，他把明暗不定的蜡烛放在梳妆台上，问明早几点叫他们起床。

"八点。"加布里埃尔说。

看门人指了指电灯的开关，嘴里嘟囔着开始表示抱歉，但加布里埃尔打断了他：

"我们不用开灯。街上的光亮足够了。对了，"他指了指蜡烛补充说，"这件漂亮玩意儿也拿走吧，麻烦你了。"

看门人又端起蜡烛，但动作缓慢，因为他对这样一个新奇的指令感到惊讶。他咕哝了一声晚安就出去了。加布里埃尔锁上了门。

街灯幽灵般的光亮照进了房间，狭长的光束从窗台一直延伸至门边。加布里埃尔把大衣和帽子扔在沙发上，接着穿过房间，朝窗户走去。他往下面的街道看了看，好让自己的情绪稍微平静下来。然后他转过身，背对着光，靠在一只五斗橱上。她已经脱下帽子和斗篷，正对着一面大穿衣镜解开她腰上的搭扣。加布里埃尔等了一会儿，注视着她，然后说：

"格丽塔！"

她在镜子前慢慢转身，沿着那道光束向他走去。加布里埃尔看着她严肃而疲惫的样子，话到了嘴边竟说不出口。不，还不是时候。

"你看起来很累了。"他说。

"是有点儿累。"她答。

"你没觉得哪里不舒服吧？"

"没，只是累了。"

她走到窗边，向外张望。加布里埃尔又等了一会儿，但他担心再拖下去就更不敢开口了，于是突然说：

"对了，格丽塔！"

"怎么了？"

"你认识那个可怜的马林斯吗？"他匆匆地说。

"认识，他怎么了？"

"唉，可怜的家伙，不过说到底，这人还算正派，"加布里埃尔假惺惺地说，"他把之前借的那一英镑金币还给我了，说真的，我都没指望他能还。不过，他总是跟那个布朗混在一起，可惜了，毕竟他本性并不坏。"

这一刻的愠怒让他浑身颤抖。她凭什么看起来这么心不在焉？这让他不知该如何开口。她是不是也在为什么事而烦恼？要是她愿意转过身，或者主动走向他就好了！直接搂住她未免有些太粗暴了。不，他要先看着她的眼睛，看见她眼中含着哪怕一丝爱意。他想让自己成为她变化莫测的情绪的主宰。

"你什么时候借给他那一英镑的?"她过了好一阵才问。

加布里埃尔竭力克制着自己,才忍住了对酒鬼马林斯的咒骂,以及对他借钱这一行为的不满。他渴望从灵魂深处向她呐喊,把她压在身下,将她据为己有。可他只是说:

"哦,在圣诞节的时候,他那会儿在亨利街开了一间小店,卖圣诞贺卡。"

他沉浸在愤怒和欲望的狂潮中,竟没有听到她从窗边走来。她站在他面前,以一种陌生的眼神打量着他。然后,她突然踮起脚尖,双手轻轻搭在他的肩膀上,吻了他。

"你是一个十分慷慨的人,加布里埃尔。"她说。

这突如其来的吻和匪夷所思的赞语让加布里埃尔兴奋得浑身颤抖,他把手放在她的头发上,开始轻轻向后梳理,手指几乎没有触到头发。洗过的头发柔顺而有光泽。他心里洋溢着幸福。就在他心痒难耐的时候,她主动来到了他的身边。或许他们的思想一直在同一频率。或许她感受到了他身上那股躁动的欲望,所以乖乖屈服了。现在她是如此轻易地沦陷,他不明白自己之前有什么犹豫的必要。

他站在那里,双手捧着她的面颊。然后,他用一只手迅速拢住她的身体,将她拥入怀中,轻声说:

"格丽塔,亲爱的,你在想什么?"

她既没有回答,也没有完全倒入他的怀抱。他又轻轻问了一遍:

"告诉我吧,格丽塔。我想我知道是什么事儿。我知道吗?"

她没有作声。紧接着,她的眼中涌出泪水:

"哦,我在想那首曲子,《奥赫里姆的少女》。"

她挣脱他的怀抱，逃到床边，双臂架在扶栏上，遮住了脸。加布里埃尔怔怔地站了好一会儿才跟过去。当他走过那面可以旋转的大穿衣镜时，看到了自己的全身，看到了他宽阔而饱满的衬衣前襟、亮闪闪的金边眼镜，以及他对着镜子时总显得有些困惑的表情。他走到离她几步远的地方停下来，说：

"那首曲子怎么了？你怎么还哭起来了？"

她从臂弯里抬起脑袋，像个孩子似的用手背抹了抹眼泪。他的语气比他预想的要温柔许多。

"怎么啦，格丽塔？"他问。

"我想起一个人，他之前唱过这首歌。"

"这个人是谁呢？"加布里埃尔笑着问。

"是我在戈尔韦认识的，那时我跟祖母住在一起。"她说。

加布里埃尔脸上的笑容消失了。一股沉郁的怒气在他心底积聚起来，那被压抑的性欲又开始在他的血管里如烈火般燃烧。

"是你的旧情人吗？"他讥讽道。

"是我之前认识的一个小男孩，"她说，"名叫迈克尔·福瑞。他之前总唱那首《奥赫里姆的少女》。但他身体不太好。"

加布里埃尔一言不发。他可不希望她觉得自己对这个病恹恹的男孩有什么兴趣。

"我记得很清楚，"她停顿了一下说，"他有那么一双眼睛：又黑又亮的大眼睛！眼里还透着那样一种——那样一种目光！"

"哦，看样子你是爱上他了？"加布里埃尔说。

"我之前会跟他一起去散步，"她说，"在戈尔韦的时候。"

加布里埃尔的脑中闪过一个念头。

"所以你才想跟那个什么艾弗斯小姐一起去戈尔韦吧？"他冷

冷地说。

"去干吗呢?"

加布里埃尔被她的眼神弄得很不自在。他耸了耸肩,说:

"我怎么知道?去见他也说不定。"

她默默把目光从他身上移开,顺着那束光向窗外望去。

"他已经死了,"她终于说,"他死的时候只有十七岁。那么年轻就死了,你不觉得很可惜吗?"

"他是做哪一行的?"加布里埃尔问,他的话里仍有一丝讥讽的意味。

"他在煤气厂工作。"她说。

加布里埃尔觉得很没面子,一是因为他的嘲讽落了空,二是因为他竟然从死者中引出来一个在煤气厂工作的男孩。就在他满心回忆他们的亲密生活,重温那些满是柔情、欢愉和欲望的生活片段时,她却在心里把他和另一个人做比较。他自觉人格受辱,一种强烈的羞辱感袭上心头。他发现自己扮演着一个滑稽的角色,一个为姨妈跑腿办事挣点儿小钱的穷酸小子、一个出于好心却常事与愿违的神经兮兮的伤感主义者。他对着一帮乌合之众发表长篇大论,为自己小丑般的肉欲披上如梦似幻的新衣。在这面镜子里,他才终于将这么一个可怜而又可鄙的人物看得清楚明白。他本能地转过身,背对着灯光,生怕她看见耻辱烙印在他额头上的痕迹。

他想用这种冰冷的语气继续审问下去,但话一出口,又变得无奈且卑微了。

"我想你是爱上这位迈克尔·福瑞了,格丽塔。"他说。

"那时我跟他很要好。"她说。

她的声音怆然而悲伤。加布里埃尔知道,此时再将她引回原先

他所设想的状态无异于痴人说梦,于是他抚摸着她的一只手,以同样伤感的语气说:

"格丽塔,他怎么年纪轻轻就死了呢?是得了痨病吗?"

"我想他是为我死的。"她答道。

听了这话,加布里埃尔心里有一种说不出的恐惧,仿佛在他即将得胜的时刻,一种无影无形的、睚眦必报的恶灵,在它那虚无缥缈的世界纠集了一股反对他的力量,向他猛扑过来。他凭借自己的理智将这恐惧从身上抖落,继续抚摸她的手。他没有再追问,因为他觉得她会主动告诉他的。她的手温热而潮湿,它没有对他的抚摸做出回应,但他仍然抚摸着它,就像他在那个春日清晨轻轻地抚摸她写给他的第一封信时那样。

"那是在冬天,"她说,"大约是初冬时节,我正打算从祖母家到这里的修道院来。那时他生病了,在戈尔韦的房子里,出不了门,只能给远在乌特拉德的亲人写信。他们说,他的病情每况愈下,或诸如此类的话。但并非我亲眼所见。"

她停了一会儿,叹了口气。

"可怜的家伙,"她说,"他对我有好感,而且是个很温柔的男孩。我们经常一起出去,散步,你知道的,加布里埃尔,就像乡里人那样出门遛弯儿。要不是身体原因,他就去学唱歌了。他有一副好嗓子,可怜的迈克尔·福瑞。"

"嗯,然后呢?"加布里埃尔问。

"然后,我就要离开戈尔韦来这里的修道院了,结果他的病情急转直下。他们不让我见他,所以我只好写了一封信,告诉他我要到都柏林去,夏天就会回来,希望他到时候能好起来。"

她停顿了一下,控制住自己哽咽的声音,接着说:

"在我离开的前一天晚上，我在修女岛上祖母家的房子里收拾行李，突然听到有人往窗户上扔石子。窗玻璃上都是水，我看不清，所以就直接跑下楼，从后门溜进花园里。那个可怜的家伙就站在花园尽头，浑身抖个不停。"

"你没叫他回去吗？"加布里埃尔问。

"我求他赶紧回家去，说一直淋雨会要了他的命的。可是他说，他不想活了。我现在还能清楚地看到他那双眼睛！他站在院墙尽头，那个地方有一棵树。"

"他后来回去了吗？"加布里埃尔问。

"嗯，他回去了。我到修道院刚一个星期，他就去世了。他就葬在乌特拉德，那儿是他的老家。哦，我听到消息的那天，就是他去世的那天！"

她顿住了，哽咽得说不出话来。她再也忍受不住，脸朝下扑倒在床上，抱着被子痛哭起来。加布里埃尔又握了一会儿她的手，不知如何是好。他不忍去打搅她的伤心往事，于是轻轻松开了她的手，静悄悄地往窗边走去。

她睡着了。

加布里埃尔倚着胳膊，平静地望着她蓬乱打结的头发和半张半闭的嘴，听着她深沉的呼吸。原来她的生命中有过这么一段浪漫史：一个男人为她而死。想到自己作为丈夫，却扮演着这么一个无足轻重的角色，他几乎不再感到痛苦。他望着熟睡的她，仿佛他和她从未像真正夫妻那样一起生活过。他好奇的目光久久停留在她的脸和头发上，他幻想着，当她还是个含苞待放的少女时，该有多么惹人怜爱。然而，这个想法却在他灵魂中唤起了一种陌生而友善的怜悯。他甚至不愿对自己说，她美丽的容颜早已褪去，但他知道，那已经不是迈克尔·福瑞甘愿为之殉情的那张脸了。

或许，她仍对他有所保留，没有把完整的故事告诉他。他把目光移向椅子，上面胡乱堆着几件她的衣服。一条衬裙的绳带垂在地板上。一只靴子直立着，但软质的靴筒塌了下去；另一只靴子就躺在它旁边。他对自己一个小时前澎湃激荡的情绪感到不解。它是由什么引起的呢？是他姨妈举办的晚宴、是他自己愚蠢的演讲、是美酒、是舞蹈、是前厅告别时的欢闹，还是雪中在河岸漫步的愉悦呢？可怜的朱莉娅姨妈！过不了多久，她也将变成一只魂灵，与帕特里克·莫肯和他的那匹马的魂灵相见。在她演唱《盛装待嫁》的时候，他曾在她脸上捕捉到一丝憔悴的神情。或许，过不了多久，他会再次出现在那间客厅里，身穿黑色丧服，膝上放着一顶丝质礼帽。百叶窗会被放下来，凯特姨妈会坐在他身旁，一把鼻涕一把泪地告诉他朱莉娅是怎么死的。他会绞尽脑汁地去想些用来安慰她的话，可最后却只能找到一些无关痛痒的词句。是啊，是啊：这一切很快就会到来。

房间里的寒气侵入了他的肩膀。他小心翼翼地钻进被窝，在妻子身旁躺下。一个接一个，他们都将变成魂灵。与其随着年华的消逝而枯萎，不如在情欲盛放的光辉中纵身跃向另一个世界。这么多年过去了，他无法想象，躺在自己身旁的妻子如何能将心爱之人的眼神——告诉她，说自己不想活了的眼神——就这样封存于心底。

加布里埃尔的眼中盈满了泪水。他从未对哪个女人有过这样的感觉，但他知道，这种感觉一定是爱。泪水越积越多，在朦胧的黑暗中，他想象自己在一棵雨水滴答的树下见到一个年轻人的身影。附近还有一些其他人的影子。他的灵魂已经靠近了那个聚居着众多死者的领域。他意识到了它们是恣意妄行、飘忽不定的存在,却无法对它们表示理解。他自己也正消失在一个灰色的无形世界:这个坚实的世界,这个曾让死者在此养育生息的世界,此刻,正在逐步瓦解和坍缩。

　　窗玻璃上传来轻轻的拍打声,他转头看去。又开始下雪了。他睡眼蒙眬地望着窗外的雪花,银闪闪的、黑茫茫的,在街灯的映照下斜斜地飘落。是时候踏上向西的旅程了。对,报纸上说得没错:整个爱尔兰都在下雪。雪落在晦暗的中部平原的每一寸土地上,落在没有树木的山丘上,轻轻地落在艾伦沼泽上,再往西去,还见它恬然落入香农河汹涌的暗流之中。诚然,这雪也落在山上那片清冷的教堂墓园里,落在迈克尔·福瑞的坟墓上。雪片纷纷扬扬地落下,厚厚地堆积在歪斜的十字架和墓碑上,堆积在小门护栏的铁镖头上,堆积在荒芜的荆棘丛上。他的灵魂缓缓陷入沉眠。他听着雪花在天地间悠悠飘落,悠悠地,如同他们最终的归宿那样,飘落在每一个生者和死者身上。

经典就读三个圈　　导读解读样样全

三个圈
独家文学手册

导　读

《都柏林人》：去国者的文学返乡

作者：姚孟泽

（南开大学文学院中国语言文学系讲师。主要研究领域为中国现当代知识社会史、比较文学学术史和西方小说史等。）

乔伊斯

都柏林人

有这样一个人,他嗜酒如命,说谎成性,耽于幻想,夸夸其谈,自以为是,同时又敏感自卑,在生活中给朋友、亲人和爱人带来了无尽的考验与麻烦。但同时,他却拥有绝佳的美学眼光和艺术创造力,通过几部"离经叛道"的文学作品推动了20世纪现代文学的生成与发展,确立了自身的文学地位。于是,一种矛盾形成了:作为生活庸人的我们大概都不想接近他,他却将我们无情地冷眼看穿,并钉在他的作品中;他又用重重机关将作为读者的我们拒之门外,以至于我们很难轻易地走进他的作品。

他就是詹姆斯·乔伊斯,一个将其作品紧密地与故乡都柏林联系在一起、但又主动选择自我流亡的爱尔兰作家。20世纪初,他用惊世骇俗的长篇小说巨著《尤利西斯》(*Ulysses*,1922)推动英语现代主义文学走上巅峰,从而拓展了世界文学的边界。在这部小说中,乔伊斯通过利奥波德·布卢姆(Leopard Bloom)和斯蒂芬·迪达勒斯(Stephen Dedalus)一天十八小时之内在都柏林的经历,绘制了一份现代社会大众的心灵地图。乔伊斯原本的计划是把《尤利西斯》写成一篇短篇小说,并将之加入已经有十五篇小说的《都柏林人》(*Dubliners*,1914)之中。不过随着构思的深入,他发现《尤利西斯》更适合写成长篇小说,于是将已经经营多年的《都柏林人》结束在现有的状态。

可以说，《都柏林人》实际上是《尤利西斯》的母体，同时也是走进乔伊斯文学世界的最佳入口——这部精美的短篇小说集，已经展示了乔伊斯文学实验的诸多尝试与未来的可能性，也蕴含着对乔伊斯的文学生命而言至关重要的一系列主题，例如瘫痪的精神、受挫的成长、失落的情感、无法完成的出走、失去方向的灵魂、困在原地的人生、失败的民族以及平庸的现代世界。

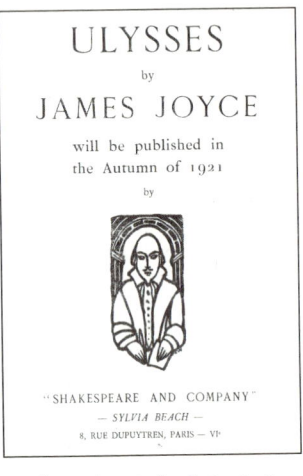

《尤利西斯》出版公告 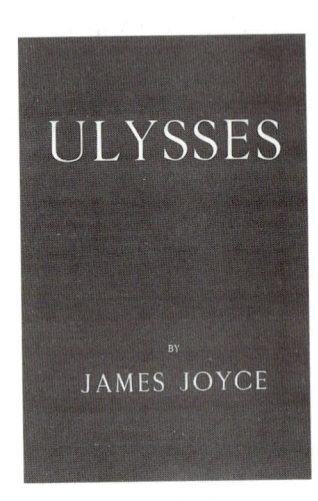　　《尤利西斯》首版封面

一、乔伊斯、都柏林与《都柏林人》

乔伊斯出生于爱尔兰都柏林的一个家道逐渐败落的中产阶级家庭。他的父亲继承了一定的财产，小有才华和抱负，但除了酗酒、

吹牛、怀疑一切、愤世嫉俗和变卖家产外一事无成。父亲的性格和行径，导致整个家庭一直在被迫搬迁和拍卖家具。在乔伊斯的自传体小说《一个青年艺术家的画像》（*A Portrait of the Artist as A Young Man*，1916）中，主人公斯蒂芬·迪达勒斯（也是后来《尤利西斯》中的主人公之一）还是孩子的时候，曾在一个寒冷孤独的夜里做过一个美梦，梦见他从严苛的寄宿学校回到家里，发现家里一派圣诞节前的温馨氛围，更惊喜的是，"父亲现在已经是一位大官了"[1]。这完全是乔伊斯自己童年心结的艺术再现。现实中乔伊斯的童年，就是在争吵、欠租、被房东扫地出门、拍卖家具和不断搬迁中度过的，因此，书中的斯蒂芬曾"想到他不是像别的孩子的父亲一样也是政府官员，未免替他感到有些难过"[2]。在《一个青年艺术家的画像》中，长大后的斯蒂芬是这样介绍自己的父亲的：

> 学过医，驾过船，唱过男中音，当过业余演员，做过大喊大叫的政治家，当过小地主、小发明家，当过酒鬼，还是有名的好人，写过小故事，给别人当过秘书，还自己酿过酒、收过税、破过产，目前是整天吹嘘自己的过去。[3]

乔伊斯的父亲约翰·乔伊斯

---

[1] 詹姆斯·乔伊斯：《一个青年艺术家的画像》，黄雨石译，黄宜思修订，2018年，江苏凤凰文艺出版社，第19页。——作者注（若无特别说明，本文注释均为导读作者注）
[2] 同上书，第26页。
[3] 同上书，第298页。

相对于父亲，母亲则是另一种形象。如果说乔伊斯的父亲意味着折腾与挫败的话，那么母亲就意味着安定与守护。她是一位虔诚的天主教徒，温柔而坚定，用心爱护着乔伊斯和其他孩子。在《一个青年艺术家的画像》中，关于母亲的描述是这样的：

> 当第一天她在校园的大厅里向他告别时，她把面纱撩到鼻子上和他接吻。她的鼻子和眼睛都红了，但是他装作没有看到她快要哭了。她是一位很漂亮的妈妈，但一哭起来就不那么漂亮了。[1]

从中，我们不难看出童年斯蒂芬（乔伊斯）对母亲真挚深沉的感情。

但矛盾的是，随着年龄的增长，乔伊斯变得更像他所畏惧、怀疑甚至是反感的父亲，而非他深爱着的母亲。在青年时期，他开始反叛宗教、质疑学校，并且有了远离家庭和去国离乡的念头。对母亲来说，越来越难以理解的儿子成了一块心病。在临终前，母亲希望乔伊斯去忏悔并皈依天主教，但乔伊斯拒绝向神父和天主教的权威下跪，她只能带着痛苦和遗憾离世。甚至，在母亲去世后，乔伊斯也拒绝向母亲的遗体下跪。在这个家庭中，母亲始终是他依赖和眷恋的对象，是这个世界上不可或缺的一部分。因此，他从对母亲的拒绝中所得到的，实际上也只是深沉的痛苦。在他后来的创作中，拒绝在母亲临终前忏悔这个事件被不断提及，成为小说人物内心深处的情感动机。

---

[1] 詹姆斯·乔伊斯：《一个青年艺术家的画像》，黄雨石译，黄宜思修订，2018年，江苏凤凰文艺出版社，第4—5页。

都柏林人

乔伊斯（左二）与祖父、母亲和父亲

实际上，乔伊斯的选择与他对爱尔兰和天主教的认识密切相关。今天的爱尔兰是一个独立的共和国，但在乔伊斯所处的时代，它却只是英国的一个殖民地。在地理位置上，爱尔兰岛距英国的不列颠群岛最近处不足百里。这就导致了爱尔兰的历史就是与不列颠群岛的政权互相缠斗的历史，并且这种缠斗随着英国国力的发展愈演愈烈。到了1801年，英国甚至直接吞并了当时的爱尔兰王国，成为大不列颠与爱尔兰联合王国。在吞并之后，英国并未像对待本国一样用心经营爱尔兰，而是展示出一种征服者的傲慢与贪婪的姿态，以至于给爱尔兰造成了沉重的灾难，其中最为惨痛的就是广为人知的爱尔兰大饥荒。为了更为方便有效地统治爱尔兰，英国尽管信奉从罗马天主教会独立出来的新教，却大力扶持和控制属于爱尔兰文化传统、具有思想专制倾向的天主教。乔伊斯曾经就英国与爱尔兰天主教的关系说过："天主教会反叛的时候，她（即英国）就迫害它，在它成为征服的一种有效工具的时候，就停止迫害。她的主要事情就是要使这个国家（即爱尔兰）一直处于分裂状态。"[1]因此，当母亲希望乔伊斯改正行径、皈依天主教时，乔伊斯所面对的不是母亲，而是一个关于爱尔兰之历史与未来的文化命题和政治命题：皈依天主教，在很大程度上就是以认可爱尔兰文化传统的方式认可英国统治的殖民现状，而这对乔伊斯而言是难以接受的。在《一个青年艺术家的画像》中，斯蒂芬说爱尔兰是"一个蝙蝠一样的心灵在黑暗中、在隐秘中、在孤独中忽然意识到了自己的存在，于是通过一个毫无忸怩之态的女人的眼神、声音和姿态，邀请一个

---

[1] 詹姆斯·乔伊斯：《爱尔兰，圣者与贤人的岛屿》，载《乔伊斯文集·乔伊斯文论政论集》，姚君伟、郝素玲译，上海译文出版社，2013年，第183页。

陌生人到她的床上去"[1]，又说"爱尔兰是一个吃掉自己的猪崽子的老母猪"[2]。

更让乔伊斯难以接受的，是当时整个爱尔兰的历史、社会政治和文化氛围。英国的统治，尤其是它所酿成的灾难，反向刺激了爱尔兰反抗运动的发展。但在巨大的内外压力下，反抗运动内部的力量构成和脉络也是错综复杂和矛盾重重的。在谋求独立的途径上，有的力量主张通过武力争取独立，有的主张通过议会政治温和路线推进独立；而在宗教方面，有的力量主张建立天主教的爱尔兰，而有的则主张建立宗教自由的爱尔兰。这些力量彼此拒斥，也互相组合，使爱尔兰的独立之路更添了几分曲折晦暗。

在乔伊斯成长起来的19世纪末20世纪初，这种曲折晦暗显得尤为严重。在此前一段时期，走议会政治温和路线的政治精英帕内尔曾被广泛地寄予厚望。在19世纪70年代到80年代，通过其长袖善舞的政治才华，他有效地团结了不同的力量，推动了关于爱尔兰自治（Home Rule）的议程。然而，在此过程中，他也招致了爱尔兰

帕内尔

---

1 詹姆斯·乔伊斯：《一个青年艺术家的画像》，黄雨石译，黄宜思修订，江苏凤凰文艺出版社，2018年，第221页。
2 同上书，第248页。

内外的一些政治力量的不满。1889年,帕尔内被爆出通奸丑闻,其政治信誉和道德形象大为减损,从而给了异己力量反击的机会。很快,帕尔内领导的议会党被一分为二,同时,他本人的健康状况也急剧地恶化,最终在四十五岁时因肺炎而死。

帕内尔死后,主张温和路线的力量衰落,政治极端化和思想对立现象逐渐突显。尤其是极端民族主义与本土主义思潮的兴起,激化了不同政治力量的彼此争斗和互相指责。乔伊斯敏锐地感受到了这一点,并将之通过作品呈现出来。在《一个青年艺术家的画像》中,乔伊斯借斯蒂芬童年时期的一场家庭宴席,再现了他的家人和亲友因政见不同而在宴席上争吵不断、最终不欢而散的场景。更重要的是,在这样极端化与对立的环境中,社会空间越发收缩,政治压力不断增大,导致爱尔兰独立运动失焦,整个社会被琐碎、困厄、平庸和保守的风气所裹挟。在《都柏林人》的《委员会办公室里的常春藤节》中,乔伊斯通过几个辅助政治竞选的工作人员的对话,展现了后帕内尔时代的普通人因为无法形成一致的政治主张和坚实的政治责任感,陷入思维短浅、情感麻木的政治冷感状态。

因此,这个时期的爱尔兰,尤其是乔伊斯成长的都柏林,是社会文化精英瞻前顾后、畏首畏尾的殖民地,是大部分普通人安之若素、得过且过的大都会;但对于乔伊斯那敏感的心灵来说,则是政治压抑、思想保守的瘫痪之都。1904年,在写给伴侣诺拉·巴纳克尔(Nora Barnacle)的一封信中,乔伊斯说道:"我感到(我总是有这种感觉)在自己的祖国我却是一个异乡人。"[1]

---

[1] 詹姆斯·乔伊斯:《乔伊斯书信集》,蒲隆译,上海译文出版社,2013年,第218页。

不难理解,若想要摆脱这种压抑的氛围,就只有离开这一条路可以走。乔伊斯曾两度选择离开爱尔兰,到欧洲大陆去寻求人生的可能与文化的希望。第一次是1902年12月到1903年4月的短暂的巴黎之行:乔伊斯借口到巴黎学医,实际学医的时长不过两周,更多的时间则被乔伊斯花在读书和写作上,只能靠着稿费和家

诺拉·巴纳克尔

人的接济艰难度日。1903年4月,乔伊斯接到了母亲病重的电报,匆匆结束了这一场匆匆开始的出走。回国后,由于母亲去世后家庭环境不断恶化,更由于乔伊斯见识增长和心智逐渐成熟,他对都柏林的文化环境也越来越不满,越发心生去意。1904年1月,乔伊斯通过一篇题为《艺术家的画像》的短篇小说,开始了他的小说创作生涯。尽管在十年之后,这篇小说才会变成《一个青年艺术家的画像》,但在1904年2月,乔伊斯就已经确定了这部作品的主题,即一位青年艺术家的反叛与出走,同时也确定了这位艺术家的名字,即斯蒂芬·迪达勒斯。在这个名字中,"斯蒂芬"源于基督教的第一个殉教圣徒圣司提反(St. Stephen),而"迪达勒斯"则源于希腊神话中同名的能工巧匠——他和儿子伊卡洛斯(Icarus)在为克里特岛的米诺斯王(King Minos)建造迷宫之后,借助用蜡黏合鸟羽制成的翅膀逃离了克里特岛。后来,在成形的小说中,斯蒂芬对一位民族主义者说道:"当一个人的灵魂在这个国家诞生的时候,马

上就有许多网在他的周围张开，防止他飞掉。你和我谈什么民族、语言、宗教。我准备要冲破那些罗网高飞远扬。"[1]终于，1904年10月6日，未来的艺术照亮了当前的现实，乔伊斯携手诺拉，像自己构思中的人物一样，飞出了都柏林这张大网，开启了流亡的一生。

值得注意的是，乔伊斯的"流亡"并非被迫的，而是一种主动选择，因此是一种"自我流亡"。同时，即便是"流亡"，我们也很难说乔伊斯真的"去国离乡"了——他"去国"，但又通过创作一次次地"文学返乡"，因此也可说是从未真正地"离乡"。在"流亡"中，乔伊斯得以有足够的空间去思考"爱尔兰"和"都柏林"意味着什么，并将之诉诸严肃的文学创作。这一创造首先诞生的成果，就是《都柏林人》。实际上，在第二次离开爱尔兰之前，乔伊斯就开始为一份刊物撰写了三篇短篇小说，分别是《姐妹》《伊芙琳》和《赛车之后》，并计划共创作十篇小说，结集为《都柏林人》。1905年至1907年，随着在欧洲大陆不同国家的辗转生活，了解到不同文化之间的差异，乔伊斯逐渐将《都柏林人》扩充为总共十五篇短篇小说的作品。1905年，乔伊斯在给出版人的一封信中说：

> 我认为还没有一个作家向世界展示过都柏林。几千年来它一直是欧洲的一个都城，据认为是英帝国的亚城，差不多有三个威尼斯大。况且，由于许多情况我们不便在这里详述，"都柏林人"这几个字在我看来意味深长，我怀

---

[1] 詹姆斯·乔伊斯：《一个青年艺术家的画像》，黄雨石译，黄宜思修订，2018年，江苏凤凰文艺出版社，第247—248页。

1907年的里雅斯特，乔伊斯在此地获得了一个英语教师的职位。

疑像"伦敦人"和"巴黎人"这一类字眼是否有同样的含义，这两个词组已经被一些作家用作书名。我不时地在出版社的书目上看到爱尔兰题材的图书问世，因此我想人们也许乐意拿钱买那种我希望弥漫在我的故事中的特殊的腐朽气味。[1]

然而，对于这部散发着"腐朽气味"的作品，爱尔兰出版商是充满警惕的。因为他们不仅要顺从彼时大英帝国严苛的文化审

---

[1] 詹姆斯·乔伊斯：《乔伊斯书信集》，蒲隆译，上海译文出版社，2013年，第93页。

查制度，而且还要在巨大的社会政治压力下进行更为严苛的自我审查。但乔伊斯为了其艺术理念，坚持在小说中按照爱尔兰真实的社会风貌和世态人情进行描写，因此在作品中使用了一些现实中人们会用、但不见得容于文化审查的内容，例如小说中出现多次的"bloody"[1]；同时，他也将现实中的商店、酒吧、住宅和人物放进故事中。为此，在接下来的几年里，乔伊斯与几位出版人展开拉锯式的沟通，还几度亲自返回都柏林，为作品中的符号、用词、句子、段落和篇章讨价还价，甚至还曾为一句涉及英国国王的话而致信王室，希望得到王室的特准（但王室秘书回信，说国王对此类问题向来不予回应），从而说服谨小慎微的出版商。到了1912年，乔伊斯对于在爱尔兰出版《都柏林人》这件事儿终于绝望了，也结束了为出版而奔走的最后一次返乡之行，从此再也没有踏足爱尔兰半步。他因离开爱尔兰而走向《都柏林人》，又因《都柏林人》而彻底告别了爱尔兰。

但转机很快就来了。1913年，理查兹[2]致信乔伊斯，希望再看一下《都柏林人》的稿件，并考虑出版。同年，庞德[3]在叶芝[4]的介绍下致信乔伊斯，并将乔伊斯的作品推荐到刊物上发表，从此成为乔伊斯作品走向英美和世界文坛的重要推手之一。终于，1914年，《都柏林人》在伦敦出版。从此以后，世界文学地图上有了都柏林这个城市。

---

[1] 意为"血腥的，该死的"，常用于脏话或诅咒。
[2] 格兰特·理查兹（Grant Richards，1872—1948），英国出版人。
[3] 埃兹拉·庞德（Ezra Pound，1885—1972），美国诗人。
[4] 威廉·巴特勒·叶芝（William Butler Yeats，1856—1939），爱尔兰诗人。

都柏林人

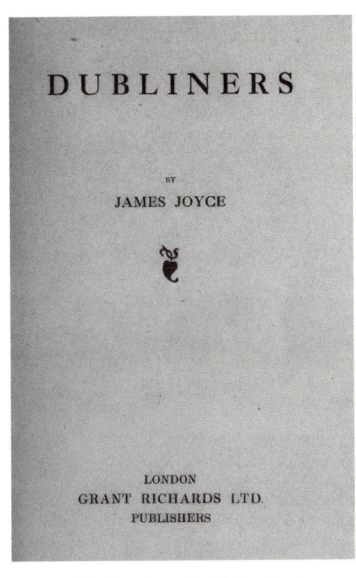

《都柏林人》首版封面

格兰特·理查兹

《两位绅士》中提及的基尔代尔街

《寄宿公寓》中提及的哈德威克街

《两位绅士》《如出一辙》《圣恩》中提及的韦斯特摩兰街

《母亲》中提及的临时教堂

《死者》提及的皇家剧院

《死者》中提及的格雷沙姆酒店

二、现实社会的平庸与写实艺术的灵显

在世界文学史上,爱尔兰曾经籍籍无名。但是,到了19世纪末20世纪初,一些爱尔兰作家突然出现在世人面前。这与前文提到的爱尔兰独立运动的受挫密切相关:在政治独立无望的背景下,爱尔兰文化复兴运动勃然兴起,一些文化精英试图从文化入手,来谋求爱尔兰的种族身份觉醒和政治独立。其中最为著名的,就是诗人叶芝——他以一种古老的、纯粹的和神秘的凯尔特[1]文化为题材,创作

---

[1] 凯尔特(Celtic),当时被认为是古代爱尔兰的原初和核心人种,实际上也是由多种族融合而成的族群。

了大量具有浪漫主义、象征主义、神秘主义和民俗色彩的诗歌，以此建构爱尔兰文化传统。他的诗歌艺术成就，使其被广泛视为爱尔兰文学和凯尔特文化的代言人，并最终使他获得了1923年的诺贝尔文学奖。

然而，对于乔伊斯来说，叶芝的道路并不可取。那种神秘的、本真的、民间的爱尔兰，与其说是这一代人所属的国家，不如说是如英国一样的另一种异己国度，一种政治抵抗受挫之后建构起来的文化幻觉。在乔伊斯看来，重要的不是寻求建构另一种早已不存在、或许根本就未存在过的凯尔特，而是直面现实的爱尔兰，并将它如实呈现出来。早在大学时代的一篇题为《戏剧与人生》（Drama and Life, 1900）的演讲中，乔伊斯就借对

叶芝　　　　　　　　　易卜生

易卜生[1]的推崇表达过这一文学观念:"我们必须接受我们在现实世界中见的男男女女,而不是我们所理解的生活在童话世界中的那样。"[2]那么,何为现实世界中的男男女女呢?乔伊斯在同一篇演讲中说道:

> 许多人像法国人一样,感到他们过迟地降生在一个过于古老的世界上,他们希望渺茫,庸碌无为。这永远残酷地表明,剩下的只是最后的空无所有、一片无边的徒劳,同时又是一个大包袱。在严格的统治下,大规模的野蛮行为已经变得不可能,骑士精神也已为林荫道上的时髦预言所搏杀。邮件到了,也听不到当啷声,勇敢的言行已失去光辉,也不脱帽致敬了,闹饮都没有了!浪漫传奇的传统只是在生活放荡不羁的艺术家圈子里才得以发扬下去。[3]

换句话说,这是一个英雄退场和庸人登台的时代。作家只能直面这个时代,而非转身寻找早已褪色的古老传奇。

在乔伊斯所倾慕和熟悉的欧陆文学中,发现平庸和如实地呈现平庸,是19世纪下半叶以来的一大潮流。身处一个资产阶级、市民社会和大众文化不断扩张的时代,许多作家都发现这个时代的内核

---

[1] 亨利克・易卜生(Henrik Ibsen, 1828—1906),挪威戏剧家。
[2] 詹姆斯・乔伊斯:《戏剧与人生》,载《乔伊斯文集・乔伊斯文论政论集》,姚君伟、郝素玲译,上海译文出版社,2013年,第36页。
[3] 同上书,第36页。

就是"平庸"。在小说《包法利夫人》中，福楼拜[1]用极尽客观的方式，呈现了乡村姑娘爱玛·包法利（Emma Bovary）试图通过爱情逃离平庸环境而不得的悲剧故事。而福楼拜的冷酷和高妙就在于写出了这样一种境况：爱玛之所以产生逃离平庸环境的欲念，根本在于她那和这一环境相匹配的平庸心智受到了同样平庸不堪的浪漫小说的诱惑与教导。在诗歌中，波德莱尔[2]同样发现了这个时代的精神和文化平庸，试图通过"恶之花"的奇异审美来震撼资产阶级的心智。在戏剧中，契诃夫[3]和易卜生将人们无聊的日常生活和餐桌闲聊搬上舞台，让他们的人生大梦无声破碎，最终意识到时间流逝所剩下的不过一地鸡毛。然而，发现平庸是一回事儿，用文学的手法再现又是另一回事儿——无论是古典的还是浪漫的西方文学都习惯性地告诉人们，文学应该是美的、善的，应该是有教导意义的，而不应将丑的东西不加掩饰

---

1 古斯塔夫·福楼拜（Gustave Flaubert，1821—1880），19世纪中期法国伟大的批判现实主义小说家。
2 夏尔·波德莱尔（Charles Baudelaire，1821—1867），19世纪法国最著名的现代派诗人，象征派诗歌先驱，代表作有《恶之花》。
3 安东·契诃夫（Anton Chekhov，1860—1904），俄国著名小说家、戏剧家。

地呈现出来，哪怕丑即生活的本来面目。因此，直面生活本身，对于作家而言是一种严峻的挑战。

正是在这种意义上，乔伊斯加入福楼拜、波德莱尔、契诃夫和易卜生的队列里，以新的姿态来面对挑战，回应何谓爱尔兰与何谓文学的双重问题。乔伊斯曾在给出版人的信中写道：

契诃夫

> 我的愿望是写一章我国的道德史（moral history），我选都柏林作为背景，因为这个城市在我看来是麻痹（paralysis）的中心。我试图从四个方面把他展示给麻木不仁的大众（the indifferent public）：童年、青年、成年和社会生活。小说就是按这个顺序安排的。[1]

在此，有三点值得注意的信息。第一点是"道德史"。这里的"道德"并非指伦理和善恶意义上的道德，而是指心智、思想或精神；所谓"史"也并非指过去之事，而更应该理解为当代状况。也就是说，乔伊斯要写的，是爱尔兰当代的思想或精神状

---

[1] 詹姆斯·乔伊斯：《乔伊斯书信集》，蒲隆译，上海译文出版社，2013年，第98页。

况。第二点是"麻痹"。这个中译词主要指的是精神状态；当它被用来指身体状态时，也可以被翻译为"瘫痪"。也就是说，乔伊斯对爱尔兰当代精神状态的认识，就是麻痹（瘫痪）。第三点是按"童年、青年、成年和社会生活"的结构来呈现不同的麻痹（瘫痪）状态。这一点也体现在后来成书的篇目布局之中——《姐妹》《一次偶遇》《阿拉比》属于"童年"篇，《伊芙琳》《赛车之后》《两个绅士》《寄宿公寓》属于"青年"篇，《一小朵云》《如出一辙》《泥土》《一桩惨案》属于"成年"篇，而《委员会办公室里的常春藤节》《母亲》《圣恩》《死者》属于"社会生活"篇。

在这三点值得注意的信息中，最为关键的就是"麻痹（瘫痪）"。它是乔伊斯别具匠心地为都柏林人的平庸状态找到的一个关键词，并将它融入不同作品的主题中。对此，我们以"童年"篇的三篇小说为例来进行具体的讨论。这三篇小说都是以一个儿童的第一人称视角进行叙述的，可以被认为是一个人物的三个故事，是整个《都柏林人》中彼此关联性最强的一组故事，也是《都柏林人》的基石。

第一篇小说《姐妹》通过"我"的眼睛，来探视詹姆斯·弗林神父的死亡在旁人和亲人那里得到的不同反应。小说透露出来的种种迹象，暗示神父可能是因梅毒而死。然而，这一可能性对于"我"和读者来说，都是遮遮掩掩的："我"只知道弗林神父患有瘫痪，好事者老柯特暗示神父生前行为不检，神父的两个姐妹则对此避而不谈；只告诉我们，神父在最后时日精神失常，并将其死亡归咎于他履行圣职时失手打破了圣杯。在这个故事中，麻痹（瘫痪）体现在不同人物身上，从而向我们展现了都柏林人整体的精神状态：神父的瘫痪和失智、老柯特的无聊和流言，以及姐妹们的沉默和劳苦。

在第二篇小说《一次偶遇》中，这种精神状态以更具冲突性和戏剧性的方式呈现出来："我"和两位同学受描绘美国西部旷野和印第安人战争的冒险故事的诱导，计划逃学到校外"疯狂"。但到了约定时间，一位看起来最勇敢的同学狄龙却临阵脱逃。"我"和另一位同学马奥尼在无聊的闲逛后，遭遇了一个行径猥琐和心理变态的成年男人——他先是和善幽默地引诱"我们"谈论女孩，之后就踱到一旁进行手淫，回来后则显露出粗野和恶毒的性情。在这个故事中，"我"本想逃离无聊沉闷的学校，却撞进更加无聊甚至是令人恶心的成人世界，而我那"勇敢"的同伴，也不过是胆怯懦弱的孩子。

在第三篇小说《阿拉比》中，乔伊斯将对平庸的描摹对准了"爱情"这一主题："我"迷恋上了曼根的姐姐，却不敢向其表白，只能在一厢情愿的狂热中感受爱情。一天，曼根的姐姐突然问我是否会去阿拉比市场，一个带有异域（东方）色彩的临时市场。"我"欣喜若狂，答应去市场里为她带东西回来，并央求姨父下班后给"我"零钱前往。在"我"的心中，"阿拉比"一词仿佛天音，充满魅力。然而，姨父忘记了自己的承诺，当天直到很晚才回家。等到"我"拿着数量可怜的零钱来到阿拉比市场时，已到了市场关门时间；而且，"我"在黑暗中看到的，只是一个出售低劣商品器物的大卖场，以及在打情骂俏的粗俗的售货员。

在这三篇小说中，乔伊斯向我们呈现了那个社会将一个孩子包围起来的精神状态：一切都平庸不堪，一切都令人失望；而最令人失望的，是"我"盲目的迷恋、幻想、崇拜、冒险、遭遇和不期然的成长。

当然，对于乔伊斯严肃的小说艺术来说，比呈现了什么更为值得注意的，是作家选择如何呈现。我们以《姐妹》为例来解释这一点。这篇小说的主体内容是詹姆斯·弗林神父去世后人们的对话，其中充满了间断、省略和模糊，令人费解。例如下面这段：

> 我下楼吃饭时，老柯特正坐在炉火旁抽烟，姨妈正给我舀上一大勺麦片粥。他开口了，像是接上了刚才没说完的话：
>
> "不，我也没说他就是……但很奇怪……他身上有些耐人寻味的地方。我是这么想的……"
>
> 他抽起烟斗，无疑是在整理脑中的想法。真是个老糊涂蛋！我们刚认识他的时候，他还是挺有意思的，常聊些酒尾和蛇管什么的。但很快，我就对他和他那没完没了的酒厂故事感到厌烦了。
>
> "对此，我有自己的看法，"他说，"我认为它属于那种……疑难杂症……不过很难讲……"
>
> 他又抽起了烟斗，到底是没有发表他的高见。姨父见我一直瞪着他，就对我说：
>
> "哦，你的老朋友走了，你听到这个消息很难过吧。"
>
> "谁？"我问道。
>
> "弗林神父。"
>
> "他死了？"

"柯特先生刚才告诉我们的。他来时路过了那座房子。"

我知道，他们在观察我的反应，所以我只是喝粥，假装对这个消息不感兴趣。姨父向老柯特解释道：

"这小家伙和他关系挺好的。要知道，老先生教了他不少东西，人家都说他对这孩子抱有很大的期望。"

"愿上帝保佑他的灵魂。"姨妈虔诚地说。

老柯特看了我一会儿。我能感觉到，他那双又小又亮的黑眼珠子在打量着我，但我不想从盘子里抬眼看他，否则就遂了他的愿。他又吸起烟斗，还往壁炉里狠狠啐了一口唾沫。

"我可不会让我的小孩，"他说，"跟那种人有太多来往。"[1]

对话始终围着神父之死打转，但又总是试图绕开那个神秘的核心。在老柯特的话里，"我"与神父的友好关系遭到了暧昧不明的批评。"我"显然对这种"知又不言"感到愤怒，却由于自己是个孩子，也由于自己与"核心"的联系而毫无办法，更出于某种理由而假装毫不在意。于是，"我"与老柯特眼中的对方及自己之间，均存在着一种富于张力的视差。更重要的是，"我"与那个暗淡缥缈的成人世界之间的鸿沟，也因为这种视差而得以形式化。

类似的对话还发生在小说结尾，姨妈带着"我"前去探望神父的两个姐妹，并与其中的伊丽莎交谈起来：

---

[1] 参见本书第3—5页。

都柏林人

伊丽莎拿出手帕，用它擦了擦眼睛。然后，她把手帕放回口袋，盯着空荡荡的壁炉，好一会儿都没说话。

"他总是那么一丝不苟，"她接着说，"神父的职责，对他而言，实在太过沉重了。可以说，他的人生已经被打乱了。"

"是，"姨妈说，"他是灰了心的，可以看得出来。"

房间里一片寂静。在它的掩护下，我走到桌边，尝了一口我的那杯雪莉酒，随后悄悄坐回角落的椅子上。伊丽莎似乎又放空了自己。我们恭敬地等着她来打破沉默。过了好一会儿，她才缓缓说道：

"都是因为他打碎了那只圣杯……一切都是从那时候开始的。当然，他们都说没事，要我说，里面也没装什么东西，但是没办法……大家都说是那个男孩闯的祸。可怜的詹姆斯也为此感到不安，愿上帝怜悯他！"

"真是这样吗？"姨妈说，"但我听说……"

伊丽莎点点头。[1]

在这些对话中，孩子似乎不存在，可以不闻身外事地缩在角落里，喝自己的雪莉酒，或者做任何事情，但实际上又被对话中的空白召唤到那个"核心"的阴影中。那些省略横亘在文本中，成为这篇小说的主要特征，向我们呈现出了一个被包围在成人世界中的孩子：他敏感、脆弱而又孤独，对成人世界既向往又敬畏、既好奇又怀疑，随时准备着被教育、被指使、被排除、被招呼和被冷落，在

---

[1] 参见本书第11—12页。

希望与失望、幻想与幻灭的交替中不断被折磨和揉捻。

　　值得注意的是，为了再现"我"的感觉，乔伊斯抓住了一个关键手段——遮遮掩掩。他颇具匠心地将故事的内核隐藏起来，通过模仿孩子的视角，来一知半解地探视周遭的和内心的故事。我们没有被告知弗林神父究竟因何而死，也没有被告知那个成年男人到底在做什么，也没有被告知阿拉比市场究竟如何，更没有被告知曼根的姐姐是否值得"我"去爱恋——这些都需要我们通过自身的阅读、阅历和想象来补全。乔伊斯的模仿艺术如此之严谨高妙，以至于我们极容易错过那个被遮掩的故事。可是，对于孩子来说，那个可望而不可即的成人世界，那些在孩子身边来来往往的成年人，那些年少不解的心中事，不都是遮遮掩掩的吗？如此，乔伊斯的遮遮掩掩，正是他对生活本身的直面与如实呈现。同样，在这篇小说之外，他的其他文学手段，往往都是为"如实呈现"服务的，例如他执意要求用破折号而非引号引出对话，以及在后来所谓"意识流"的创作中对自由间接引语和自由直接引语的大量使用，都是对人物语言表达状态和心理状态的"如实呈现"。

　　不过，在乔伊斯所属的文学谱系中，如果仅仅是"如实呈现"，那么还不足以在文体意义上使他与其他作家区别开来。在"如实呈现"之上，乔伊斯还创造了一种文学手段，并将之命名为"epiphany"。就这个词本身来说，意为"显现"或"为人所知"，实际使用中通常包含两种含义：首先是基督教的主显节，纪念耶稣向世人显示其神性；其次指人精神上的顿悟[1]。乔伊斯是在一种综合的意义上使用这一概念的：它一方面主要化用"神的显

---

[1] 中文译界和学界常常将这个词翻译为"灵显""显现""顿悟"或"灵悟"等，在此姑且取"灵显"的译法。

现"这一意义，用以说明艺术创造的特征，另一方面也融合了精神顿悟的意义。在其未完成的长篇小说《斯蒂芬英雄》[1]中，主人公斯蒂芬是如此解释"灵显"的："所谓灵显，指的是一种突然出现的精神显现（spiritual manifestation）。"[2]并且，斯蒂芬也用它来解释艺术的第三种特性——光辉灿烂[3]。艺术的三种特性来自圣托马斯·阿奎纳[4]的界定，分别是完整[5]、和谐[6]与光辉灿烂。关于第三种特性"光辉灿烂"，斯蒂芬努力进行了说明：

《斯蒂芬英雄》首版封面

> Claritas是人对任何东西或者一种概括力中的神的意志的艺术发现和再现，它使得美的形象成为一种具有普遍意义的形象，使得它散发出远远超过它的一切具体条件的光彩。……这种最高的特性，一个艺术家最初在想象中孕育这个美的形象时便已经感觉到了。……美的

---

[1] 《斯蒂芬英雄》（*Stephen Hero*），也是《一个青年艺术家的画像》的草稿。
[2] James Joyce. *Stephen Hero*. New York: New Directions, 1944. 211.
[3] 为拉丁文"claritas"。
[4] 圣托马斯·阿奎纳（St. Thomas Aquinas, 1225—1274），中世纪神学家。
[5] 为拉丁文"integritas"。
[6] 为拉丁文"consonantia"。

> 最高特性，美的形象的清晰的光彩，能被为美的完整所吸引和为美的和谐所陶醉的心灵透彻明晰地加以感受的那一瞬，便是美的喜悦所达到的明晰而安谧的静态平衡……[1]

可以看到，所谓"灵显"，与"艺术形象发出的清晰的光"密切相关。这种光出现于艺术形象第一次在艺术家头脑中形成的瞬间，并且这一瞬间是"清晰且静谧"的。由此，我们或许可以说，所谓"灵显"，就是一种决定性的瞬间。在这一瞬间中，艺术形象呈现出其内在的灵韵，以及作家赋予它的美学意图。

尽管灵显发生在艺术形象第一次在艺术家头脑中形成的瞬间，但在《都柏林人》中，这一瞬间往往就是小说的结尾。这也并不矛盾——结尾往往饱含着作家构思一个艺术形象的美学意图，也往往让一个艺术形象的光亮达到最大化。我们也的确不难发现，在《都柏林人》中，结尾往往呈现出一种"清晰且静谧的静止状态"：《姐妹》结束于姨妈与伊丽莎谈话突然中断，之后伊丽莎试图对神父的死进行遮掩的瞬间；《一次遭遇》结束于"我"逃离那个男人，并对早就逃开的马奥尼感到失望和鄙夷的瞬间；而《阿拉比》结束于阿拉比市场大厅灯光谢幕，"抬头望向黑暗，我发现自己是一个被虚荣心驱使，又被虚荣心嘲弄的可怜虫，眼里不禁燃起痛苦和愤怒的火焰"[2]的瞬间。在这些瞬间，人物内心似乎都若有所感；同时，在他们感发的姿态中，又凝聚

---

[1] 詹姆斯·乔伊斯：《一个青年艺术家的画像》，黄雨石译，黄宜思修订，江苏凤凰文艺出版社，2018年，第260页。

[2] 参见本书第33页。

着个体的、社会的、民族的和历史的重负。于是，他们作为艺术形象，发出隐忍已久的光芒，使得整篇作品在最后得到彰显和升华，成为含蓄隽永、意味绵长的上佳艺术品。这种灵显的结尾，或许就可以被称为"乔伊斯式的结尾"。

三、《都柏林人》的灵显瞬间——《死者》

正如每一篇小说有其灵显的结尾一样，如果我们把《都柏林人》当作一个整体来阅读的话，会发现它一样有自己灵显的结尾。这个灵显就是最后一篇作品——《死者》。作为《都柏林人》中篇幅最长的一篇，《死者》巧妙地糅合了整部小说集中几乎所有的主题和技巧；同时又与作者日后的长篇小说更为接近，甚至就是那些长篇小说文学实验的预告。

在乔伊斯最初对《都柏林人》的构思中，并没有《死者》这一篇。然而，创作《都柏林人》大部分篇章的1905年到1907年，正是乔伊斯的流亡生活最为贫苦和颠簸的几年——他和诺拉带着年幼的孩子，辗转于法国和意大利的几个城市，不断地更换工作，也不断举债和搬迁。在这个过程中，乔伊斯对爱尔兰和自身的理解越发复杂，也越发深沉和冷静，甚至生发出怀念故土的情绪。1906年9月25日，在给弟弟斯坦尼斯劳斯的信中，乔伊斯写道：

> 有时候想起爱尔兰，我觉得自己苛刻得没有必要。我没有（至少在《都柏林人》中）再现这个城市的魅力，因为我离开任何一个城市后都从来没有感到在城市生活

的自在，只有巴黎是例外。我没有再现它那坦诚的褊狭（ingenuous insularity）和它的好客（hospitality）。后面的这种"美德"就我所知在欧洲别的地方都不存在。我对它的美也不公正：因为它的自然景色在我看来比我见过的英国、瑞士、法国、奥地利或者意大利都要美。[1]

乔伊斯在此说的"褊狭"与"好客"，是爱尔兰这类传统农业社会的特征——它们一方面容易表现出某种封闭甚至是狭隘的气息，但另一方面也常常表现得热情好客，给游子以温暖与慰藉。

正是在对爱尔兰这种双重性的思考和柔软感伤的思乡之情中，乔伊斯将《死者》的主体内容放置到一场圣诞节期间传统的爱尔兰家庭舞会上，让同他一样深受欧陆文化影响的知识分子加布里埃尔代替他返乡，寻求不可得的精神慰藉。于是，《死者》一改《都柏林人》中前几篇的阴郁色调，成为整部小说集中最为温暖的篇章。虽然在这温暖中也埋藏着死亡的阴影，但是与第一篇《姐妹》中的死亡主题遥相呼应。

《死者》的开篇就不凡。前三句英文是这样的：

> Lily, the caretaker's daughter, was literally run off her feet. Hardly had she brought one gentleman into the little pantry behind the office on the ground floor and helped him off with his overcoat than the wheezy hall-door bell clanged again and she had to scamper

---

[1] 詹姆斯·乔伊斯：《乔伊斯书信集》，蒲隆译，上海译文出版社，2013年，第133页。

along the bare hallway to let in another guest. It was well for her she had not to attend to the ladies also.[1]

第一句话如果按照直译的方式应该是这样的（当然，实际上不能如此生硬地翻译）："莉莉，看门人的女儿，如字面意义那样，已经跑掉脚了。""跑掉脚了"（run off her feet）本来是一种形象化的说法，形容"忙得脚不沾地"。没有人会真的认为脚跑得掉了，但加上"字面意义"这个强调其真实性的词语，反而突出了"非字面意义"，出现了与句子实际意义的背离，使整个句子多了一层反讽和调侃的意味。

第二句是对第一句内容的展开和说明，即解释莉莉究竟如何忙碌。其中有三点细节值得注意。第一，这句话明显太长了，缺少一些必要的标点，以至于很难阅读，更无法进行直译。不过，假如我们真的按照它的长度一口气读下来，那么也就能"如字面意义地"体会莉莉的辛苦忙碌了。第二，乔伊斯为了模仿和再现人物的状态，打破了语言的规则，自由地探索符合其艺术意图的语言形式——这种探索，在日后的长篇小说创作中不断深化。第三，句中的两个词值得品读，分别是"wheezy"和"scamper"。"wheezy"是一个形容词，意为"气喘吁吁的"，一般是指人的状态，然而，在此处却被用来形容门铃。表面上看，这里是对门铃声的拟人化，实际上却是将莉莉的状态代入到了门铃声之中。"scamper"是一个动词，意为"蹦蹦跳跳"或"连蹦带跳"。这两个词，同样都是用来体现莉莉的焦头烂额，同样都带有很强的情绪色彩，似乎是莉莉

---

[1] James Joyce. *"The Dead." Dubliners*. Ed. Margot Norris. New York and London: W. W. Norton & Company, Inc., 2006. 151–152.

主观情绪的宣泄。但是，这句话是由第三人称来叙述的，而非莉莉的第一人称。那么，这种情绪色彩又是从何而来呢？似乎，第三人称叙述者在此占据了莉莉的情感或视角，或者主动地体会莉莉的情绪感受，但又没有改变或离开自己原有的位置。

接着看第三个句子。这个句子句意较为简单，即"好在她不必分身去接待女宾"。不过，问题在于"It was well for her"（直译：那对她是好的）——谁认为是"好的"？表面上看，似乎应该是莉莉自己，但这句话同第二句一样，都是从第三人称的视角进行叙述的。也就是说，叙述者另有其人，而这个人认为，莉莉不用再接待女客这件事对她而言是好的。这个句子同样也隐含调侃意味，与第一句的意味相呼应，似乎叙述者在一旁看着莉莉忙前忙后，同时对莉莉的状态进行置身事外和居高临下的解说和点评。

结合这三句话，一个关键问题必须被提出了。那个置身事外的叙述者、居高临下的观察者和有着强烈的情感能力（包括体认他人情感和情绪的能力）的点评家，究竟是谁？从这三句话的句法特征和文体特征来看，这个叙述者应该有较高的文化程度和语言运用能力，其身份应远远高于"看门人的女儿"，而他（她）的居高临下和语言中带有的调侃意味，也许正来自这种身份差异。

叙述者的这些特征，与小说的主人公加布里埃尔·康洛伊高度吻合。加布里埃尔是一位倾慕欧陆文化的大学教师和文化精英，也是宴会中深受亲友瞩目和期待的中心角色，每年被赋予在宴席上切分烤鹅和发表祝酒演讲的任务。加布里埃尔对此心知肚明，不仅在家人面前充满自信，甚至很享受因文化阶层和身份角色而带来的优越感。例如，当加布里埃尔进门后、莉莉为他放置衣服时，他就摆出幽默、友善，同时也是调侃的姿态，打趣莉莉是否打算结婚了；当他被莉莉"现在的男人只会花言巧语，想尽办法占你的便宜"抢白了之后尴尬不已，临上楼前还拿出硬币来打赏莉莉。又如，当他构思演讲的内容时，始终将那些文化程度不高的亲友能否听懂的疑问挂在心上。更重要的是，他的优越感，根本在于他自认为自己具备理解甚至是看穿他人情感与思想的能力。这种能力——实际上也是一种掌控的权力——尤其体现在他对妻子格丽塔的态度上。

格丽塔来自爱尔兰西部地区康诺特（Connacht）省戈尔韦郡（Galway）的乡村。在爱尔兰的文化版图中，西部地区意味着农村、相对落后和更加地"爱尔兰化"，而以都柏林为中心的东部地区则意味着都市、相对发达和更加地"英国化"。因此，当格丽塔进入加布里埃尔的家庭时，曾经被他的母亲嘲讽其具有"农村人的可爱"（country cute）。加布里埃尔虽然对此不满，但实际上也继承了母亲的高傲：他始终认为是自己把妻子从西部农村的环境和家族中拯救了出来，并羞于向他人承认格丽塔的身份背景；尤其是他觉得，自己对妻子的情感和思想有完全的了解和掌控能力——当他和妻子在宴会后回到旅店，对妻子燃起了情欲，相信妻子也会投怀送抱；但当他的试探遇冷后，在困惑和烦躁之余，他又希望自己可以掌控（master）妻子的情绪，以及征服（overmaster）她的身体。加布里埃尔的这些性格和形象特征，的确使他显得像是那个叙述者。

但问题是，小说开篇，加布里埃尔尚未登场，人们正焦急地等待他和妻子赶来赴宴，他又怎样能看到莉莉的状态并对读者说话呢？实际上，乔伊斯在此匠心独运地创造了一种更为高级的"未见其人先闻其声"的效果：尽管此刻加布里埃尔尚未登场，但叙述者已经邀请读者进入加布里埃尔的视界和内心之中，从而体会他的眼光、声音和情感，使读者自然而然地成为加布里埃尔的同路人。

乔伊斯之所以能够创造这样的效果，关键在于对引语方式的创造性运用。在小说叙事中，常见的引语方式有四种。第一种是直接引语，一般是由引号引出的第一人称语言，它能够将人物拉到读者身边，使读者从第一人称的视角来体会人物形象。例如，"'哦，康洛伊先生，'莉莉为加布里埃尔开门时说"[1]。第二种是间接引语，一般是由第三人称转述的语言，它能够将人物从读者身边推开，扩大读者的观察和审美空间。例如，"她们先后来到楼梯口，把头伸过栏杆向下张望，还大声叫着莉莉，问她是谁来了"[2]。第三种是自由间接引语，一般是由第三人称转述的第一人称语言，但省略了引号和"说"等标志性符号和字眼。它在与人物的距离上摇摆不定，既能像第一人称直接引语那样走进人物内心，又能像第三人称间接引语那样站到人物外部进行观察。例如，"对于是否保留罗伯特·勃朗宁的诗句，他拿不定主意，生怕这些句子会超出听众的理解范围。从莎士比亚或者《爱尔兰民谣》中选取一些大家熟知的段落或许更好"[3]。在这个例子中，句号前面的部分是间接引语，而后面的部分就是自由间接引语；它属于加布里埃尔的心理活动，但是是由第三人称的叙述者以第一人称的方式进行转述的。第四种是自由直接引语，一般是由第一人称直接说话，但无需引号和"说"等标志性符号和字眼的束缚，通常在意识流文学和内心独白中被大

---

[1] 参见本书第210页。
[2] 参见本书第209页。
[3] 参见本书第213页。

量使用，例如《尤利西斯》最后一章著名的大篇幅独白。这四种引语方式中，最为奇特的就是自由间接引语，因为它为叙述者提供了一个灵活的位置，可以同时身处人物内心世界和外部世界。可以说，西方小说技巧的发展，在某种程度上也是引语方式的发展，尤其是自由间接引语的发展。

了解了这些知识，我们再来看《死者》开头的三句话。乍一看，前两句话都不是引语，只有第三句话令人怀疑，因为这里涉及一个主观评价的问题（"那对她是好的"），因此必然会有一个语言主体的问题。如果莉莉认为"不必分身去接待女宾"对她而言是"好的"，那么这个句子就是叙述者转述的莉莉的思想活动，也就是莉莉的自由间接引语。然而，根据上面的分析，这个句子并非莉莉所说的，而是由叙述者所转述的另有言说主题的观点。通读全篇，我们会发现，这样的自由间接引语被大量使用，但都被用到了加布里埃尔身上，以至于我们在小说中可以直接体会到加布里埃尔的内心感受，而无法同样地体会其他人物的内心，只能隔着距离远观。因此，可以认为，这个叙述者与加布里埃尔最为接近，甚至就是加布里埃尔本人。这样一来，"那对她是好的"就成了加布里埃尔的自由间接引语；同样，开头的两句话实际上也是加布里埃尔的话语。尽管在故事层面，加布里埃尔尚未到场，但他作为叙述者、他的声音作为叙述者的声音，从一开篇就登场了。如此，甚至可以说整篇叙事成了加布里埃尔的独白，而开篇的这三句话就成了加布里埃尔的自由直接引语，也就是乔伊斯在《一个青年艺术家的画像》和《尤利西斯》中大量使用的引语方式。通过叙述者的引语魔法，乔伊斯引诱读者不自觉地成为加布里埃尔的同情者和支持者。

然而问题是，自由间接引语的一大特征就是叙述者、人物和读者之间的距离摇摆不定，读者内在地体认人物的同时，也获得了外在地观察和评判人物的机会。由于这种双重位置，自由间接引语往往会通过显示人物内在自我与外在形象的反差，从而产生一种悖谬或反讽的效果，使得人物在成为被同情的对象的同时，也有可能成为被质疑或嘲弄的对象。这一点在加布里埃尔身上体现得尤为明显。读者可以看到，加布里埃尔那良好的自我感觉使他做出种种举动——例如对演讲内容的斟酌——来建构和维持他的自我形象，他的所有的行为、语言和人际交往，几乎都沦为维持自我感的战斗。然而，他的自我是如此的敏感和脆弱，以至于它承受不住民族主义者艾弗斯小姐对他政治立场的嘲讽，也无能面对妻子出身于爱尔兰西部地区的事实。更为有趣的是，每当加布里埃尔感到尴尬和脸红（他实在太容易脸红了——例如被莉莉抢白的时候，还有被艾弗斯小姐质问的时候），叙述者就临阵脱逃，一改自由间接引语的方式，变成用间接引语描述他脸红的状态，将他推置一边，任凭读者冷眼旁观。于是，他的内在形象越是自信和优越，他的外在形象就越是令读者感到可怜和可笑。

这一有着极大反差的内外双重形象，在小说的结尾碰撞到了一起，导致了一场"精神地震"。宴会结束时，加布里埃尔的自我感觉达到了巅峰状态——他在那经过反复斟酌和暗藏玄机的演讲中有力且巧妙地反驳了艾弗斯小姐（尽管艾弗斯小姐在他演讲前早已离开了宴会），并在亲友听众那里取得了良好的反响（他们并不能理解他的演讲，更不用说理解他的实际用心）。这种巅峰状态，使他燃起了对妻子的情欲，并让他有把握地认为妻子也同样会充满柔情。然而，回到旅店后，他发现妻子不但对他毫无反应，反而在回想着宴会上听到的一首歌。那是多年前她的一位情人迈克尔·福瑞曾唱给她听的，而这个情人竟然只是一个在煤气厂工作的戈尔韦人。这一系列发现令加布里埃尔倍感屈辱，几乎怒不可遏。然而，就在他几近失控时，妻子告诉他，迈克尔·福瑞在他十七岁时就死去了，而且是为了在她离开戈尔韦之前再见她一面，在雨夜里守候她，而后肺病发作去世的。在这一死者的阴影中，加布里埃尔所有维持自我的战斗都不战而败了，而他那战斗姿态又显得极为可笑；他那精心堆砌和养护的自我，如泡沫般轰然破碎，又如雪花一般片片掉落，最终"落了片白茫茫大地真干净"。读到这里，我们才会发现，叙述者一开始就让我们内在地体认加布里埃尔，是一种请君入瓮式的阴谋——我们在认同加布里埃尔的路上陷得越深，就越能在最后的这场"精神地震"中身临其境。

然而，当加布里埃尔的内在自我崩塌的时候，他的外在形象也获得了重建。这是乔伊斯小说中少有的令人感到释然和平静的抒情片段——

> 是时候踏上向西的旅程了。对，报纸上说得没错：整个爱尔兰都在下雪。雪落在晦暗的中部平原的每一寸土地上，落在没有树木的山丘上，轻轻地落在艾伦沼泽上，再往西去，还见它恬然落入香农河汹涌的暗流之中。诚然，这雪也落在山上那片清冷的教堂墓园里，落在迈克尔·福瑞的坟墓上。雪片纷纷扬扬地落下，厚厚地堆积在歪斜的十字架和墓碑上，堆积在小门护栏的铁镖头上，堆积在荒芜的荆棘丛上。他的灵魂缓缓陷入沉眠。他听着雪花在天地间悠悠飘落，悠悠地，如同他们最终的归宿那样，飘落

在每一个生者和死者身上。[1]

在覆盖整个宇宙的大雪中,加布里埃尔前所未有地体会到了与所有生者和死者的连接,获得了心灵的净化和升华,小说也在这种静谧中迎来了它的灵显瞬间。

最后值得一提的,是"是时候踏上向西的旅程了"这一句。西方,曾是加布里埃尔极力回避的所在,也是政治极化现实中的爱尔兰民族主义(艾弗斯小姐)的圣地。在这里,"踏上向西的旅程"虽然并不意味着加布里埃尔转而拥抱民族主义,却也指向了他试图探索与本土进行重新联结的可能。在小说之外,它虽然也不意味着乔伊斯彻底抛弃了对爱尔兰的批判性认识,但反映了他对自身与爱尔兰的关系进行重新思考的意图。只不过,作为后世读者,我们不必对这种意图和表述进行过于简单的解释——就在创作《死者》的同一时期,乔伊斯决定把《斯蒂芬英雄》修改为《一个青年艺术家的画像》。在其结尾中,斯蒂芬选择离开爱尔兰,到欧洲大陆"走异路,逃异地,去寻求别样的人们"[2]。对于"狡诈"而多变的乔伊斯来说,加布里埃尔——如同他笔下的所有人物——只是一个诞生于他头脑中的艺术剪影,是他为自我流亡而献祭给爱尔兰的艺术分身,或者是一份迟来的返乡赠礼。

尽管如此,如《乔伊斯传》的作者理查德·艾尔曼[3]所言,"他

---

[1] 参见本书第260页。

[2] 鲁迅:《〈呐喊〉自序》,载《鲁迅全集·第一卷》,人民文学出版社,2005年,第437页。

[3] 理查德·艾尔曼(Richard Ellmann, 1918—1987),美国著名学者、文学批评家,凭借三部重磅传记《叶芝:真人与假面》《乔伊斯传》和《王尔德传》跻身20世纪现代主义文学研究巨擘之列。

乔伊斯在的里雅斯弹吉他

在内心已经认定飞离爱尔兰完全合乎情理，只不过还未确定他将飞向何方。他在的里雅斯特和罗马学到了在都柏林没有学到的东西：如何做一个都柏林人……《死者》是他的第一首流亡之歌。"[1]

完成《死者》和《都柏林人》这一年，乔伊斯只有二十六岁。未来听到了他的歌声，于是转身朝他飞来。

---

[1] 理查德·艾尔曼：《乔伊斯传》（上），金隄、李汉林、王振平译，北京十月文艺出版社，2006年，第286页。